통섭의 식탁

움직이는 서재 과거와 현재와 미래를 연결하는 지식 창고

책과 함께 있다면 그곳이 어디이든 서재입니다.
집에서든, 지하철에서든, 카페에서든 좋은 책 한 권이 있다면 독자는 자신만의 서재를 꾸려서 지식의 탐험을 떠날 수 있습니다. 또한 양서는 시대와 세대를 초월해 대물림하여 지식과 감동을 전하고 연령과의 소통을 가능케 하는 힘을 가지고 있습니다. 움직이는 서재는 공간의 한계, 시간의 장벽을 넘어 어디서든, 언제든지 독자 곁에서 함께하는 독서의 동반자를 지향합니다.

최재천 교수가 초대하는 풍성한 지식의 만찬

통섭의 식탁

최재천 지음

움직이는 서재

세상에서 가장 풍성한 만찬에
당신을 초대합니다

취미 독서와 기획 독서

나는 책벌冊閥이다. 벌閥이란 본래 대문의 왼쪽 기둥을 일컫는 말이었지만, 족벌族閥, 파벌派閥, 학벌學閥, 재벌財閥 등의 단어에서 보듯이 주로 출신·이해·인연 따위로 함께 뭉치는 집단이나 세력을 뜻한다. 그래서인지 우리 사회에서 '벌'은 영 호감이 가지 않는 말로 전락해버렸다. 학파學派는 전혀 어감이 나쁘지 않은데 학벌은 더러운 말이 되어버렸다. 이처럼 호의적이지 않은 분위기 속에서도 나는 스스로 책벌이라고 고백하는 것을 꺼리지 않는다. 책 읽기를 즐기며, 책 쓰기를 게을리하지 아니하고, 책 모으기에 열심인 사람이 비난받을 이유는 아무리 생각해도 없을 것 같아 당당히 고백한다.

　책벌이라는 소문이 나자 온갖 신문과 잡지에서 서평을 써달라는 요청이 들어오기 시작했다. 그래서 나는 퍽 여러 해 동안 주요 일간지의 칼럼 코너인 〈최재천의 책꽂이〉, 〈최재천의 책 베개〉 등에 개인 서평을 정기적으로 기고해왔다. 개인 칼럼에는 내 뜻대로 책을 선정하여 서평을 쓸 수 있는 권한이 함께 있었다. 그래서 서평을 쓰면서 평소 읽고 싶었던 책들을 맘껏 읽고 그에 대한 내 느낌을 말할 수 있어 좋았다. 15년 이상 여러 다양한 일간지에 글을 쓰고 살았지만, 서평을 쓸 때가 가장 행복했다. 문화부 기자들의 급작스러운 요청에 의해 그야말로 번갯불에 콩 볶듯 서평을 쓰는 일도 종종 있었다. 이런 때에는 대개 절대 시간이 부족하여 책을 충분히 곱씹지 못하는 아쉬움이 남았다. 하지만 좋은 점도 있었다. 독서 편식이 확실하게 줄어들었다. 때로는 도대체 왜 나한테 이런 책을 평하라는 것인지 황당할 때도 있었다. 그러나 덕분에 정말 다양한 책들을 읽을 수 있어 그 또한 좋았다.

책벌에게는 또한 추천의 글을 써달라는 호사가 따라온다. 아직 아무도 읽지 않은 글을 가장 먼저 읽는 특권과 쾌감은 쉽게 말로 표현하기 어렵다. 내가 과연 추천해도 좋을 책인지 아닌지를 가늠하기 위해 읽는 독서처럼 날이 선 읽기도 별로 없을 것이다. 먼저 저자의 의도를 파악한 다음 과연 글이 그 의도를 충실히 반영했는가를 검토하고, 때로는 부족한 부분을 지적하는 만용도 서슴지 않는다. 그러고는 마치 내 자식이라도 태어나는 양 온 세상에 고한다. 서평에서는 종종 남의 자식이라고 헐뜯기도 하지만, 추천의 글은 대개 내 자식 감싸듯 포근해질 수밖에 없다. 그 포근함 때문일까, 나는 추천의 글을 참 많이도 썼다.

서평과 추천의 글을 쓰느라 행복한 책 읽기에 빠져 지내던 어느 날 나는 일본의 지성 다치바나 다카시의 《나는 이런 책을 읽어왔다》를 만났다. 그리고 나도 언젠가는 그런 책을 한 권 쓰리라 다짐했다. 2011년 드디어 내게도 그런 기회가 찾아왔다. 기쁜 마음으로 '나도 이런 책을 읽어왔노라' 하는 책을 집필하기 시작했다. 그런데 서평과 추천의 글들을 엮으려 시작한 작업이 어쩌다 보니 살아온 이야기를 훨씬 많이 쏟아내는 주책스러움으로 변질되고 말았다. 그래서 나온 책이 바로《과학자의 서재》이다. 그 책은 원래의 의도와는 달리 김난도 교수의《아프니까 청춘이다》또는 공지영 작가의《괜찮다, 다 괜찮다》같은 책처럼 읽힌다. 내 삶의 위기마다 나를 바로잡아준 몇몇 고마운 책들은 내《과학자의 서재》에 꽂아둘 수 있었지만, 미처 진열하지 못한 다른 책들을 한데 모아 여기《통섭의 식탁》을 마련했다.

독서를 취미로 한다는 사람들이 많다. 물론 마음을 비우고 머리를 식히기 위해 하는 독서도 때론 필요하리라. 하지만 취미로 하는 독서가 진정 우리 삶에 어떤 발전을 가져다줄 수 있을까 생각해보면 조금 공허해진다. 우리의 눈은 삼차원 입체를 보도록 진화한 기관이다. 그런데 누군지는 몰라도 최초로 책을 발명한 양반이 이차원 평면으로 디자인하는 바람에 거의 모든 사람의 눈이 다 망가지고 말았다. 눈 건강을 해치면서까지 취미 독서를 해야 하는지 한번 생각해볼 필요가 있다.

나는 독서는 일이라고 생각한다. 내가 잘 모르는 분야의 책을 붙들고 씨름하는 게 훨씬 가치 있는 독서라고 생각한다. 모르는 분야의 책을 붙들었는데 술술 읽힐 리는 없을 것이다. 우여곡절 끝에 책 한 권을 뗐는데 도대체 뭘 읽었는지 기억에 남는 게 하나도 없다. 하지만 기왕에 읽기 시작한 그 분야의 책을 두 권, 세 권째 읽을 무렵이면 신기하게도 책장을 넘기고 있는 자신을 발견할 것이다. 이렇게 하다 보면 차츰 내 지식의 영역이 넓어지는 가슴 뿌듯함을 느끼게 된다.

미래학자들은 지금 대학에 다니는 학생들은 평생 직업을 적어도 대여섯 차례 바꾸며 살게 될 것으로 예측한다. 그렇다면 지금 중고등학생들은 직업을 일고여덟 번 바꾸게 될지도 모른다. 은퇴하고 놀고먹는 사람들의 수가 정작 일하는 사람의 수보다 많아지기 시작하면 어느 순간 정년 제도가 없어질 것이고, 그렇게 되면 30세부터 일하기 시작하여 90세까지 적어도 60년을 일하며 살게 된다는 계산이 나온다. 그 긴 60년을 한 직장에서 버틸 수는 없기에 자연히 여러 직업을 전전하게 될 것이다. 물론 새로운 직장을 얻을 때마다 다시 대학에 돌아가 새로운 전공 공부를 할 수도 있다. 그러나 그게 여의치 않다면 그다음으로 탁월한 선택은 단연 독서이다. 대학에서 전공 공부를 했다고 해서 그 분야의 세계적인 대가가 되어 취직하는 것은 아니다. 그저 조금 알고 취직한다. 그런 다음 대부분의 사람들은 대학 시절보다 더 열심히 공부하며 직장 생활을 한다. 새로운 분야에 일단 발을 들여놓는 것이 중요하다.

가령 이런 시나리오를 상상해볼 수 있다. 대학에서 인문사회 계통을 공부하고 직장에 다니던 사람이 40대 초반에 쫓겨나 새로운 직장을 찾고 있다고 하자. 길에서 예전에 친하게 지내던 동창을 만났다.

"반갑다, 친구야. 요즘 어찌 지내냐?"

"어, 난 다니던 회사 관두고 새 직장을 알아보고 있어. 너는 어찌 지내냐?"

"아, 나는 사업을 하나 시작해서 요즘 좀 정신이 없어."

"사업? 어떤 사업인데?"

"으응, 나노기술을 이용하여 제품을 만들고 있는데……."

이쯤에서 당신이 만일 기껏해야 취미 독서만 한 사람이라면 당연히 나노기술에 대해 아는 게 없을 것이고 그러면 이렇게 말하고 헤어질 것이다.

"그래, 잘해라. 다음에 또 만나자."

그러나 당신이 기획 독서를 통해 나노과학에 관한 책을 두어 권 읽은 사람이라면 그 친구와 대화를 시작할 것이고 어쩌면 그 대화가 길게 이어지며 그 친구와 동업을 하게 될지도 모른다. 이 상황에서도 마찬가지로 당신이 나노과학계의 대가라서 새로운 직장을 얻은 것은 물론 아니다. 쥐뿔만큼만 알고 덤빈 것이다. 하지만 일이란 대개 그렇게 시작한다. 그렇게 들어간 새로운 직장에서 또 새로운 공부를 하면서 또 한 10년 사는 것이다. 따라서 고령시대를 살아가는 데 기획 독서는 더할 수 없이 중요한 전략이다.

왜 '통섭의 식탁'인가?

통섭의 식탁? 왜 통섭인가? 기획 독서가 당신을 통섭형 인재로 만들어주기 때문이다. 내가 통섭의 개념을 우리 사회에 소개했다고 해서 자동으로 통섭형 인재가 된 것은 결코 아니다. 아직 스스로 통섭형 인재가 되었노라 자부할 수는 없지만 돌이켜보면 나는 자의 반 타의 반 통섭형 삶을 살아왔다. 초등학교 시절부터 시인이 되겠다고 맘먹고 일찍이 문학을 가슴에 품었지만, 고등학교에 진학하며 문과와 이과의 장벽을 사이에 두고 엉뚱하게 이과로 배정되어 분단의 아픔을 안고 살 수밖에 없었다. 그러나 이 분단의 아픔이 훗날 나로 하여금 과학자로 살면서도 끊임없이 인문학을 기웃거릴 수 있는 자유분방함을 선사할 줄은 미처 몰랐다. 이 책에는 그런 나의 아름다운 방황의 흔적이 질펀하게 널려 있다.

왜 식탁인가? 통섭은 19세기 영국의 자연철학자 윌리엄 휴얼 William Whewell이 만든 용어 'consilience'를 우리말로 번역하는 과정에서 새롭게 태어난 개념이다. 그러나 consilience라는 말은 별로 인기가 없었는지 이내 사라지고 말았다. 웬만큼 두툼한 영어 사전에도 실리지 않은 고어가 되어버렸다. 휴얼은 학문 간의 넘나듦을 도모하기 위해 '함께 솟구침 jumping together' 이라는 개념의 용어를 만들어 소개했지만 그 당시 영국인들에게는 소화하기 어려운 개념이었던 모양이다. 그래서 애써 만든 단어가 사장된 게 아닐까 의심해본다. 내가 우리 사회에 통섭의 화두를 처음으로 던진 게 2005년이니 이제 햇수로 6년이 되었다. 그리 길지 않은 기간에 통섭의 개념은 실로 놀라울 속도로 우리 사회 곳곳을 파고들었다. 학계는 물론, 기업들도 앞다퉈 통섭을 끌어안으려 한다. 영국인들에게는 잘 받아들여지지 않던 통섭의 개념이 왜 우리에게는 이처럼 쉽게 다가오는 것일까?

나는 우리 음식 문화에서 그 까닭의 실마리를 찾았다. 우리는 세계에서 유일하게 비빔밥이라는 실로 기이한 음식을 개발한 민족이다. 이제는 비행기 기내식으로도 인기가 있지만 우리 음식이니 한번 냉정하게 얘기해보자. 비빔밥은 솔직히 정말 어색한 음식이다. 크고 움푹한 그릇에 밥을 한 그릇 퍼 넣은 다음 왜 어울리지도 않는 온갖 종류의 채소를 그 위에 뿌리는 것일까? 그 한 가운데에다 왜 또 달걀 하나를 부쳐 떡 하니 얹는 것인가? 하지만 참으로 어색한 이 조합에 고기 조금 볶아 얹고, 고추장 풀고, 참기름 한 번 두르고 비비면 돌연 환상적인 맛이 탄생한다. 어쩌면 섞는 것 하나는 이 세상 그 누구보다 우리가 제일 잘하는 게 아닐까?

우리가 매일 받는 밥상은 또 어떠한가? 서양 사람들은 대개 자기가 먹을 음식을 하나의 접시 위에 받는다. 그래서 그 접시 위에 놓인 음식만 다 먹으면 된다. 그래서 그들은 별 고민 없이 편안한 마음으로 식사를 한다. 어쩌면 그래서 그들은 식탁에서 많은 대화를 나눌 수 있는지도 모른다. 우리는 어떤가? 우리는 대개 밥 한술

뜬 다음 한입에 반찬 두어 가지를 한데 넣고 먹는다. 첫 술에 두부, 콩자반, 그리고 김치를 한입에 넣고 먹었는데 맛이 괜찮았다고 해서 밥을 마칠 때까지 똑같은 조합, 즉 매번 두부, 콩자반, 김치의 조합을 반복하며 식사하는 사람을 본 적이 있는가? 우리 한국인의 두뇌는 밥 먹는 순간에도 끊임없이 새로운 반찬의 조합을 창조해내기 위해 바삐 움직여야 한다. 그래서 나는 또 생각한다. 섞는 것 하나는 우리가 이 세상 그 누구보다 제일 잘하는 게 아닐까?

그렇다고 해서 여러분에게 내가 읽은 책들을 마구잡이로 섞어 비벼줄 수는 없다고 생각했다. 교자상 한가득 온갖 반찬들을 여기저기 널어놓는 것도 예의가 아닌 듯싶었다. 그래서 서빙은 서양식으로 하기로 결정했다. 선택은 여전히 여러분의 자유이고, 음식이 나오는 순서가 마음에 들지 않으면 큰 양푼에 이 책 저 책 닥치는 대로 던져 넣고 얼큰하게 비벼 드셔도 좋다.

메뉴 소개

셰프 추천 메뉴 3은 이를 테면 '오늘의 요리'이다. '통섭 식당'이 자신 있게 내놓는 요리인 만큼 맛있게 드시기 바란다.

애피타이저는 다소 부담되는 요리를 드시기 전에 입맛을 돋우는 전채인 만큼 비교적 가볍게 읽을 수 있는 책들로 엮었다. 여기에는 소설도 있고 전기도 있고 몇몇 희망의 메시지도 담았다.

메인 요리는 아무래도 자연과학에 관한 책들로 메뉴를 구성했다. 동물의 행동과 사회구조에 관한 책들을 모아 'Part 1 동물을 알면 인간이 보인다'로 묶었고, 생명의 비밀과 진화, 그리고 유전자에 관한 책들은 'Part 2 생명, 진화의 비밀을 찾아서'에 나열했다. 'Part 3 과학, 좀 더 깊숙이 알기'에는 생명과학뿐 아니라 여러 다양한 과학 분야를 소개하는 책들이 담겨 있다.

디저트로는 과학자들의 특별한 삶의 향기를 담아냈다. 온갖 풍요로운 과학 지식을 드신 다음 그런 과학 이론을 연구한 과학자들의 생애에 관한 뒷이야기들로 입가심을 하시는 것도 유쾌한 일일 것이다.

일품요리에는 반드시 과학과 연계되지 않더라도 그 자체로 하나의 완성된 요리가 되는 인문사회 분야의 책들을 마련했다. 색다른 맛을 느낄 수 있으리라 믿는다.

마지막으로 퓨전 요리는 서양과 동양의 요리가 한데 어우러지듯이 인문학과 자연과학이 서로의 경계를 넘나들며 연출해낸 통섭의 요리들이다. 음식점에서 퓨전 음식을 드시려면 약간의 용기가 필요하듯이 여기 소개된 책들을 읽으려면 조금의 심호흡이 필요할 것이다.

　　하버드대의 영장류학자 리처드 랭엄의 《요리 본능》이란 책에 나와 함께 추천의 글을 쓴 인기 셰프 에드워드 권은 이렇게 말한다. "커피 한 잔을 끓여 마셔도 당신은 자신을 위한 음식을 만드는 요리사이다. 나는 오늘도 셰프복의 단추를 끼우고, 접시라는 거울에 요리라는 내 얼굴을 비춰 사랑하는 나의 고객들에게 보여주려 즐거운 마음으로 뜨거운 불 앞에 선다." 비록 통섭을 추구하는 자연과학자가 마련한 메뉴이지만, 이 재료들을 가지고 여러분만의 지적 요리를 만드시기 바란다. 마크 트웨인은 일찍이 "고전이란 사람들이 칭찬은 하지만 읽지는 않는 책"이라 했다. 여기 《통섭의 식탁》에 올려놓은 책들은 고전이 아니다. 그러니 칭찬은 하지 마시고 그냥 즐겁게 읽으시기 바란다.

차__례

Part 3 ——— 과학, 좀 더 깊숙이 알기

Dessert

디저트

One-Dish Meals

일품요리

Fusion Cuisine

퓨전 요리

Today's Specials

셰프
추천
메뉴
3

과학자의 마음과 시인의 마음과 조각가의 마음은 다르지 않다.
그렇기 때문에 감성적이었던 내 꿈들이 사실과 검증이 지배하는 과학이라는 세계에서
지금껏 부서지지 않고 온전히 남을 수 있었다. 내가 하고 싶은 이야기는,
시인을 꿈꿨던 사람이 과학자가 되었다 해서 꿈이 없어진 게 아니라는 뜻이다.
오히려 보기 드물게도 '시인의 마음을 지닌 과학자'가 되었다.

- 《과학자의 서재》 중에서

날개 달린 형제,
꼬리 달린 친구

제인 구달 외 《인간의 위대한 스승들》

　　　　　　　　　일본 교토 대학의 영장류 연구소에는 이 세상에서 컴퓨터를 가장 잘 다루는 침팬지 모자가 산다. 원래는 아이Ai라는 이름의 암컷 침팬지가 컴퓨터로 문제 풀기 기록 보유자였는데 어느 순간부터 2000년에 태어난 그의 아들 아유무Ayumu가 엄마보다 더 빠른 속도로 문제를 풀기 시작했다. 이 모자가 문제를 푸는 속도는 말할 나위도 없이 기가 막힐 일이지만, 인간이 아닌 다른 동물이 그런 문제를 풀어낼 수 있다는 사실 자체도 많은 사람에게는 믿기 어려운 일일 것이다.

　　침팬지의 뇌는 이처럼 다분히 기계적으로 문제를 풀어내는 데 필요한 지능뿐 아니라 창피함과 자존심 등 인간만이 가질 수 있을 법한 감정도 다듬어낸다. 아이는 문제를 풀 때 거의 틀리는 법이 없지만, 아주 가끔 틀릴 적에는 곧바로 주변을 살피는 행동을 보인다. 자기가 실수한 장면을 목격한 사람이 아무도 없다고 생각되면 그냥 계속 문제를 풀지만, 만일 누구라도 자신의 실수를 지켜보았다는 걸 알면 손바닥으로 유리벽을 후려치거나 주변에 있는 물건들을 닥치는 대로 집어 던지곤 한다.

　　그런 성깔 있는 아이가 참으로 신기하게 내가 방문하면 거의 예외 없이 내 쪽으로 다가와 유리에 입술을 댄다. 그저 일 년에 한 번이나 볼까 말까 한 우리 둘인데, 만날 때마다 번번이 이처럼 진한 키스를 나눈다. 그곳의 연구소장이자 세계적인 영장류 인지과학자인 테츠로 마츠자와 교수는 이런 우리를 보며 전생에 부부였을 것이라고 농담을 했다. 그래서 나는 내 손금을 펴 보이며 아마 그런 것 같다고 맞장구를 쳤다. 양손 모두 가로로 길게 한 줄로 나 있는 내 손금은 바로 침팬지 손금을 닮았다. 인간에게는 그리 흔하지 않지만, 침팬지라면 모두 이런 손금을 갖고 있다. 어쩌면 나는 털을 밀고 인간 세계에 잠입하여 사는 침팬지인지도 모른다.

《인간의 위대한 스승들Ich spute die Seele der Tiere》에 실린 제인 구달의 〈잠자리의 선물〉은 인간과 동물이 교감하는 이야기들로 가득 차 있다. 또한 개리 코왈스키가 전하는 아드리안 커르틀란트의 침팬지 이야기는 특별한 여운을 남긴다. 먹으려고 들고 다니던 파파야를 땅에 내려놓은 채 석양의 장관을 지켜보던 침팬지가 결국 파파야도 잊은 채 숲으로 어슬렁거리며 들어가더라는 얘기. 이 책에는 아직 '과학적으로' 완벽하게 검증되지 않은 많은 이야기가 담겨 있다. 하지만 지나치게 엄격한 과학의 잣대로 일축하지 말기 바란다. 비판적인 눈은 또렷이 뜨고 있더라도 마음의 문은 따뜻하게 열어두었으면 한다. 언젠가는 과학이 동물의 마음도 환히 들여다볼 수 있는 역지사지易地思之의 눈을 갖추게 될 테니까.

이 책의 첫 글인 〈잠자리의 선물〉을 쓴 세계적인 침팬지 연구가 제인 구달 박사는 우연한 기회에 나와 동료가 되어 우리나라를 벌써 네 차례나 방문한 바 있다. 2006년에 방문했을 때 여성민우회의 초청으로 열린 강연에서 나는 여느 때와 마찬가지로 통역을 했다. 나는 이 책에서 마크 베코프가 소개한 이야기를 전하다가 그만 치미는 눈물을 참지 못해 그 많은 청중 앞에서 소리 내어 흐느끼고 말았다. 그 이야기는 릭 스워프라는 사람이 디트로이트 동물원에 구경을 왔다가 조조라는 이름의 침팬지가 물에 빠진 걸 보고 용감하게 뛰어들어 구한 이야기였다. 어떻게 물에 빠진 침팬지를 위해 목숨을 던졌느냐는 질문에 조조의 눈이 "누구, 나를 살려줄 사람 없나요?"라고 말하더라는 릭 스워프의 얘기는 구달 박사 강의에 단골로 등장하는 이야기인지라 그날이 내가 처음으로 그 이야기를 통역한 것도 아니었다. 어찌 된 일인지 그날은 복받쳐 오르는 감정을 억누르지 못하고 그만 울음을 터뜨리고 말았다.

우리 집에는 개가 여러 마리 산다. 일명 '소시지 개'라고 불리는 닥스훈트인데 엄마 개와 아빠 개 그리고 그 자식들 여럿이 함께 살고 있다. 엄마 개 이름은 '부머Boomer'로, 내 아들 녀석이 다분히 남성적인 이름을 붙여주었다. 부머는 참으로 영리한 개인데 몇 년 전 홍역을 앓아 거의 목숨을 잃을 뻔했다. 우리 가족의 갖은 노력에도 불구하고 어느 날 나는 부머가 이제 더는 버티기 어려운 상태에 이르렀다고 판단했다. 그래서 마지막 작별의 시간을 갖기로 했다. 부머는 내 팔에 안긴 채 평소 뛰어놀던 뜰에서 천방지축 이리 뛰고 저리 뛰고 하는 새끼들과 우리 가족을 번갈아 쳐다보았다. 우리가 차례로 그에게 눈물 젖은 마지막 인사를 건네는 동안 온종일 제대로 가누지도 못했던 고개가 서서히 곧추서기 시작했다. 우리는 그때 부머의 눈에서 새로운 생명의 의지를 느꼈다. 부머는 결국 여러 달 동안 계속된 고통스러운 치료를 이겨냈고 비록 상처를 안고 있긴 하지만 지금도 우리 곁에 살아 있다.

과학은 저녁노을을 바라보던 침팬지가 도대체 무슨 생각을 했는지 아직 밝혀내지 못하고 있다. 또한 그날 부머의 뇌 속에서 어떤 결심의 메커니즘이 작동했는지 들여다보지 못한다. 실제로 학계에서는 이 같은 일들을 입에도 담지 못하던 시절이 있었다. 그리 멀지도 않은 옛날이다.

그 엄청난 아집의 장벽을 처음으로 부수기 시작한 사람은 다름 아니라 박쥐의 반향정위echolocation 메커니즘을 밝힌 그리핀 Donald R. Griffin 박사였다. 1984년에 출간된 그의 용감한 저서 《동물의 생각Animal Thinking》 덕택에 과학자들은 이제 당당히 동물들의 내적 세계를 들여다보게 되었다.

나는 《인간의 위대한 스승들》을 읽은 독자 중에 언젠가 이런 관찰들이 단순히 이야기 수준이 아니라 과학 데이터로 보도되는 데 기여할 수 있는 학자가 나타나길 기대해본다. 베코프에 말처럼 '과학적 센스'와 '상식적 센스'의 조화를 이끌어낼 길을 찾아야 한다.

더 읽어볼 책

· 피오나 미들턴 《물개》
· 베른트 하인리히 《까마귀의 마음》

우연히 바닷가에서 연주한 바이올린 소리를 듣고 찾아온 물개들과 교감하며 그들의 보전에 헌신하게 된 한 스코틀랜드 여성의 이야기를 담은 책이 있다. 《물개Seal》라는 제목의 그 책은 《인간의 위대한 스승들》과 함께 읽으면 감동이 배가될 것이라고 생각한다. 나를 아는 많은 사람들은 "알면 사랑한다."라는 구절도 함께 기억한다. 동물들에 대해 더욱 많이 알게 되면 그들을 신음하게 하는 바보짓도 멈출 수 있지 않을까? 이 책이 훌륭한 첫걸음이 되어줄 것이다.

삶은 늘 꼬리에
꼬리를 물며 도는 법

조너던 와이너 《핀치의 부리》

1994년 어느 봄날 미시간 대학 앞 책방에서 《핀치의 부리The Beak of The Finch》를 처음 보았을 당시 나는 오랜 미국 생활을 청산하고 귀국을 준비하던 참이었다. 책방 안 한쪽 구석에 마련된 카페 창가에 기대앉아 책을 펴든 나는 어언 10년이 훌쩍 넘는 세월을 거슬러 오르고 있었다. 어찌 보면 책의 내용과는 아무런 상관도 없는 나 자신의 미국 유학 생활사가 책장 가득 질펀하게 흘러내렸다.

1982년 펜실베이니아 주립대학에서 석사 과정을 마무리하던 나는 당시 박사 학위를 하러 갈 대학을 찾고 있었다. 동물행동학과 진화생물학 분야의 전설적인 학자들인 해밀튼William Hamilton 교수와 그랜트Peter Grant 교수가 있던 미시간 대학은 내가 가장 가고 싶었던 곳이었다. 아내에게도 그 대학이 더할 수 없이 좋은 곳이라 우리는 둘 다 각기 흠모하던 교수들에게 편지를 쓴 후 하루를 꼬박 달려 미시간 대학이 있는 앤아버 시에 도착했다. 이미 해가 떨어진 지 오래였고 눈이 엄청나게 많이 와 길모퉁이를 도는 차들이 쌓인 눈에 가려 보이지 않을 지경이었다.

해밀튼 교수의 따뜻한 배려로 우리는 강가에 있던 그분의 집에 일주일씩이나 머물 수 있었다. 어느 날 저녁 그랜트 교수 댁에서 파티가 열렸다. 그날 특별 강연을 하러 온 프린스턴 대학의 교수를 위한 파티였는데 우리도 해밀튼 교수와 함께 참석했다. 해밀튼 교수와 그랜트 교수는 둘 다 영국 사람이지만 신기할 정도로 판이한 성격을 지니고 있었다. 지금은 고인이 되셨지만 유전자의 관점에서 진화의 메커니즘을 새롭게 설명하여 그 당시 이미 다윈 이래 가장 위대한 생물학자라는 칭송을 듣던 해밀튼 교수는 옆에서 보기 딱할 정도로 수줍음을 많이 타시는 분이라 파티 내내 한쪽 구석에 마치 벌서는 아이처럼 서 있었다. 그와는 대조적으로 그랜트 교수는 파티에 참석한 모든 이에게 음료와 음식을 권하며 분위기를 북돋우고 있었다.

그렇게 해서 만난 그랜트 교수는 다음 날 나를 점심에 초대했다. 우선 학교 앞 샌드위치 카페에 들러 점심거리를 집어든 후 당신의 실험실을 보여주며 학생들도 소개해주셨다. 그때 만난 친구 중의 하나가 이 책에 중요하게 소개된 돌프 슐러터이다. 해밀튼 교수와 공동으로 지도하고 있던 다른 대학원생도 만났다. 그래서 나는 내가 그곳에서 공부하게 되면 두 분을 다 지도 교수로 모시리라는 계획을 마음속에 미리 세워두었다.

그러나 그런 나의 꿈은 며칠이 못 가 여지없이 무너지고 말았다. 마지막 날 집으로 돌아갈 채비를 하고 있는데 해밀튼 교수가 내게 당신은 어쩌면 영국으로 돌아가게 될지도 모른다는 얘기를 해주었다. 그래서 나는 하버드 대학을 택하게 되었다. 객관적으로는 하버드 대학이 더 명성이 높은 대학이겠지만, 내게는 그 두 교수와 함께 일할 수 있는 기회를 잃는 것이 너무나 안타까웠다. 이듬해 해밀튼 교수는 정말 영국 옥스퍼드 대학으로 자리를 옮겼고 그랜트 교수도 얼마 안 되어 프린스턴 대학으로 옮겨갔다. 그 후에도 나는 주로 돌프와 연락을 주고받으며 그랜트 교수와 그의 갈라파고스 핀치 연구 소식을 늘 듣고 지냈다.

하버드에서 박사 과정을 마치고 전임 강사로 있던 시절 프린스턴 대학에서 신임 교수를 뽑는다는 광고를 보고 즉시 지원서를 보냈다. 한참이 지나도 세미나를 하러 오라는 연락이 오지 않아 안 됐구나 하며 섭섭해하던 어느 날 나는 위원장이었던 그랜트 교수로부터 한 통의 편지를 받았다. 낙방했음을 통보하는 짤막하고 형식적인 편지였지만 아래 빈칸에 그랜트 교수는 친필로 내게 위원회에 속해 있는 교수들이 원래 원하던 분야와 좀 다른 분야를 뽑기로 하는 바람에 내가 최종 명단에 끼지 못해 아쉬웠다는 얘기를 적어 보내주셨다. 물론 빈말이었겠지만 나는 그의 세심한 배려에 큰 감명을 받았다. 그리고 그 이듬해 나는 그들이 떠나고 없어 조금은 허전한 미시간 대학에 조교수로 부임했다. 어쩌면 삶은 이렇게 꼬리에 꼬리를 물며 도는가 보다 싶었다.

갈라파고스 군도는 다윈의 자연선택론이 잉태된 곳이다. 비글호의 자연학자로서 다윈은 새로운 지역을 방문할 때마다 새로운 관찰을 많이 했지만, 갈라파고스에서만큼 결정적인 증거들을 얻은 곳은 없었다. 그곳의 크고 작은 섬들의 서로 다른 환경에 제가끔 적응하여 살던 핀치들이 바로 다윈의 귀에 자연선택의 비밀을 속삭여 준 장본인들이다.

그랜트 교수는 다윈의 고향에서 그리 멀지 않은 곳에서 태어났다. 캐나다를 거쳐 미국에 정착하여 살며 마치 운명처럼 다윈의 뒤를 좇아 갈라파고스에 이르렀다. 그곳에서 그는 아내인 로즈메리 그랜트Rosemary Grant 박사와 함께 다윈이 보았던 핀치의 자손들을 들여다보며 일찍이 다윈이 던진 이런저런 질문들에 답을 찾기 시작했다. 삶은 그렇게 꼬리에 꼬리를 물며 도는가 보다.

그랜트 교수의 스승이자 미국 생태계의 시조라 할 수 있는 유명한 예일 대학의 G. 에블린 허친슨G. Evelyn Hutchinson 교수는 일찍이 "진화라는 연극은 생태라는 극장에서Evolutionary play in the ecological theatre"라는 말을 남겼다. 그랜트 박사 부부는 바로 허친슨 교수의 이 말을 철저하게 입증한 학자들이다. 그들은 기본적으로 생태학자들이지만 그들이 묻는 말은 모두 진화에 뿌리를 내리고 있다. 1973년부터 시작한 그랜트 박사 부부의 다윈핀치 연구는 이제 거의 40년이 돼간다. 물론 눈에 보일 정도의 진화적 변화가 일어나는 시간에 비하면 매우 짧은 기간이지만 그들은 오묘하게 짜인 진화라는 연극의 플롯을 상당 부분 파헤쳤다.

진화의 기본 개념인 적응의 문제에서부터 번식 구조와 성에 관련된 선택 과정 그리고 생물다양성과 유전자 진화에 이르기까지 그들의 연구는 폭과 깊이에서 그 어느 연구도 따르지 못할 수준을 유지한다. 물리학이나 화학 또는 그것들을 기본으로 하는 생물학 분야들은 경성 과학hard science이라 부르는 데 반해 생태학이나 진화생물학처럼 생물체 전체를 다루는 생물학 분야는 흔히 연성 과학soft science이라 일컫는다. 그렇게 부르고 나면 연성 과학은 마치 진짜 과학이 아닌 것 같은 인상을 준다. 그러나 이 책을 읽으며 그랜트 박사 부부가 하는 연구의 수준을 알고 나면 절대 그렇게 느끼지 않을 것이다. 부드러운 느낌을 준다고 해서 엄밀하지 않은 과학은 결코 아니다. 다만 역사적인 사건을 다루는 학문일 뿐이다. 그런 의미에서 역사 과학historical science이라고 부르는 것이 훨씬 어울릴지도 모른다.

진화는 우리 사회에서 아직도 생경한 개념이다. 기독교 교리에 어긋나는 불경한 이론으로 생각하는 이들도 많은 게 사실이다. 그래서 다윈을 그저 자연선택론에 입각하여 진화의 메커니즘을 설명하려 했던 영국의 한 생물학자 정도로 알고 있는 분들이 대부분일 것이다. 그러나 다윈의 자연선택론은 이제 생물학의 범주를 넘어 거의 모든 학문 분야에 영향을 미치고 있는 막강한 이론으로 굳건히 자리를 잡았다. 경제학이나 사회학은 물론 많은 인문사회과학 분야는 말할 나위도 없고 심지어는 음악과 미술에까지 폭넓게 이론적인 기초를 제공하고 있다.

지난 밀레니엄을 접으며 미국에서는 《1천 년, 1천 명 1,000

Years, 1,000 People》이라는 흥미로운 책이 출간되었다. 제2 밀레니엄 동안 우리 인류에게 가장 큰 영향을 끼친 1,000명을 각계의 많은 전문가들에게 의뢰하여 선정했다. 그 결과 10위 안에 세 명의 과학자가 들었는데 바로 갈릴레오, 뉴턴, 다윈이었다. 다윈의 저서《종의 기원The Origin Of Species》이 출간된 것이 1859년이니 이제 한 세기 반이 흐른 셈이다. 처음 다윈의 이론이 알려졌을 때 일어난 반론과 공격은 물론, 그동안 그 많은 탄압에도 불구하고 오늘날 다윈의 이론은 날이 갈수록 더욱 막강한 이론으로 자리를 잡게 되었다.

우리나라에서도 최근 진화의 개념을 설명하는 책들이 적지 않게 번역되어 다윈의 이론에 대한 이해를 높이고 있

더 읽어볼 책

· 최재천《인간과 동물》

다. 이는 퍽 다행스러운 일이라고 생각한다. 하지만 이 책《핀치의 부리》만큼 진화의 여러 메커니즘을 명확하게 설명한 책은 일찍이 없었다. 진화에 관심이 있는 이라면 반드시 읽기를 권한다. 풀리처 상을 받은 책이다. 더 무엇을 말하랴.

1994년 그 봄날 오후 이 책을 처음 읽기 시작했을 때 나는 내가 잘 아는 누구누구의 전기 또는 자서전을 읽고 있는 것 같은 착각에 빠져들었다. 그랜트 박사 부부를 비롯하여 내가 개인적으로 아는 이들의 이름이 계속 등장해서 그런지도 모르지만, 어려운 과학

지식과 개념을 한 치의 오차도 없이 정확하게 전달하면서도 마치 소설을 읽듯 친밀하게 느껴지는 글 때문이었으리라. 배우고 있는지 모르는 가운데 고통 없이 배우는 것처럼 훌륭한 배움이 또 있을까. 이 책은 진화를 공부하려는 생물학도들은 물론 생명이라는 주제에 관심이 있는 사람이라면 누구나 읽어볼 만하고 충분히 읽을 수 있도록 쉽게 잘 쓴 책이다.

　　점심을 막 마치고 들어갔던 책방의 창밖엔 어느새 어둠이 깔리고 있었다. 12년 전 그랜트 교수가 내게 샌드위치를 사준 길 건너 작은 카페에는 벌써 저녁 손님들이 밀려들고 있었다. 이젠 집에 가야 할 시간인가 보다. 그리고 오늘 나는 우리말로 깔끔하게 옮겨진 이 책을 다시 만났다. 삶은 이렇게 늘 꼬리에 꼬리를 물며 도는가 보다. 진화가 그렇듯이.

불의 발견보다 중요한
요리의 발견

리처드 랭엄 《요리 본능》

인간은 어느 날 갑자기 이 지구에 던져진 것이 아니라 태초의 바다에서 우연히 자기 복제를 할 줄 알게 된, 참으로 기이한 화학 물질인 DNA 혹은 RNA의 탄생과 더불어 그 존재의 역사를 시작했다. 그런 다음 단세포와 다세포 생물의 단계를 거쳐 드디어 뭍으로 올라와 오늘에 이른다.

DNA 분석 결과에 의하면 인간과 침팬지가 공동 조상에서 분화된 것은 지금으로부터 불과 500만 년 전의 일이다. 사실 500만 년은 진화의 관점에서 보면 그리 긴 시간이 아니다. 지구의 역사를 하루에 비유한다면 1분도 채 되지 않는 짧은 시간이다. 현생 인류 *Homo sapiens*가 탄생한 것은 그보다도 훨씬 최근인 약 20만 년 전의 일이고 보면 인간은 그야말로 순간에 '창조'된 동물이라 해도 과언이 아니다. 그 짧은 시간 동안에 현생 인류의 조상은 지극히 정교한 언어를 개발하고 농업혁명과 산업혁명을 일으켜 오늘날 이렇게 엄청난 기계문명 사회를 이룩하게 되었다.

이 모든 일의 시작에 불을 발견하고 소유하게 된 사건이 있었다는 점에 토를 다는 학자는 없다. 그러나 이 책《요리 본능Catching Fire》에서 저자 리처드 랭엄은 단순히 불의 소유가 아니라 불을 사용한 요리의 발견이 우리를 진정한 만물의 영장으로 만들어주었다는 주장을 펼치고 있다.

리처드 랭엄은 침팬지 연구로 아프리카에서 일생을 바친 그 유명한 제인 구달 박사의 학문적 적자 중 한 사람이다. 〈탄자니아 곰비 국립공원 침팬지들의 행동생태학〉이라는 논문으로 1975년에 역시 구달 박사가 그랬던 것처럼 영국 케임브리지 대학에서 박사 학위를 받았다. 그 후 미국 미시간 대학에서 교수 생활을 하던 중 이른바 '젊은 천재 상'이라 부르는 맥아더 상MacArthur Award을 받고 1991년 하버드 대학으로 옮겨 오늘에 이른다.

오랫동안 그는 인류학과에 몸담았지만 최근에는 뜻을 같이하는 몇몇 학자들과 함께 '인간진화생물학과Department of Human Evolutionary Biology'라는 새로운 학과를 만들어 독립했다.

하버드 대학에 이처럼 새로운 학과가 만들어지는 것은 매우 이례적인 일이다. 개교 이래 375년 역사 동안 학과가 없어진 것은 1970년대 중반 지리학과가 폐과된 게 아마 유일한 일이고 새 학과를 만들기는커녕 학과 이름조차 바뀐 적이 거의 없었다. 몇 년 전 화학과가 '화학 및 생물화학과Department of Chemistry and Chemical Biology'로 개명한 것이 근래 내가 기억하는 유일한 일이다.

랭엄은 이 책 외에도 《사회성 진화의 생태학적 측면Ecological Aspects of Social Evolution: Birds and Mammals》, 《영장류 사회Primate Societies》, 《침팬지 문화Chimpanzee Cultures》 등의 편저를 출간한 세계 영장류학계의 대표 학자이다. 우리 독자들에게는 《악마 같은 남성Demonic Males》이라는 책으로 친숙한 저자이기도 하다.

인류의 진화에서 요리의 중요성을 강조한 학자는 결코 랭엄이 최초가 아니다. 이 책 제1장의 서두에 인용된 제임스 보스웰James Boswell이 히브리디스 제도 여행기를 쓴 것이 1785년이다.

"나에게 인간을 정의하라면 '불로 요리하는 동물'이라 하겠다. 동물도 기억력과 판단력이 있으며 인간이 지닌 능력과 정열을 모두 어느 수준까지는 가지고 있다. 그러나 요리하는 동물은 없다."

위 인용문은 이 책의 핵심 주제로서 손색이 없다. 조금 더 최근의 연구를 든다 하더라도 제4장의 첫머리에 인용된 칼턴 S. 쿤 Carleton S. Coon의 주장도 이미 1962년에 이뤄졌다.

"우리를 기본적으로 동물적 존재로부터 보다 인간적인 존재로 도약할 수 있게 한 결정적인 요인은 아마 요리의 발견이었을 것이다."

이 책의 결론으로 이보다 더 결정적인 요약이 또 어디 있겠는가? 하지만 이 책에서 랭엄은 이전의 학자들이 여기저기 툭툭 던져놓은 주장들에 조목조목 과학적인 근거들을 제시하며 '요리 본능학설'을 훌륭하게 정립했다. 이 책을 읽고 난 다음 요리와 인간을 분리하여 생각하기는 어려울 것이다.

구달 박사가 아프리카 곰비에서 야생 침팬지를 연구하기 시작한 것이 2010년으로 50주년을 맞았다. 그의 침팬지 연구는 두 가지 발견으로 일약 세계적인 주목을 받았다. 하나는 침팬지도 인간처럼 도구를 사용할 줄 안다는 것이었고, 다른 하나는 침팬지가 뜻밖에 육식을 좋아한다는 사실이었다. 그들의 가장 가까운 사촌인 우리 인간이 육식을 즐기는 걸 보면 그리 놀랄 일도 아니다. 오히려 더 놀라운 것은 우리 인간이 상당한 육식 동물임에도 작은 입과 빈약한 턱, 그리고 다른 육식 동물들에 비해 턱없이 작은 치아를 갖고 있다는 사실이다. 질긴 날고기를 씹어 먹기에는 전혀 어울리지 않는 진화적 적응 조건이다. 랭엄의 논리는 바로 여기에서 출발한다.

나는 이 책에서 랭엄이 주장하는 논리가 기존 학설들과 가장 두드러지게 다른 부분은 음식의 화학성 못지않게 물리성도 중요하다는 설명이라고 생각한다. 소화와 관련된 거의 모든 분석은 주로 열량을 기준으로 이뤄진다. 우리가 섭취하는 음식은 그저 단순히 연쇄 생화학 반응을 기다리는 '영양 용액'이 아니라 치아에 씹히고 장에서 분쇄되어야 하는 '끈적끈적한 3차원의 근육 덩어리'라는 점을 이해하면 요리를 둘러싼 상당히 다른 관점이 드러난다.

1980년대 진화생태학 분야에서 가장 왕성한 연구가 진행되었던 '최적섭이最適攝餌 optimal foraging' 이론도 처음에는 전적으로 열량 계산에 의존했다. 동물의 섭식 행동은 오로지 더 많은 열량을 확보하기 위한 전략적 진화의 결과라는 전제하에 모든 연구가 진행된 것이다. 하지만 시간이 흐름에 따라 야외생물학자들은 차츰 이 이론이 예측한 것과 어긋나는 행동들을 발견하기 시작했다.

예를 들면, 말코손바닥사슴moose은 종종 육상식물보다 열량 성분이 현저하게 낮은 수생식물을 섭취한다. 침팬지를 비롯한 영장류들이 가끔 열량도 낮고 심지어는 독성 식물의 이파리를 일부러 찾아 먹는 행동들을 보인 것도 비슷한 예이다. 분석해보니 말코손바닥사슴은 수생식물로부터 필수 미네랄을 얻고 있었고, 침팬지는 몸이 아플 때 약용 식물을 복용하는 것이었다. 이 책의 저자 랭엄은 침팬지의 약용 식물 섭취 연구를 주도한 장본인이기도 하다.

개인적으로 이 책을 읽으며 한 가지 아쉬움을 느꼈다. 요리가 전적으로 여성의 영역이고 그 때문에 남성이 일종의 해방을 만끽하게 되었다는 랭엄의 설명이, 예를 들어 중국 문화권에서 남성이 요리하는 전통이 확립된 배경이라든가 요즘 들어 부쩍 남성 요리사의 인기가 하늘을 찌르게 된 이유 등에까지 이어졌더라면 하는 아쉬움이 남았다. 나와 함께 이 책의 추천사를 쓴, 우리나라가 낳은 세계적인 셰프 에드워드 권의 인기는 그저 한 인기인의 탄생 그 이상의 의미를 지난다. 현대 여성들이 남성에게서 보고 싶어 하는 가장 훌륭한 매력 포인트 중 하나가 바로 요리를 할 줄 아는가이다. 이런 현상이 그저 최근에

더 읽어볼 책

· 에드워드 권 《에드워드 권 에디스 카페》

생겨난 것인지, 수렵 채집 시대에는 전혀 없던 일이었는지 좀 더 세밀한 분석을 해보고 싶어진다. 온종일 밭에서 일해야 하는 농경사회의 남성에 비해 매일 사냥을 하러 나가는 것도 아니고 허구한 날 빈손으로 돌아온 남성들이 전혀 요리에 가담하지 않았을까 하는 의구심이 든다. 나는 지금 요리와 성선택sexual selection의 관계에 대해 얘기하고 있다. 앞으로 충분히 연구해볼 만한 주제라고 생각한다.

나는 앞으로 이 책을 읽고 난 독자들은 더는 음식을 우습게 보지 않으리라 생각한다. 이미 일일이 수치를 따지기 시작한 열량에 관한 관심은 말할 것도 없지만, 음식의 물리적 속성과 요리의 진화적 중요성 등에 대해 생각하고 또 대화를 나눌 것이다. 음식에 대한 분석에 혹여 입맛이 떨어지지 않을까 약간 두렵긴 하지만, 그럴 때면 그 음식을 준비한 요리사를 떠올리기 바란다. 우리 인간을 인간으로 만들어준, 그래서 가장 인간다운, 가장 아름답고 매력적인 사람일 테니 말이다. 맛있는 음식이 한가득 들어 있는 입으로 말하기가 어려우면 요리사를 향하여 그냥 엄지를 치켜세우면 된다. Thumbs Up to the Chef!

진리의 행보는 우리가 애써 세운

학문의 구획을 자유로이 넘나들지만,

우리는 학문의 울타리 안에 갇혀

진리의 옆모습 또는 뒷모습만 보고 있다.

나는 이제 학문의 국경을 넘을 때 여권이나 비자를 검사하는

거추장스러운 입국 절차를 생략해야 한다고 생각한다.

창의성에는 애당초 경계라는 게 있을 수 없기 때문이다.

Appetiser

애피타이저

연희동 우리 집에는 열 마리의 개가 같이 산다.
일명 '소시지 개' 라고 불리는 다리 짧은 닥스훈트들이다.
사춘기를 겪던 아들을 위해 데려온 한 마리가 대가족을 일궈냈다.
명색이 동물행동학자인 나이지만 열 마리는 사실 좀 너무 많다.
그러나 어려서부터 늘 개들과 함께 자란 아내는 무척 행복해한다.
자연과 동물에 대한 사랑은 함께 부대끼면서 크는 것 같다.
우리야 행복하지만 우리 집 담장 너머 이웃들은 불편해한다.
시끄럽다는 이유 때문이다.
그래서 나는 우리 집 개들에게 교양 있게
조용조용 대화해달라고 부탁한다.
이웃들에게 왕따당하고 싶진 않기 때문이다.

어떤 인생을 살 것인가
고민하는 젊은이들에게

클레이본 카슨
《나에게는 꿈이 있습니다 : 마틴 루서 킹 자서전》

1979년 여름 내가 미국 땅을 처음 밟았을 때 일
이다. 낯선 기숙사 방에서 하룻밤을 보낸 이튿날 나는 아침 일찍 공
동 화장실에서 양치질을 하고 있었다. 바로 그때 욕실 문이 열리며
거울 속 저편에서 커다란 체구의 흑인 한 명이 아랫도리를 수건으
로 가린 채 내게 다가왔다. 순간 온몸의 털들이 일제히 솟구치는 것
같은 전율에 나는 숨도 제대로 쉬지 못하고 거울 속의 그를 뚫어져
라 응시했다.

내가 공부하러 이 먼 데까지 와서 이렇게 죽는구나 하는 동안 그는 두어 개 옆의 세면대 앞에 멈춰 섰다. 그러고는 미리 가지고 온 작은 수건으로 세면대를 깨끗이 훔치기 시작했다. 나는 행여 머리카락 한 올이라도 그쪽으로 돌아갈세라 붙박은 듯 꼿꼿하게 서 있었지만 그의 일거수일투족을 곁눈질로 조심스레 지켜보았다. 조용히 면도를 끝낸 그는 또 세면대를 깨끗이 닦은 후 가만히 문을 열고 사라졌다.

어려서 본 흑인이라야 미군 병사가 고작이고 그들의 뒤통수에 "깜둥이!"라 고함을 질러대고 도망치던 경험이 고작인 내가 숨소리가 들릴 듯 가까이 만난 첫 흑인이었다.

그로부터 대여섯 해가 흐른 어느 날 불쑥 가장 존경하는 인물 셋을 대라는 설문을 받은 적이 있었

더 읽어볼 책

· 신웅진 《바보처럼 공부하고 천재처럼 꿈꿔라》

다. 별로 생각할 겨를도 없이 나는 마틴 루서 킹, 아서 애시, 줄리어스 어빙의 이름을 내뱉고 말았다. 모두 흑인이었다.

지금 다시 누가 나에게 가장 존경하는 인물이 누구냐고 묻는다면 나는 또다시 주저하지 않고 이 세 분의 이름을 댈 것이다. 에이즈에 걸린 많은 이가 수혈을 탓하지만 그걸 믿어주는 사람은 그

리 많지 않다. 그러나 아서 애시가 감염된 피 때문에 에이즈에 걸렸다는 것을 의심하는 이는 없다. 덩크슛을 개발하여 농구의 신기원을 이룩했던 코트의 신사 줄리어스 어빙의 별명 '닥터 J'는 내가 학생들한테 제일 듣고 싶어 하는 별명이다. 검붉은 입술 사이로 언뜻언뜻 내비치는 그들의 치아가 유난히도 희듯이 그들의 검은 피부밑에는 슬프도록 희고 고운 마음이 들어 있는 것 같다.

이제는 미국에도 흑인 대통령이 등장하여 흑백 갈등이 언제 있었느냐 싶기도 하지만 1965년 이전에 흑인들은 백인과 동등한 대접을 받지 못했다. 노예 해방이 선언된 지는 100년이 넘었지만 여전히 참정권조차 없는 이류 국민이었다. 1965년 당시 린든 존슨 상원의원의 주도로 새로운 투표권법이 의회를 통과한 후에야 비로소 흑인도 제대로 된 미국 국민이 된 것이다. 이러한 변화에 결정적인 역할을 한 사람이 바로 마틴 루서 킹이라는 걸 부인할 사람은 없다. 소로와 간디의 전통을 이어받은 킹 목사의 비폭력 항거가 세상을 바꾼 것이다. 그의 말대로 "조지아 주의 붉은 언덕에서 노예의 후손들과 노예 주인의 후손들이 손을 맞잡고 나란히 앉게 되는 꿈"을 넘어 국민의 선봉에 흑인 대통령을 세우게 되었다.

내가 만일 타임머신을 타고 어느 시기든 가볼 수 있다면 나는 1963년 8월 28일 워싱턴으로 갈 것이다. 킹 목사님의 그 피 끓는

'나에게는 꿈이 있습니다'라는 연설을 현장에서 듣고 싶다. 과연 그의 연설을 듣고 일어서지 않을 자가 있을까. 녹음으로 듣는 그의 음성에도 내 온몸의 털들이 일어선다.

체 게바라에게 감명받은 이들에게 이제 마틴 루서 킹을 권한다. 이제 더 이상 불이익을 당할 수 없다고 농성하는 이들에게 그의 비폭력 저항 정신을 권한다. 어떤 인생을 살 것인가 고민하는 젊은 이들에게 그의 꿈을 권한다.

살아간다는 것 자체를 위해
살아갈 뿐

뭐가 그리 바쁜지 소설 한 편 제대로 읽지 못하고 산다. 어쩌다 한 권 손에 쥐어도 절반도 못 읽고 다른 쓸데없는 일에 징용당하는 일이 잦다. 그런 내가 최근 붙들자마자 단숨에 읽어버린 소설이 있다. 바로 《허삼관 매혈기許三觀賣血記》와 《형제兄弟》로도 잘 알려진 중국의 인기 작가 위화의 《인생活着》이란 소설이다. 푸구이라는 이름의 노인이 지주의 아들로 태어나 도박으로 거덜 난 다음, 평범한 농민으로 거듭나는 과정에서 겪는 처절한 애옥살이를 야속하리만치 담담하게 그린 작품이다. 읽는 나는 가슴이 찢어지는데 작가는 그저 밭이랑을 일구며 노래만 한다.

"황제는 나를 불러 사위 삼겠다지만
길이 멀어 안 가려네."

푸구이가 도살 직전의 늙은 소를 사들여 자기랑 똑같은 이름을 붙여주고 함께 늙어가며 부르는 이 노래는 읽는 이들을 묵연한 달관의 경지로 이끈다.

부친으로부터 물려받은 그 많은 재산을 주색잡기로 날려 보낸 푸구이, 노름으로 푸구이 집안의 재산을 앗아가 부자가 되었지만 바로 그 때문에 인민정부에 의해 악덕 지주로 몰려 총살을 당하는 룽얼, 달리기를 잘해서 어쩌면 쓰러진 집안을 도로 일으켜 세울지도 모르겠다고 기대했건만, 새로 부임한 현장의 부인에게 수혈을 너무 과다하게 해주다 죽은 아들 유칭. 그런가 하면 유칭의 목숨 대신 살아난 부인의 남편은 알고 보니 그토록 찾았던 푸구이의 전쟁 전우 춘성, 그러나 그 역시 끝내 문화대혁명의 소용돌이 속에서 스스로 목숨을 끊는다.

이처럼 기구한 삶들을 그린 이 소설의 원제는 '활착活着'이다.

장이머우 감독이 영화로 만들며 〈인생〉이라는 제목을 달아준 걸 우리말 역서에도 그대로 붙여 썼다. 장 감독은 〈인생〉으로 1994년 칸 영화제 심사위원 대상을 받았지만, 나는 제목이 바뀐 것에 불만이 크다. '활착'이란 원래 "옮겨 심거나 접목한 나무가 뿌리를 내려 살아간다."라는 뜻이다. 그래서인지 이 소설에는 '살아간다는 것'이라는 부제가 은근히 따라다닌다. 하지만 나는 그 부제 역시 그리 탐탁지 않다.

위화는 서문에서 스스로 "고상한 작품을 썼다고 생각한다."라고 조금은 으스대며 "사람은 살아간다는 것 자체를 위해 살아가지, 그 이외의 어떤 것을 위해 살아가는 것이 아니라는 사실을" 깨달았다고 적고 있다.

이 소설을 처음으로 내게 권한 이는 우리 시대 최고의 타이포그래퍼인 홍익대 안상수 교수였다. 그가 건넨 작은 쪽지에는 '활착'이라는 한자 밑에 '살아진다는 것'이라는 말이 역시 부제처럼 붙어 있었다. 그렇다. 위화가 이 소설에서 그리고 있는 인생은 제법 살아가는 수준도 못 된다. 우리는 그저 살아질 뿐이다. 모름지기 생물의 활착이란 그런 것이다.

천상병 시인은 〈귀천〉에서 다음과 같이 읊었다.

더 읽어볼 책

· 콘스탄틴 버질 게오르규 《25시》

나 하늘로 돌아가리라.

아름다운 이 세상 소풍 끝내는 날,

가서, 아름다웠노라고 말하리라…….

하지만 나는 이 소설의 마지막 장을 덮으며 이렇게 중얼거렸다. "가서 말하리라. 그냥 살았노라고, 아니 그냥 살아졌노라고."

후드득 튀어 오르는
온갖 아이디어를 붙잡아라

이어령 《젊음의 탄생》

이어령 선생님의 손에서 또 한 번 젊음이 탄생했다. 저자의 이름을 확인하지 않고 이 책을 펼쳤다고 가정해보자. 도대체 어떻게 이런 책이 74세 '젊은이'의 머리에서 잉태될 수 있단 말인가. 그 연세의 노학자들이 펴낸 책들에는 한결같이 관조의 고요함이 있다. 하지만 《젊음의 탄생》은 책장을 넘기기 무섭게 온갖 아이디어들이 그물 위 멸치들처럼 후드득후드득 마구 튀어 오른다. 너무나 많은 아이디어가 한꺼번에 섞이고 버무려지는 바람에 읽는 이의 머리에 쥐가 날 지경이다.

나는 개인적으로 이 책의 세목에서 '탄생'이라는 말이 영 맘에 들지 않는다. 탄생이란 본래 없던 것이 새롭게 생겨남을 의미하는 말인데 이어령의 삶에서 어찌 젊음이 이제야 탄생했다고 얘기할 수 있겠는가. 1963년 《흙 속에 저 바람 속에》를 연재하던 시절부터 신바람 문화를 부르짖으며 올림픽 개폐회식을 기획하고 급기야 디지로그digilog를 선언하기에 이를 때까지 그는 줄곧 젊음만을 노래해왔다.

출판사 편집진을 싸잡아 폄하하는 것 같아 미안하지만 나는 이 책의 제목만큼은 그가 붙인 게 아니라고 믿고 싶다. 우리나라 출판사들이 저자에게 절대 양보하지 않는 게 바로 제목이다. 나도 책을 쓸 만큼 써봤지만 내 맘대로 제목을 붙여본 건 달랑 한 권뿐이다. 그가 직접 제목을 붙였다면 아무리 못해도 '젊음의 부활' 또는 '젊음 예찬' 정도는 되었을 것이다.

저자는 이 책에서 아홉 장의 매직 카드를 뽑아들고 이 땅의 젊은이들과 한바탕 게임을 벌인다. 카니자 삼각형, 물음느낌표, 개미의 동선, 오리-토끼, 매시 업, 연필의 단면도, 빈칸 메우기, 지의 피라미드, 그리고 둥근 별

더 읽어볼 책

· 로버트 루트번스타인 《생각의 탄생》

뿔난 별. 어느 것 하나 만만한 게 없다. 게임의 제목만 알려줄 뿐 게임을 하는 방법은 전혀 가르쳐주지 않기 때문이다. 그저 수많은 생각을 우리 앞에 던져놓을 뿐이다. 이어령은 횃불잡이 또는 길잡이지 결코 요리사가 아니다. 그는 한 번도 친절한 요리책을 써주지 않았다. 요리는 전적으로 우리 몫이다.

이 책에서 그가 가장 자주 다룬 주제는 뭐니 뭐니 해도 경계 허물기이다. 카니자 삼각형이 만들어내는 가상공간에는 "학과 간의 구분도 없고 인문학이니 사회과학이니 자연과학이니 하는 구별도 없다."라며 "테크놀로지가 테크노포에틱스Technopoetics가 되고 컴퓨터사이언스가 컴퓨터포에틱스Computerpoetics가 되어야 사람이 사람답게 사는 세상이 된다."라고 역설한다.

선생님은 또 요즘 "'통섭'이라는 사전에도 없는 말이 지진을 일으키고 있습니다."라고 얘기하지만 88올림픽 개막식에서 굴렁쇠 소년이 일으킨 내 마음 속의 지진은 그 리히터 규모가 비교도 되지 않는다. 이 책이 또 한 번 이 시대의 젊음에게 원융회통圓融會通의 길을 열어주길 바란다. "젊은이여, 어머니가 김치를 담그듯 나의 몸과 영혼을 버무려라."

창의성도 훈련이다

노경원 《생각 3.0》

2006년 3월 16일 시사주간지 《타임》은 특집 기사에서 지금 우리는 인류 역사상 가장 대단한 창의와 혁신의 시대에 살고 있다고 주장했다. 인류 역사상 창의와 혁신이 필요하지 않은 시기가 언제 있었으랴 싶지만, 지금만큼 대단한 시기는 일찍이 없었다는 주장이다. 그 옛날 우리의 조상은 동물의 가죽을 벗기기 위해 처음에는 날카로운 돌을 주워서 사용했다. 그러나 허구한 날 날카로운 돌들이 주변에 흐드러져 있는 게 아니라는 걸 알게 된 다음 그들은 돌의 면을 날카롭게 만드는 방법을 강구해야 했다. 우리 인간은 아마 우리의 존재 역사 내내 창의와 혁신을 추구한 동물이었을 것이다. 하지만 이제《타임》은 그 정도의 안이한 수준의 창의와 혁신으로는 부족하다고 말하고 있다.

　지금까지 혁신의 주체는 극소수의 천재 또는 지도자에 국한되어 있었다. 그러나 이제는 그 주체가 극소수에서 엄청난 다수가 되었다는 것이《타임》의 주장이다. 이제는 누구나 창의력을 발휘하여 혁신적인 아이디어를 제안할 수 있다. 일단 그런 아이디어가 제안되면 그것을 구체화할 수 있는 메커니즘이 존재하기 때문이다. 어떻게 이런 일이 가능해진 걸까? 바로 컴퓨터의 발달 때문이다. 예전에는 보통 사람들의 아이디어는 대체로 포장마차의 술 한 잔과 함께 사라지기 일쑤였다. 하지만 이제는 누구든 웬만큼만 다듬어진 아이디어를 내놓으면 컴퓨터 안에 미리 마련된 프로그램으로 세계 각처의 모든 사람이 사용할 수 있는 형태로 변형할 수 있다. 따라서 이제 전통적인 의미의 천재는 더 이상 존재하지 않는다.

　'창의와 혁신의 시대'는 양면성을 지닌다. 누구나 혁신의 주체가 될 수 있다는 것은 지극히 고무적인 일이다. 그러나 그 뒤에는 엄청난 경쟁이 버티고 있다는 뜻이다. 예전에는 경쟁의 대상이 예측 가능한 소수였지만 이제는 언제 어디서 누가 어떤 기막힌 아이디어를 들고 치고 나올지 예상하기 어려워졌다. 우리는 끊임없이 연구하고 변신하지 않으면 살아남기 어려운 시대에 살고 있다.

이러한 시대적 변화에 대처하는 방법론으로 내가 제안한 개념이 '통섭'이다. 나는 21세기 학문 중 그 어느 것도 다른 학문과 소통 없이 홀로 설 수는 없다고 생각한다. 나는 5년 전 하버드 대학의 생물학자 에드워드 윌슨Edward O. Wilson의 저서 *Consilience: The Unity of Knowledge*(1998)를 《통섭: 지식의 대통합》(2005)이라는 번역서로 내놓으면서 우리 학계에 '통섭'의 개념을 소개하고 동료 학자들에게 진리의 궤적을 따라 과감히 그리고 자유롭게 학문의 국경을 넘나들라고 요청했다. 진리의 행보는 우리가 애써 세운 학문의 구획을 전혀 존중하지 않건만, 우리는 스스로 쳐놓은 학문의 울타리 안에 갇혀 진리의 옆모습 또는 뒷모습만 보고 학문을 한답시고 살고 있다. 나는 이제 우리 학자들이 학문의 국경을 넘을 때 여권이나 비자를 검사하는 거추장스러운 입국 절차를 생략할 때가 되었다고 생각한다. 창의성에는 애당초 경계라는 게 있을 수 없기 때문이다.

창의성은 정의하기 매우 까다로운 개념이다. 타고나는 것인지, 아니면 교육에 의해 길러지는 것인지를 두고 참으로 많은 논쟁이 있었다. 20세기의 문을 연, 두 명의 천재로 숭앙받는 피카소와 아인슈타인을 비교하면 흥미로운 대답이 나온다. 이 두 천재의 공통점에 대해서는 엄청나게 많은 분석과 글들이 나와 있다. 둘은 모두 20세기 초반에 자신들의 대표적인 업적을 남겼다. 큐비즘의 시대를 연 피카소의 '아비뇽의 여인들'이 세상에 첫선을 보인 게 1907년이었으며, 아인슈타인의 특수상대성이론이 소개된 것이 1905년이었고 일반상대성이론이 발표된 것이 1916년이었다. 어찌 보면 그리 닮지 않은 두 분야에서 나란히 천재성을 발휘한 이들의 유사성은 우리에게 많은 걸 시사한다.

나는 이 두 사람 모두 인류 역사에서 또다시 태어나기 어려운 천재라는 걸 인정한다. 하지만 이들이 천재성을 발휘하기까지의 과정은 무척 다르다. 이 둘을 야구 선수로 비유한다면 아인슈타인은 타율에는 그리 신경을 쓰지 않은 채 어느 날 드디어 장외 홈런을 때린 사람이고, 피카소는 수없이 많은 단타를 치다 보니 심심찮게 홈런도 때렸고 그중에는 몇 개의 만루 홈런도 나온 것이다. 피카소는 평생 엄청난 수의 작품을 남겼다. 그가 남긴 작품 중에는 평범한 것들도 많았고 솔직히 수준 이하의 졸작들도 있었다. 그러나 워낙 많이 그리다 보니 남들보다 훨

더 읽어볼 책

· 아서 밀러
《아인슈타인, 피카소 : 현대를 만든 두 천재》

씬 많은 수의 수작을 남기게 된 것이다.

《천재성의 비밀Insights of Genius: Imagery and Creativity in Science and Art》,《아인슈타인, 피카소: 현대를 만든 두 천재Einstein, Picasso: Space, Time, and the Beauty that Causes Havoc》등의 책을 쓴 과학사학자 아서 밀러는 창의성이란 통합적 사고와 상상력에서 나온다고 주장한다. 이 책의 저자는 다음 한마디로 창의성 논의에 종지부를 찍는다. "창의성도 훈련이다." 이어서 창의성을 함양하기 위해서 우선 제일 먼저 기초 체력을 길러야 한다는 그의 발언은 창의성이란 타고나는 게 아니라 길러지는 것이라는 그의 생각을 더욱 확고하게 해준다.

그는 사뭇 구체적으로 창의성을 위한 기초 체력을 기르는 방법으로 8가지를 제안하고 친절하게 테크닉까지 가르쳐준다. 아인슈타인이 이 책을 읽고 더 훌륭한 이론을 많이 낼 수 있으리라고 기대하긴 어렵지만, 저자의 가르침에 따라 자기 수련을 하면 지금보다 훨씬 많은 피카소들이 생겨나리라고 나는 확신한다. 창의적인 아이디어는 지식의 경계에서 튀는 불꽃이 들풀에 옮겨붙으며 피어나는 산불과도 같은 것이다. 나는 통섭적 교육이 창의적인 인재를 길러 내는 데 절대적으로 유리할 것이라고 떠들어왔다. 이 책에는 통섭적 교육의 구체적인 길들이 보인다.

통섭형 엔지니어를
우대하는 시대가 오리라

최재붕 《엔짱: 미래의 글로벌 리더를 위하여》

이런 책이 내가 어렸을 때에도 있었더라면 나도 엔지니어가 되었을 것 같다. 고등학교 시절 나는 공학은커녕 자연과학을 전공하고 싶은 생각도 해본 적이 없었다. 지금은 무슨 운명의 장난인지 제법 알려진 과학자가 되어 있지만 나는 전형적인 '문과' 지망생이었다. 내가 고등학교에 진학하자마자 우리 학교로 갓 부임한 교장 선생님의 다분히 실적 위주 구조조정의 희생물로 나는 졸지에 이과로 배정되었고 3년 내내 끈질긴 항의를 했음에도 불구하고 결국 이과 방면으로 대학 입학원서를 쓰게 되었다.

다행히 고등학교 시절 가장 친한 친구들도 모두 이과반에 배정되는 바람에 결코 삶이 외로운 건 아니었지만, 막상 그 친구들이 모두 공대에 원서를 낼 때 나는 정말 난감했다. 친구 따라 강남에라도 갈 심정으로 유일하게 생각해본 공대의 학과는 바로 건축공학과였다. 그나마 건축공학과가 공대에서는 가장 예술 냄새가 나는 학과라고 생각했기 때문이다. 그러나 나는 결국 아버지의 권유로 의예과에 지망했고 보기 좋게 2년 연속 낙방하고 말았다. 그 당시 대학 입시에는 '제2지망'이라는 얄궂은 제도가 있었는데 그 덕으로 나는 오늘날 생물학자가 될 수 있었다.

공학을 한 친구들과는 지금도 거의 정기적으로 만나 술 한잔 하지만 한 번도 그 친구들이 하는 일이 멋져 보이지 않았다. 그러다가 어느 날 우연히 최재붕 교수님을 알게 되었다. 내가 몇 년 전부터 우리 사회에 화두로 꺼내놓은 '통섭' 개념 덕택에 기계공학을 전공하는 분이 자연을 연구하는 생물학자를 찾아왔던 것이다. 새로운 기계를 구상하거나 로봇을 만드는 데 자연에서 아이디어를 가져오고 싶다며 찾아온 공학자를 보며 나는 정말 내가 뭔가 큰 도움을 줄 수 있다고 생각했다. 그러나 지난 몇 년간 최재붕 교수님 연구실 팀과 함께 브레인스토밍 회의도 하고 공동 연구도 하며, 우리 연구실은 도움을 준 것보다 훨씬 많은 도움을 받았다. 자연과학에 공학이 덤벼드니 마치 날개를 단 듯했다.

우리 연구실에서는 그동안 강화도 갯벌에서 한쪽 집게발만 큰 농게 수컷이 그 집게발을 흔들며 춤을 춰 암컷을 유혹하는 행동을 연구하고 있었다. 최재봉 교수님의 연구원들은 그 연구에서 우리가 안고 있는 온갖 애로 사항을 듣고 난 후, 몇 주가 지난 어느 날 농게 로봇을 들고 나타났다. 동물행동학 연구 중 적어도 새의 경우에는 암컷 새들이 종종 뭔가 새로운 짓을 하는 이른바 '튀는' 수컷들을 선호한다는 결과가 보고된 적이 있다. 우리 연구진이 만일 농게 로봇으로 하여금 전혀 새로운 스타일의 춤을 추게 하고 암컷들이 어떻게 반응하는지를 볼 수 있다면 그야말로 동물행동학계의 일대 혁신을 몰고 올 수 있을 것이다. 그런데 아직은 아닌 것 같다. 실제 농게는 그저 손톱 크기인데 농게 로봇은 도시락만 했다. 농게 암컷들이 로봇을 결코 수컷으로 볼 것 같지 않았다. 실망하는 우리에게 최재봉 교수님의 연구원들은 언젠가는 마이크로 전자기계 시스템 기술을 이용하여 실제 크기의 로봇을 만들어주겠다고 약속했다. 엔지니어의 정의가 "무언가를 개선하는 사람"이라더니 공학은 진정 과학을 날게 하는 마력을 지닌 것 같다.

나는 사실 최재봉 교수님이 우리 연구실을 찾기 몇 년 전부터 인문학과 자연과학을 공학의 실로 꿰어보자는 취지로 '의생학擬生學'이라는 새로운 학문 분야를 구상하고 있었다. '헤아릴 의擬'는 '의성어' 또는 '의태어'의 '의'자이다. 달리 말하면 흉내 낸다는 뜻이다. 그래서 의생학은 자연을 흉내 내는 학문, 좀 더 노골적으로 말하면 자연을 표절하는 학문이다.

의생학의 가장 손쉬운 예는 지금 우리 가방과 옷에 많이 사용되고 있는 찍찍이Velcro의 발명이다. 하지만 말이 발명이지 찍찍이는 사실 자기의 씨를 동물의 털에 붙여 멀리 이동시키려고 진화한 식물 씨의 미세 구조를 그대로 베낀 것이다. 우리끼리 표절하면 대학 총장도 장관도 될 수 없다. 하지만 자연을 표절하는 것은 결코 범법 행위가 아니다. 자연을 베끼는 일은 엄연한 발명이다. 우리 모두 산에 가서 그런 씨가 바지에 들러붙은 경험을 다 갖고 있다. 하지만 우리가 그 씨들을 떼며 그저 욕하기 바쁠 때 조르주 드 메스트랄George de Mestral이라는 스위스 사람은 어마어마한 특허 대박을 친 것이다.

의생학은 어느 천재가 우연한 기회에 자연의 아이디어를 우리에게 가져다주길 기다리지 말고, 이제는 두 눈 부릅뜨고 답을 찾으러 자연으로 뛰어들자는 취지로 구상해낸 학문이다. 바야흐로 공학과 생물학의 아름다운 통섭이 일어날 즈음이다. 거기에 인문학의 향기를 더하면 말 그대로 금상첨화일 것이다. 그래서 내 연구실 한 쪽 구석에는 이미 의생학 연구센터The Center for Biomimicry and EcoLogic가 만들어져 있다.

　　나는 이 책에서 최재붕 교수님이 여러 차례 강조하는 "평생을 공부하며 살아라."라는 말이 특별히 가슴에 와 닿는다. 몇 년 전에 돌아가신 경영학의 대가 피터 드러커도 21세기는 지식경제의 시대가 될 것이며 그런 시대에는 배움에 끝이 없다고 했다. 지식의 전환 속도가 점점 더 빨라져 이제는 한 번 배워 평생을 써먹을 수 있는 시대는 사라졌다. 끊임없이 새로 배워 써먹고 또 배워 써먹고 하는 시대가 된 것이라는 말이다. 게다가 우리는 바야흐로 고령화 시대에 살고 있다.

　　이 책을 읽는 학생들은 대부분 90~100년을 살게 될 것이다. 그러는 동안 직업을 적어도 대여섯 번은 바꾸게 될 것이라는 예측도

> **더 읽어볼 책**
>
> · 정진아 《스무살, 모든 것을 걸어라》
> · 새뮤얼 C. 플러먼 《교양 있는 엔지니어》

나와 있다. 현대전자에서 삼성전자로, 그리고 LG전자로 옮긴다는 게 아니라 전자 회사에 들어갔다가 방송국 PD를 했다가, 정수기 외판원을 했다가, 중소기업 CEO를 했다가 숲 해설가로 일하게 되는 식이다. 직종을 대여섯 번 바꾸게 될 것이라는 예측이다. 그런 미래

를 준비하면서 대학 시절 잘난 전공 하나만 달랑 한 채로 졸업하여 60~70년을 일하며 살 수 있다고 생각하면 참으로 큰 오산이다. 언제든 새로운 분야를 배워 다른 직업으로 옮겨 탈 준비를 하고 대학의 문을 나서야 한다.

나는 이런 점에서 공학이 전략적으로 가장 탁월한 선택이라고 생각한다. 한 살이라도 젊었을 때 배우지 않으면 나중에 나이 들어 배우기 어려운 분야가 바로 공학이기 때문에 미리 해두는 게 유리하다는 계산이다. 하지만 분명히 알아둘 게 있다. 그냥 공학만 한 사람은 평생 남의 일만 해줄 가능성이 크다. 인문학과 자연과학이 바탕이 된 공학을 해야 한다. 이 책을 읽는 여러분 모두 최재붕 교수님의 말씀을 새기며 '통섭형 공학인'이 되기 바란다. 엔지니어 홀대는 결코 오래가지 않을 것이다. 1970~1980년대처럼 엔지니어를 우대하는 시대가 조만간 다시 올 것이다. 우리가 입만 열면 욕하는 정치인들도, 그렇지 않고서는 우리나라가 선진국 대열로 올라서지 못한다는 걸 잘 알고 있다. 무언가를 개선하는 일이 미치도록 좋으면 엔짱이 되라. 그리고 무섭게 파고들라. 멋진 미래가 당신을 기다리고 있다.

깃털만큼의 희망이라도
남아 있다면 일어서야 한다

이상묵, 강인식 《0.1그램의 희망》

어느 날 나는 휠체어를 탄 한 남자가 차도로 내려서는 걸 먼발치에서 본 적이 있다. 인도에 세워놓은 차들 때문에 할 수 없이 차도로 에워가려는 그에게 거리의 차들은 한 치의 양보도 하지 않았다. 내가 쓴 책《생명이 있는 것은 다 아름답다》에는 〈고래들의 따뜻한 동료애〉라는 글이 실려 있다. 고래들은 비록 '장애 고래의 날' 따위는 제정하지 않았더라도 우리처럼 다친 동료를 몰라라 하지 않는다.

'한국의 스티븐 호킹'이라 불리는 이상묵 서울대 지구환경과
학부 교수의 《0.1그램의 희망》은 우리에게 절망 속에서 피어난 희
망이 무엇인지 보여준다. 이상묵 교수는 불의의 교통사고로 목 아
래 전신이 마비되는 시련을 겪었으나 6개월 만에 연구와 교육의 현
장으로 돌아와 기적을 만들었다. 이 책에는 시련을 희망으로 극복
한 불굴의 드라마가 펼쳐져 있다. 책을 읽는 내내 나는 그와 함께
울고 웃었다. 고등학교 1학년 어느 날 아버지의 뜬금없는 권유로 가
슴에 품은 해양학자의 꿈, 세계 최고의 연구교육기관에서 마음껏
불태웠던 학구열, 1년에 몇 달씩 전 세계 오대양을 누비던 호연지
기……. 그러나 한순간의 사고는 그에게 이 모든 걸 앗아가고 그의
몸을 휠체어에 영원히 묶어버렸다.

자칫 장애의 깊은 수렁으로 빠져들 뻔했던 그의 삶을 건져낸
건 함께 학문의 길을 걷고 있는 동료 교수였다. 서울대 차세대융
합기술원의 초대 원장인 서울공대 이건우 교수가 제2회 경암학술
상 상금 1억 원을 한 번도 만난 적 없는 이상묵 교수의 복직과 연
구를 위해 아낌없이 내놓았던 것이다. 이상묵 교수는 그걸 기반으
로 먼저 세상을 떠난 제자를 기리기 위해 '이혜정 장학금'을 조성
했다. 이 책을 사는 당신도 자연히 이 아름다운 희망의 네트워크
에 동참하게 된다.

이상묵 교수는 지금도 세계적인 학자들과 활발하게 공동연구를 수행하는 우리나라의 대표적인 지구물리학자이다. 그의 몸은 비록 휠체어에 갇혔을지 모르나 그의 두뇌는 여전히 저 광활한 마음의 바다를 휘젓고 다닌다. 삼면이 바다인 반도에 태어났으면서도 바다에 대해 아는 게 너무도 없는 우리 젊은이들을 위해 '바다의 탐구'라는 과목을 가르치고 있다. 또한 미국 지구물리학회와 유럽 지구물리학회에 버금가는 아시아-오세아니아 지구과학협회 창설의 주역으로서 연구 활동에도 더욱 박차를 가하고 있다. 장애는 챔피언 이상묵에게 오히려 한 단계 높은 체급에 도전하게끔 한 것뿐이다.

며칠 전 연구실 언덕을 오르다가 유난히도 시끄럽게 짖어대는 까치 한 쌍으로부터 작은 깃털

더 읽어볼 책

· 박완서 외 《괜찮아, 살아있으니까》

하나가 떨어져 내려오는 걸 보았다. 마침 《0.1그램의 희망》을 다시 읽고 있던 참이라 나는 그 깃털을 주워 실험실 천칭에 올려 보았다. 0.109그램.

우리의 미래가 반드시 밝지만은 않을 것이다. 일찍이 경험해보지 못한 엄청난 어려움이 우리를 덮칠지도 모른다. 하지만 당신에게 깃털만큼의 희망이라도 남아 있다면 일어서야 한다. 우리에게

삶을 포기할 권리란 애당초 주어지지 않았다. 횡격막 하나로 숨을 쉬기 때문에 기침도 마음대로 못하는 이상묵 교수는 말한다. "하늘은 모든 것을 가져가시고 희망이라는 단 하나를 남겨주셨다."

생태계의 미래를 걱정하는
지구 멘토 100명의 메시지

사티시 쿠마르, 프레디 화이트필드
《희망의 근거》

Y2K를 기억하는가? 20세기 말 전 세계를 엄청난 공포로 몰아넣었던 일명 '밀레니엄 버그!' 그 엄청난 공포의 순간을 이젠 기억조차 하지 못하는 이들이 많은 것 같다. 2000년이 되는 순간 컴퓨터의 인식 오류 때문에 온갖 자동제어 시스템들이 무너지고 미사일이 오발되는 등 무시무시한 재앙이 닥칠 것이라던 현대판 노스트라다무스의 종말론. 우리는 그 해 첫날 보신각 종소리가 아니라 혹여 거대한 굉음이라도 들릴까 봐 가슴을 졸였다.

미국의 금융회사 하나가 넘어지는데 도대체 왜 전 세계의 산업이 한꺼번에 휘청거려야 할까? 선진국들의 돈놀이에 그동안 국물도 제대로 얻어먹지 못한 후진국들이 왜 더 큰 아픔을 감수해야 하는가? 지나치게 얽히고설킨 인공 시스템에 대한 신뢰가 땅에 떨어진 지금, 우리가 다시금 무구한 자연에 고개를 돌리기 시작하는 것은 어쩌면 지극히 당연한 일인지도 모른다.

이 책에는 바로 이런 세태가 일어날 것을 예측하고 삶의 방식을 바꾸라고 촉구한 100인의 선각자들이 소개되어 있다. 하지만 종전의 위인전과는 구성이 사뭇 다르다. 생태학적 선각자들이 대거 소개되어 있다. 이름 하여 '생태학적 선각자들'이라고 묶어놓은 위인들만 무려 39명이다. 게다가 E. F. 슈마허, 프랜시스 무어 라페, 카를로 페트리니, 시어도어 로작, 프랭크 로이드 라이트 등 '사회적 선각자들'과 '영적 선각자들'에 속해 있는 위인 중 십여 명은 생태학적 선각자로 분류해도 전혀 어색하지 않은 사람들이다. 20세기 선각자 100인 중 절반이 모두 우리가 몸담은 이 생태계의 미래를 걱정한 것이다.

20세기 선각자들을 선정하는 방법이 철저하게 객관적이고 과학적인 것은 아니었겠지만 만일 19세기 인물들을 가지고 같은 작업을 했다면 생태학적 소양을 가진 사람들이 이처럼 대거 선정되지는 않았을 것이다. 일찍이 전례를 찾아볼 수 없는 환경 파괴의 준엄한 현실 속에서, 뜻있는 사람이라면 자연스레 생태 사상을 마음에 품을 수밖에 없었다. 그게 바로 20세기였다.

대학 1학년 때 포이에시스poiesis라는 이름의 독서 동아리에서 남들이 읽으니까 그저 따라 읽었던 로마클럽의 《성장의 한계The Limits to Growth》는 내 인생의 항로를 송두리째 뒤바꿔 놓았다. 대학 시절 나는 사실 엄청나게 방황했다. 3학년 과정을 다 마칠 때까지 생태학은커녕 생물학의 그 어느 분야에도 눈길 한 번 제대로 주지 못했다. 그러나 잊을 만하면 한 번씩 마음 깊숙한 곳으로부터 스며 오르는 《성장의 한계》의 구절들이 끝내 나로 하여금 생태학자의 길을 걷게 했다.

생태학자가 되기로 마음먹은 후 《침묵의 봄Silent Spring》을 통해 레이첼 카슨을 만났고 《모래 군의 열두 달A Sand County Almanac》을 통해 알도 레오폴드를 만났다. 생태학과 진화생물학을 전공하며 러시아 생태학의 선구자 격인 표트르 크로폿킨의 사상과 세포의 공생설로 생명의 역사를 재구성한 린 마굴리스의 진화 이론을 접하게 되었다. 생태학 교수가 되어 한국에 돌아온 후에는 우연한 기회에 침팬지 연구의 대가이자 세계적인 환경운동가 제인 구달과 친분을 쌓게 되어 거의 해마다 우리나라에 모실 수 있는 영광을 누리고 있다. 구달 박사는 우리나라를 방문할 때마다 수천 명의 어린이와 학부모들에게 생태 환경의 중요성을 일깨워주고 있다. 한 사람의 힘이 얼마나 위대할 수 있는지를 나는 그를 보좌하며 확실히 보았다.

한때 우리 정부도 생태학을 국가 이념으로 받아들이는 움직임을 보였었다. 지난 2008년 8월 15일 이명박 대통령은 광복 60주년 기념축사를 통해 '저탄소 녹색성장'을 우리나라 국가 미래 비전으로 받들었다. 초고속 압축 성장 때문에 생태 후진국으로 전락한 대한민국을 필멸의 수렁으로부터 건져 올리겠다는 참으로 훌륭한 결정이라고 생각한다. 다만, 대통령이 생각하는 녹색성장이 녹색을 가장한 적색 개발이 아니길 진심으로 바라며 이 책을 권한다.

특히 반다나 시바의 "지난 20년간 내가 생태운동가이자 유기체 지식인으로서 관여해온 모든 사안은 산업경제에서 '성장'이라고 부르는 것이 사실상 자연과 사람들을 약탈하는 한 가지 형식임을 드러내 보여주었다."라는 지적을 독자들이 간과하지 않기를 바란다. 또한 생태 디자이너 존과 낸시 토드의 "21세기는 생태학과 환경의 세기가 될 것이다. 우리는 선택의 여지가 없다."라는 말도 깊이 새길 필요가 있다.

이 책에서 '사회적 선각자들'과 '영적 선각자들'의 구분은 더욱 모호하다. 사회적 선각자로 분류된 마하트마 간디나 마틴 루서 킹은 우리 모두에게 그 누구보다도 큰 영적 스승이다. 사회적 그리고 영적 선각자들은 물론 사상적으로 올바르고 타의 모범이 되었던 사람들이었지만, 다른 한 편으로는 한결같이 소통의 귀재들이었다. 미래 디자이너 벅민스터 풀러는 "물론 우리의 실패는 여러 요인들의 결과지만, 아마도 가장 중요한 요인 가운데 하나는 전문화가 성공의 열쇠라는 이론을 바탕으로 사회가 작동한다는 사실이다. 전문화가 포괄적인 사고를 저해한다는 사실은 인식되지 않은 채 말이다."라고 우리 시대의 문제를 진단한다.

우리 사회의 많은 사람이 소통의 필요성을 강조한다. 누구보다도 절실하게 소통을 실천해야 하면서도 소통의 의지조차 보여주지 못하는 정치 지도자들도 입만 열면 소통을 부르짖는다. 진정한 소통을 원한다면 우선 다름을 인정해야 한다. 그래서 토머스 모어는 말한다. "진정으로 다른 사람이 '다를' 수 있도록 해준다면, 스스로 '달라질' 수 있는 기회를 갖게 된다고 생각한다. 두 다른 사람이 하나의 삶을 공유하는 문제에서 풍요로움은 다름에 달려 있다." 또한 "관용의 실천을 가르치는 최고의 스승은 당신의 적"이라는 달라이 라마의 가르침은 예수님의 교훈을 닮았다. 피 흘리는 전장의 적도 아닌, 기껏해야 성향이 다른 정적일 뿐인데도 대화의 거추장스러움보다 우격의 손쉬움을 선택하는 우리 정치인들에게 가장 필요한 덕목이 바로 소통이다.

"네 꿈을 먹는 짐승을 조심하라."라는 코스타리카 인디언 속
담이 있다. 비전이 없는 국가는 멸망할 수밖에 없다. 미래가 우리에
게 얼마나 큰 어려움을 가져다줄지 아직은 아무도 모른다. 이렇게
어려운 때일수록 우리에게는 비전을 가진 리더가 절실하다. 국가의
비전이 없으면, 더 심각하게는 먼 미래를 내다볼 줄 아는 선각자다
운 리더가 없으면 모든 고통은 고스란히 국민에게 떨어진다. 이 점
에서 레오폴드 코어의 혜안은 우리에게 시사하는 바가 자못 크다.
"작은 나라들은 약하기 때문에 보다 위대한 지혜를 짜내어 정책을
마련한다. 그 지도자들은 아주 잠깐만 어리석게 굴어도 그 대가를
톡톡히 치를 수밖에 없다. 오늘날 세계에서 정치·사회적으로 가장
진보한 국가들이 작은 나라들인 것은 우연이 아니다." 이처럼 작은
나라일수록 훌륭한 지도자가 필요하다.

이 책 전체를 꿰뚫는 사상적 토대는 '생명'과 '지속가능성'이
다. 생명과 지속가능성이 21세기를 사는 우리에게 가장 중요한 화
두로 떠오르게 된 것 자체가 어쩌면 바로 이 책에 선정된 모든 선각
자 덕분일지도 모른다. 우리 대부분이 여전히 개발과 성장 일변도
의 사고에 매몰되어 있을 때, 이들은 일찌감치 인간중심주의의 한
계를 보았다. 재생 가능한 자연 에너지의 비밀을 풀기 위해 평생을

바친 빅토르 샤우베르거는 일찍이 "우리는 지구에서 모든 것을 알고 있는 존재가 인간이 아니라 자연이라는 것을, 그리고 우리가 계속해서 자연의 법칙을 모욕한다면 인간은 의심할 여지없이 멸망하리란 것을 깨달아야 한다."라고 선언했다. 이 세상은 탐욕이 아니라 필요를 채워주기에 적당하게 마련되어 있다고 설파한 마하트마 간디의 가르침은 오늘날에도 여전히 유효하다.

　　지속가능성이란 이 지구가 우리 세대가 쓰고 난 다음 완전히 소멸하거나 원상태로 복구되는 것이 아니라, 그대로 우리 다음 세대가 이어받아 살아야 하는 곳이라는 사실을 인식하고 다음 세대의 행복권을 침해하지 않는 범위 내에서만 개발해야 한다는 의미이다. 많은 학자가 인간의 탐욕을 기반으로 하는 자본주의 체제 자체의 모순 때문에 우리에게 희망이 없다고 말한다. 하지만 조나단 포리는 지속가능한 경제를 구축할 수 있는 창의력이 자본주의에 내재하고 있다고 확신한다. 우리가 가지고 있는 지식의 한계를 뛰어넘어 새롭게 지각하고 생각하는 능력을 함양해야 한다는 데이비드 봄의 지적에 귀를 기울일 필요가 있다. 데이비드 봄은 네트워크의 상호 연결성을 연구하는 과학자이다. 사회 변화의 속도가 걷잡을 수 없이 빨라지는 요즈음 지나친 연결성은 변화의 폭을 증가시켜 우리 사회를 자칫 감당할 수 없는 소용돌이로 몰아넣을 수 있다.

지난 2008년 나는 건국 60년을 맞아 우리 정부가 마련한 대국민 강좌 시리즈에 참여한 바 있다. 그 강의에서 나는 기후 변화와 환경 파괴의 시대에 우리 인간이 살아남는 유일한 길은 우리가 '현명한 인간인 호모 사피엔스*Homo sapiens*'라는 자만을 버리고 '공생 인간인 호모 심비우스*Homo symbious*'로 거듭나야 한다고 호소했다. 호모 심비우스의 정신은 우리의 협동은 물론 이 지구 생태계에 함께 사는 모든 생명과의 공생을 우리 삶의 최대 목표로 삼자는 자성의 목소리를 담고 있다. 나는 우리 인간이 탁월한 두뇌를 가졌다는 사실은 인정할 용의가 있지만 현명한 동물이라는 평가에는 결코 동의할 수 없다. 우리가 진정 현명한 동물이라면 우리 스스로 삶의 터전을 이처럼 참혹하게 망가뜨리며 살지는 말았어야 했다.

더 읽어볼 책

· 제인 구달 《희망의 자연》

기후 변화와 환경 파괴의 현실은 전 미국 부통령 앨 고어가 《불편한 진실An Inconvenient Truth》에서 말하는 진실보다 훨씬 불편해 보인다. 게다가 이 '불편한 진실'에 대응하는 방법을 그저 단순히 기술 개발에 의존하는 것으로 생각한다면 그건 정말 큰 오산이다. 물론 과학이 우리에게 베풀어줄 혜택은 앞으로도 헤아리기 어려울 정도로 클 것이다. 그러나 과학이 홀로 우리를 이 엄청난 생태적 위기로부터 구원해줄 수는 없다. 우리의 삶 자체가 녹색으로 변하지 않는 한, 다시 말해서 우리 스스로 지금보다 조금 더 '불편한 삶'을 살겠다는 각오를 하지 않는 한 우리 인류의 미래는 결코 밝지 않을 것이다. 생각의 대전환이 필요하다. 우리 모두의 생활 방식에 일대 혁신이 일어나야 한다.

이 책에 소개된 선각자들은 그들이 어떤 부류의 선각자로 분류되었는지에 상관없이 모두 생명의 존엄성을 중시하며 지속가능한 미래를 위해 생태학적으로 또는 영적으로 우리가 어떻게 행동해야 하는지 명확한 지침을 제공한다. 21세기는 여러 면에서 그 이전의 세기와는 근본적으로 다를 것이다. 아니 다른 세기가 되어야 한다. 변화를 기다릴 여유가 없다. 우리 스스로 새로운 시대를 열어야한다. 간디는 우리에게 간구한다. "세상이 변화하기를 원하면 너 스스로 그 변화가 돼라."라고.

나는 늘 "알면 사랑한다!"라는 말을 이마에 써 붙이고 다닌다.

인간과 자연이 서로에 대해 많이 알면 알수록 더욱 사랑하게 된다고 확신한다.

인간은 자연의 일부이다.

다른 생명들도 하나밖에 없는 지구에서 삶을 누릴

자격과 권리를 지니고 있다.

더 늦기 전에 우리는 함께 사는 방법을 터득하여 실천에 옮겨야 한다.

다른 생명에 대한 사랑이 곧 나를 사랑하는 길임을 깨달아야 한다.

Main Dish

메인 요리

요즘 여성들은 요리 잘하는 남자를 좋아한다고 한다.
그래서인지 신세대인 아들은 나와는 달리 요리를 제법 잘한다.
나는 물론 요리에 별다른 재주도 없거니와
어릴 적 가부장적인 아버지 밑에서 맏아들로 자랐기에
부엌에는 발도 들여놓지 못하고 자랐다.
하지만 나도 요즘 들어 종종 아내와 아들을 도와 요리를 한다.
그래 봐야 내가 요리를 하는 것은 아니고 충실한 보조 역할을 할 뿐이다.
아들이 친구에게 하는 얘기를 우연히 엿들었는데
주방 보조로는 내가 그동안 부려본 사람 중 최고란다.
사랑받고 싶다면, 남자들이여 요리를 하라!

동물을 알면
인간이 보인다

잘나가던 명문대 교수가
숲의 은둔자가 된 까닭은?

베른트 하인리히 《동물들의 겨울나기》

고깝게 들릴지 모르지만 나는 세상에 부러운 사람이 별로 없다. 로또 복권에 당첨된 사람도 돈은 좀 생겼겠지만 그 돈 무게만큼 다른 행복을 잃었거니 생각하면 하나도 부럽지 않다. 높은 벼슬에 오른 사람을 보면 또 얼마나 자기 생활을 잃을까 싶어 안쓰럽기까지 하다.

예전에 어딘가에서 읽었던 얘기다. 염라대왕께서 재채기를 참지 못하는 바람에 인간의 수명을 나타내는 촛불 세 개가 꺼지고 말았다. 영문도 모른 채 갑자기 저승으로 끌려온 세 사람에게 염라대왕은 자신의 실수를 인정하고 다시 세상으로 보내줄 테니 소원이 있으면 말해보라고 한다. 첫 번째 사람은 전생에서 가난이 제일 싫었다며 부잣집 아들로 다시 태어나게 해달라고 했다. 그건 별로 어려운 일이 아니라며 염라대왕은 그를 부잣집 아들로 다시 내보내 주었다. 두 번째 사람은 지위가 높아지기를 원해 그렇게 태어나게 했다. 그런데 마지막 사람은 염라대왕에게 아름답고 평화로운 산속에서 아무런 근심 걱정 없이 행복하게 살 수 있게 해달라고 청했다. 그러자 염라대왕께서는 발끈하시며 다음과 같이 말했다고 한다. "야, 이놈아. 그런 데가 있으면 내가 가지, 널 보내겠냐?"

《동물들의 겨울나기Winter World》의 저자 베른트 하인리히는 내가 이 세상에서 부러워하는 몇 안 되는 사람 중의 하나이다. 나는 필경 염라대왕도 그를 질투하고 있으리라 확신한다. 하인리히의 촛불을 꺼뜨려 빨리 데려오고 싶은데 그게 잘 되지 않을 뿐이리라. 숲이 그의 건강을 책임지고 있기 때문이다. 그야말로 아무런 근심도 걱정도 없는 생활에다가 그의 몸은 달리기로 젊은 사람 못지않게 잘 단련되어 있다. 그는 얼마 전까지만 해도 전 세계 장년부 마라톤 최단 기록 보유자였다. 제아무리 염라대왕이라도 그가 숲 속의 삶을 충분히 다 즐길 때까지 기다리는 수밖에는 별도리가 없어 보인다.

베른트 하인리히는 일찍이 젊은 나이에 《뒤영벌의 경제학 Bumblebee Economics》이라는 저서 하나로 단숨에 생물학계의 거물로 뛰어오른 사람이었다. 그가 박사 학위를 한 로스앤젤레스 소재 캘리포니아 주립대학은 다른 대학이 그를 데려갈세라 서둘러 그에게 교수 자리를 내주었다. 그 대학 생물학과의 간판스타로 남부러울 것 없던 어느 날, 그는 돌연 학교를 그만두고 어릴 때 거닐던 메인 주의 숲으로 돌아갔다. 세상의 부귀영화를 다 뒤로 하고 그야말로 통나무집을 짓고 숲 속의 생활을 시작한 것이다.

하지만 다른 대학들이 그를 가만둘 리 없었다. 삼고초려 끝에 메인 주에서 그리 멀지 않은 버몬트 주립대학이 그를 간판 교수로 모시는 데 성공했다. 그를 메인의 통나무집에서 자주 불러내지 않는다는 조건으로 말이다.

나는 귀국하기 바로 전해에 그가 있는 버몬트 대학 생물학과에 인터뷰하러 간 적이 있었다. 이틀을 그곳에서 머물며 세미나도 하고 학과의 교수들과 학교 간부들을 만났지만 하인리히는 만나지 못했다. 내가 하버드 대학에 있을 때부터 서로 잘 알던 처지라 한 번쯤 나타나 나를 위해 지원 사격을 해줄 줄 알았는데 그는 끝내 나타나지 않았다. 내가 섭섭해하자 학과의 교수들이 상세하게 설명해 주었다. 그는 그저 아무 때나 오고 싶을 때만 학교에 온다고. 강의는 대개 학생들이 그가 있는 메인의 숲에 가서 받는다고 했다. 책에서도 여러 번 언급되었지만 '겨울 생태학' 강의는 학기에 몇 차례씩 학생들이 그의 통나무집에 머물며 이 책에 소개된 관찰과 연구들을 함께 수행하는 것이다. 학기 말에 그가 굽는 통돼지 요리는 이미 버몬트 대학의 명물이 되어 있었다.

메인의 통나무집으로 옮긴 후 그는 '현대의 소로' 또는 '현대의 시튼'이라는 칭송이 부끄럽지 않을 여러 권의 자연 수필집을 출간했다. 우리는 그제야 비로소 왜 그가 명문 대학의 교수를 그만두고 서둘러 숲으로 돌아갔는지 알게 되었다. 물론 그는 매일 숲 속과 연못가를 거닐고 저녁엔 벽난로 앞에 앉아 일기를 쓰는 그런 삶이 그리워 돌아간 것이다. 그러나 그 일기들이 모여 책이 되어 나왔을 때에야 우리는 드디어 '과학자 하인리히'에 덧붙여 '시인 하인리히'와 '화가 하인리히'를 보았다. 그의 책은 종종 이 세 하인리히의 합작으로 나온다. 이 세상 그 누구에도 뒤지지 않을 예리한 관찰력과 기발한 실험으로 파헤친 자연의 신비를 여느 작가 부럽지 않은 수려한 글로 묘사하고, 거기다가 군데군데 손수 그린 삽화를 곁들인다. 그의 그림은 따뜻함과 정확함을 아우른 격조 높은 세밀화다. 그는 대학교수로는 이 모든 걸 다 할 수 없다는 사실을 잘 알고 있었다.

그러나 그가 통나무집으로 돌아갔다고 해서 결코 학계에서 멀어진 것은 아니었다. 대학에 남아 학생들과 함께 큰 실험실을 운영해야만 과학을 하는 줄 아는 우리를 조롱이라도 하듯, 그는 메인의 숲 속에서 홀로 쉬엄쉬엄 조촐하게 수행한 관찰과 실험을 바탕으로, 최고 수준의 학술 논문도 버젓이 발표한다. 1999년에 출간한 《까마귀의 마음Mind of the Raven》에 상세하게 소개되어 있지만 왜 까마귀들이 애써 발견한 동물의 시체를 앞에 두고 큰 소리를 내어 광고하는지, 그리고 이 책에 설명되어 있듯이 그 작은 상모솔새가 추운 겨울 숲 속에서 과연 무엇을 먹고 지내는지 등의 의문들을 밝혀내는 그의 과학 수사는 행동생물학과 생태학의 진수를 보여준다. 삶은 삶대로 찾아 누리고 과학은 과학대로 다 잘하는 그를 누군들 우러러보지 않을까. 나는 정말 그가 부럽다. 그의 통나무집 바로 옆에서 늑대거북이 산란하는 것도 부럽고, 겨울이 되어 해가 짧아지면 일찍 잠자리에 드는 그의 삶도 한없이 부럽다.

우리는 흔히 겨울 숲을 아무도 살지 않는 황량한 곳으로만 생각한다. 그러나 하인리히가 인도하는 겨울 세계는 화려하기 그지없다. 흰 눈을 배경으로 생명이 발가벗고 춤을 춘다. 나 역시 유학 시

> **더 읽어볼 책**
>
> · 헨리 데이비드 소로 《월든》

절 귀가 떨어질 듯 쨍하고 춥던 어느 겨울 날, 펜실베이니아 숲 속에서 눈톡토기(이 책에서도 그런 것처럼 눈벼룩이라고도 한다)와 눈밑드리snow scorpionflies들이 그 차가운 눈 위에서도 삶을 만끽하는 걸 발견하고 흥분했던 기억이 새롭다. 어쩌면 겨울은 동물을 만나기 더 좋은 계절인지도 모른다. 하인리히가 거니는 메인의 숲 속도 그렇지만 워낙 동물의 씨가 마른 우리나라 숲 속에서는 더욱 그럴 것 같다. 우리는 겨울이 되어 흰 눈이 쌓여야 멧돼지들을 자주 볼 수 있다. 한라산의 노루도 다른 절기에는 보기 어려워도 겨울에는 먹이를 찾아 기슭으로 내려온다. 철원 평야의 새들도 마찬가지다. 그러고 보니 나도 어렸을 때 고향 강릉에서 토끼 이상으로 큰 동물을 보던 때는 늘 겨울이었고 삼태기를 고여 새를 잡던 것도 다 겨울이었다.

이 책을 읽은 다음 훈훈하게 잘 껴입고 산행을 한번 떠나보면 좋을 것 같다. 설악산도 좋고, 지리산도 훌륭하고, 점봉산도 멋지리라. 사실 그렇게 멀리 갈 것도 없다. 서울에 사는 이라면 남산, 관악산, 우면산, 북한산 가릴 까닭이 무엇이랴. 모두 훌륭한 산이다.

우리 산에 오를 때 이 책에 그려진 그 신기한 자연이 보이지 않는다면 그건 둘 중의 하나 때문이다. 하나는 우리 산에 더 이상 그런 동물들이 살지 않는다는 것이고 다른 하나는 무분별한 야생 동물 포획 때문이다. 우리나라는 동물의 개체 수가 턱도 없이 적어 이렇다 할 생태연구조차 할 수 없는 실정이다. 그런데도 야생 동물 포획은 끊이질 않고 있다. 이젠 정말 두 손 모아 보살펴도 시원치 않은데 이 무슨 어리석은 짓이란 말인가.

우리 산에 동물이 뜸한 것은 부인할 수 없는 사실이지만 그렇다고 해서 모든 생명이 다 사라진 것은 아니다. 하인리히가 이 책에서 가르쳐주는 대로 자연을 향한 눈을 조금만 더 크게 떠보면 하루아침에 달라 보일 것이다. 메인의 숲을 하인리히가 처음 거닌 것은 절대 아니다. 하인리히의 눈처럼 치밀한 눈이 다녀가지 않은 것뿐이다. 이제 곧 눈이 오면 우리 모두 이 책을 한 권씩 옆구리에 끼고 겨울 세계를 찾아 떠나자. 까마귀와 상모솔새가, 아니면 까치와 곤줄박이가 우릴 맞을 것이다.

무리를 이루어 사는 동물들에겐
그만한 사정이 있더라

프랑스 세지이, 뤽 알랭 지랄도, 기 테롤라즈
《동물들의 사회》

우리는 종종 사람들과 부대끼는 게 싫다며 아무도 없는 고요한 숲 속에 들어가 살았으면 좋겠다는 얘기를 한다. 하지만 실제로 그런 곳에 가서 살 수 있는 사람은 별로 없다. 홀연 홀로 되었을 때 느끼는 고독을 우리 인간은 좀처럼 참아내지 못한다. 우리는 대표적인 사회적 동물이다.

우리 자신이 사회적 동물이다 보니 우리는 이 세상이 대충 사회적 동물들로 이뤄져 있다고 착각한다. 그러나 실상은 정반대이다. 이 세상의 거의 모든 동물은 다 혼자 산다. 사회를 구성하고 사는 것이 오히려 예외이다. 하지만 둘러보라. 실제로 이 세상은 그 몇 안 되는 사회적 동물들이 지배하는 곳이다.

《동물들의 사회Les sociétés animales: lions, fourmis et oustitis》는 인간을 비롯하여 사자, 개미, 그리고 마모셋원숭이의 사회를 들여다봄으로써 이른바 사회성의 진화가 어떻게 일어난 것인지를 설명한다. 저자들이 진화를 설명하기 위해 택한 전략은 행동생태학적 분석이다. 제1장의 자원경쟁 행동, 제2장의 짝짓기 체계, 제3장의 집단행동의 자가조직화 현상 등을 모두 경제학적 비용·손익 계산에 의해 분석한다. 즉 동물들의 특정한 행동 또는 습성이 어떤 적응 과정을 거치며 진화했는지를 설명한다. 독자들은 자연스레 각종 게임 이론, 다윈의 자연선택과 성선택 이론, 자가조직의 원리 등에 대해 배우게 된다. 이런 이론에 기반을 둔 분석과 설명 논리에 세심하게 주의를 기울이며 책을 읽은 독자는 앞으로 우리 인간 사회에서 벌어지는 온갖 흥미로운 현상들에 대해 다분히 진화적인 평가를 내릴 수 있을 것이다.

이 책이 독자들에게 이처럼 지적인 사고력을 제공할 수 있는 까닭은 저자들이 단순한 과학 저술가들이 아니라 모두 쉴 새 없이 탁월한 연구 논문들을 발표하는 최고 수준의 행동생태학자 또는 동물행동학자들이기 때문이다. 현장에서 직접 연구를 수행하는 학자들이 일반 대중을 상대로 글을 쓰면 종종 소통이 안 될 정도로 어려운 경우가 있는데 이 책은 완전히 예외다. 전문 과학 저술가 못지않은 글솜씨에 실제로 연구를 수행하고 있는 학자만이 제공할 수 있는 분명한 전문성이 한데 어울려 내용의 깊이는 물론 읽는 즐거움까지 선사하는 훌륭한 책이다.

이 책을 읽는 독자들에게 나는 《이기적 유전자The Selfish Gene》와 《까마귀의 마음》도 함께 읽기를 권한다. 《하리하라의 과학 고전 카페》에 보면 더 많은 좋은 책들이 소개되어 있다. 이 책을 읽은 당신은 이제 동물의 행동과 진화에 관한 책이라면 어떤 책이라도 읽을 수 있게 되었다. 멋진 독서 여행을 떠나시기 바란다.

더 읽어볼 책

· 리처드 도킨스 《이기적 유전자》
· 최재천 《최재천의 인간과 동물》

사랑과 전쟁,
동물의 세계도 마찬가지

나탈리 앤지어
《살아 있는 것들의 아름다움》

《살아 있는 것들의 아름다움The Beauty of the Beastly》은 퓰리처상 수상 기자이자 여류 과학수필가인 앤지어가 《뉴욕 타임스》에 연재했던 자신의 글들을 묶어서 펴낸 것이다. 동물 행동학자나 진화유전학자들이 흥미로운 연구 결과를 발표할 때마다 그 난해한 전문 언어를 일반 독자들이 이해할 수 있는 쉬운 말로 번역해 준 글들의 모음이라 전체를 일곱 묶음으로 나누고 그럴듯한 소제목들을 붙여 놓았지만 그리 일관성이 있는 책은 아니다.

모두 서른세 편의 글을 통해 앤지어는 동물 사회의 남녀 관계, 부모 자식 관계, 경쟁과 협동, 갈등과 책략, 유전과 적응 등 다양한 주제들을 다루고 있다. 독자들의 흥미를 위해, 다시 말해서 책을 더 많이 팔기 위해 지나치게 과장되고 선정적인 부분이 군데군데 보이기는 하나, 그 많은 주제에 대한 저자의 폭넓은 지식은 가히 전문 과학자를 무색하게 할 지경이다. 이 책에는 생명의 신비를 담고 있는 유전 물질에 관한 분석은 물론, 동물 세계의 온갖 삶의 모습들에서 여성들이 월경을 하는 이유에 이르기까지 실로 다양한 문제들이 언급되어 있다. 하지만 가장 흥미롭고 자극적인 첫 이야기를 예로 하여 생물학자의 눈으로 본 세상의 모습이 어떤지 살펴보도록 하자.

다윈의 이른바 '성선택론'에 의하면 값싸게 많은 정자를 만드는 수컷은 보다 많은 암컷과 정사를 나눌수록 더 많은 자식을 얻는 반면, 암컷은 아무리 여러 수컷과 정사를 나눈다 해도 쉽사리 자식의 수를 늘릴 수 있는 게 아니다. 따라서 암컷은 자연히 남녀 관계에서 더 소극적이고 신중한 반면, 수컷은 아예 바람기를 타고난다는 것이다. 그러나 동물행동학자들의 최근 연구에 의해 많은 종의 암컷이 실제로 여러 수컷과 성관계를 맺는다는 사실이 밝혀지고 있다. 금실이 좋다 하여 결혼 선물로 주고받는 원앙새의 암컷도 자의든 타의든 간에 종종 아비가 다른 새끼들을 기르곤 한다.

이렇듯 수컷과 암컷이 모두 여러 배우자를 상대한다고 하더라도 책략 면으로 보면 상당한 차이가 있다. 수컷들은 자식을 양적으로 늘리려는데 비해 암컷들은 질적 향상을 도모한다. 여러 수컷과 성관계를 한 뒤 그들의 정자들이 치열한 경주를 하게끔 하여 가장 뛰어난 정자를 택하거나 여러 수컷의 정자를 두루 사용함으로써 유전적으로 다양한 자식들을 낳아 예측하기 어려운 환경 변화에 대처하기도 한다. 또 성관계를 할 때마다 수컷으로부터 혼인 선물을 받는 암컷은 보다 많은 수컷을 상대하여 자원을 축적하기도 하고, 또 여러 수컷과 관계를 함으로써 수컷들이 모두 태어난 자식을 자기의 핏줄로 생각하게 하여 수컷으로부터 지속적인 보호와 지원을 제공받기도 한다. 아무리 여러 수컷과 관계를 했다 하더라도 암컷은 자기의 몸에서 태어난 자식의 유전자 중 절반이 자기 것이라는 확신이 있지만, 자칫하면 엉뚱한 남의 자식에게 투자할 수도 있는 수컷으로서는 온갖 방법을 다 동원하여 암컷의 바람기를 잠재워야 할 필요가 있다.

여권주의자들은 흔히 진화학 또는 사회생물학이 그들의 이념에 어긋나는 학문이라고 생각하는 경향이 있는데 그처럼 어처구니없는 일은 또 없

더 읽어볼 책

· 최재천 《여성시대에는 남자도 화장을 한다》

을 것이다. 《종의 기원》을 통해 우리 인간과 원숭이가 그 옛날 같은 조상으로부터 갈라져 진화했다고 설명한 다윈의 자연선택론이 그 당시 기독교 정신에 충만했던 서구인들에게 준 충격에 대해서 우리는 너무나 잘 알고 있다. 그러나 최근 과학사학자들의 분석에 의하면 성에 관한 최종 결정권이 여성에게 있다는, 그래서 암컷들에게 잘 보여 그들로부터 선택받기 위해 수컷들이 더 춤도 잘 추고 노래도 더 잘하고 몸도 더 화려하게 가꾸도록 진화할 수밖에 없었다는 성선택 이론이 당시 빅토리아 시대의 남성들에게 던진 충격과는 비교도 되지 않는다는 것이다. 그 증거로 자연선택론을 입증하기 위한 연구들은 《종의 기원》이 발간된 즉시 시작되었지만 성선택론은 향후 거의 백 년이 지나도록 검증은커녕 이렇다 할 논의조차 이뤄지지 못했다. 성에 관한 한 우위를 빼앗길 수 없다는 남성들의 공포가 그만큼 컸다는 뜻이다. 여성의 눈으로 재조명한 동물 사회의 여러 진기한 모습들을 통해 진화학과 페미니즘과의 상호이해에 새로운 전기가 마련되길 기대해본다.

가우디도 울고 갈
과학과 예술의 결정체

배용화 《동물의 건축술》

나는 원래부터 동물의 건축에 관심이 많다. 이 책 《동물의 건축술》에 소개된 온두라스흰박쥐를 비롯하여 식물의 잎을 변형시켜 '텐트'를 만들어 비를 피하는 이른바 텐트박쥐(천막박쥐)에 대해서는 직접 코스타리카와 파나마 열대우림에서 연구하여 논문도 서너 편 발표했다. 최근에는 까치와 영장류의 인지 연구까지 시작한 터라 배용화 PD가 날 처음 찾아왔을 때 나는 정말 떨듯이 기뻤다.

KBS 〈환경스페셜〉을 비롯하여 여러 국내 방송사의 다큐멘터리 제작진과는 심심찮게 한데 어울리며 각종 자연 다큐멘터리를 만들어내는 일에 힘을 보탰지만, 다큐멘터리 〈동물의 건축술〉만큼 기획 단계에서부터 촬영 대상과 촬영지 선정, 촬영 전략에 이르기까지 깊숙이 관여한 것은 내게도 그리 흔한 일이 아니었다. 내가 다 해준 거라고 들릴까 두렵지만, 흰개미, 바우어새, 베짜기개미, 베짜기새, 비버, 온두라스흰박쥐는 모두 내가 적극적으로 천거한 동물들이다. 배용화 PD는 시청률이 기대에 못 미쳤다고 퍽 서운해하는 것 같은데, 나는 개인적으로 이 작품이 국내에서 제작된 자연 다큐멘터리 중 가장 탁월한 서넛 중의 하나라고 생각한다. 최첨단 촬영 기법은 물론, 내용의 폭과 깊이가 여느 선진국의 다큐멘터리에 뒤지지 않는다고 자부한다.

또한 영상이 주는 시각적 탁월함에 만족하지 않고 이렇게 책으로 만들어 단순히 동물들이 만든 건축물의 대단함을 취재하여 알리는 수준에 그친 게 아니라, 그런 건축물을 만들어낸 동물들의 생리, 행동 및 진화에 대해 거의 전문가적 해석을 제시했다는 점에서 이 분야에 몸담고 있는 학자의 한 사람으로 진심으로 존경과 부러움의 고개를 숙인다.

예를 들어, 흰개미의 건축술을 소개하며 호주 북부에 서식하는 자기장흰개미의 건축술에 얽힌 과학적 배경을 설명한 부분은 현재까지 과학계가 알고 있는 거의 모든 지식을 총망라한다. 집안의 온도를 일정하게 유지하기 위해 그들은 햇볕을 가장 많이 받을 수 있는 방향으로 납작한 접시 모양의 집을 만든다. 또한 바람이 실내 온도의 변화에 미치는 영향을 고려하여 일률적으로 남북 방향으로 정렬하는 게 아니라 바로 그 지역의 바람 방향에 맞춰 제가끔 조금씩 다른 각도로 집을 짓는다. 이 모든 것은 자기장흰개미가 몸 안에 자석 방위를 감지할 수 있는 자석 나침반 기관을 갖고 있기 때문에 가능하다는 연구 결과까지 상세히 소개한다.

이 책에 소개된 동물들의 행동을 실제로 연구하는 학자의 삶도 결코 만만치 않지만 그런 행동의 단면을 화면에 담아내야 하는 자연 다큐멘터리 제작자들의 고충은 정말 이루 말할 수 없다. 이 책에는 고온다습의 악천후와 다투며 수십 마리의 모기에 뜯기며 때로 무작정 기다려야 하는 극도의 지루함을 견뎌낸 다큐멘터리 제작자들의 힘들지만 멋진 삶의 현장이 생생하게 그려져 있다. 전공이 그래서인지 몰라도 내 주변에는 이 어려운 길을 기어코 걷겠다는 젊은이들이 제법 많다. 이 책이 그들에게 현실적인 꿈을 꿀 수 있도록 도와주리라 믿는다.

나는 최근 새로운 학문을 하나 만들어내는 사뭇 어쭙잖은 짓을 저질렀다. 이름하여 의생학이라는 분야인데 말 그대로 자연을 흉내 내는 학문이다. 새로운 원천 기술의 보유가 국가 경쟁력의 첩경이 된 요즘, 늘 무無에서 새로운 기술을 창출하는 게 아니라 이미 수천만 년 동안 자연선택에 의해 갈고 닦인 자연의 발명품들을 우리 입맛에 맞도록 다듬어보자는 것이다. 성당흰개미의 집은 그 유명한 가우디 성당과 모습은 비슷할망정 성능은 훨씬 탁월하다. 이처럼 동물 사회의 가우디들이 만들어낸 기술에 관심을 기울여보자는 게 바로 내가 생각하는 의생학이다. 이 책을 읽는 학생들 중에서 장차 훌륭한 의생학자가 많이 탄생하길 기대해본다.

개들도 자기들끼리 있는 걸
좋아한다

엘리자베스 마셜 토머스
《인간들이 모르는 개들의 삶》

《인간들이 모르는 개들의 삶The Hidden Life of Dogs》은 내게 아주 각별한 책이다. 우선 이 책의 저자와 나는 서로 안면이 있는 사이다. 하버드 대학에 유학하던 시절 몇 번 만난 적이 있다. 하버드 대학 주변에는 대학을 졸업하고도 그 동네를 못 떠나고 어영부영 눌러앉는 사람들이 종종 있다. 이 책의 저자도 이를테면 그런 사람 중의 하나였다. 저자는 일찍이 아프리카 칼라하리 사막의 부시맨에 대한 현장 연구로 하버드 대학 인류학과에서 박사 학위를 받은 바 있지만, 먼 다른 지방의 대학으로 옮겨 교편을 잡는 것보다 그저 글이나 쓰며 케임브리지에 남는 걸 택한 사람이었다. 그러다가 우연히 개들에 대한 또 하나의 '현장 연구'를 하게 된 것이다.

나는 저자를 인류학과나 생물학과의 모임에서 만나 두어 번 짤막한 대화를 나눈 적이 있다. 그 덕에 길에서 마주치면 서로 '하이' 정도는 하고 지내는 사이가 되었다. 나는 그 당시 그가 개들에 대한 연구를 하는 줄은 몰랐다. 하지만 지내놓고 생각하니 그의 곁에는 늘 늠름하고 잘생긴 허스키 한 마리가 있었다. 필경 이 책의 주인공 미샤였을 것이다. 허스키는 내가 이 세상에서 제일 좋아하는 개다. 이 담에 마당이 널찍한 집을 사면 꼭 한 마리 길러보리라.

이 책은 또 내가 읽은 책 중에서 가장 많이 사서 주위의 지인들에게 선물한 책이기도 하다. 우선 개를 기르는 친구들에게 한 권씩 선물했다. 개를 기르는 이들의 자기 개 자랑은 웬만한 자식 자랑을 무색하게 한다. 영락없는 팔불출이다. 세상에 자기 개만큼 똑똑한 개가 있으면 나와 보라는 식이다. 개를 기르는 사람이라면 누구나 자기 개가 사고를 할 줄 알며 감정이 있다는 걸 털끝만치도 의심하지 않는다.

케임브리지에 살던 어느 날 평소 알고 지내던 미국 친구가 학회에 다녀온다며 자기 개를 며칠만 맡아줄 수 있느냐고 물었다. 나는 단 1초도 머뭇거리지 않고 그러겠노라 대답했다. 그의 개는 라이카라는 이름의 허스키였기 때문이다. 다음 날 저녁 라이카가 우리 집 현관에 나타났을 때 나는 그를 미처 알아보지 못했다. 그날 오후 털을 짧게 깎인 라이카는 무척 달라 보였다. 라이카도 자신의 변한 모습이 생경한 모양이었다. 우리 집 현관 거울 속에 비친 쑥스러울 정도로 날씬한 어떤 개의 모습을 흘끔 쳐다보곤 이내 앓는 소리를 내며 집안으로 사라져 버렸다. 장난삼아 연신 거울을 코앞에 들이대려는 우리의 짓궂음에 라이카는 무척 곤혹스러워 했다.

　　라이카가 정말 무슨 생각을 하며 그런 행동을 했는지 명확하게 알 수는 없다. 우리는 그저 우리 식으로 생각하고 추측할 따름이다. 이런 사고방식을 의인화라고 한다. 의인화 방식은 오랫동안 비과학적이라는 비판을 면치 못했다. 의인화 방식에 대한 비판은 제인 구달 박사가 야생 침팬지들에게 이름을 붙여주며 관찰을 하기 시작할 때 극에 달했다. 케임브리지 대학의 교수들은 연구 대상에 인간의 이름을 붙이는 일이 과학의 핵심인 객관성을 스스로 포기하는 일이라며 불편한 심기를 드러냈다. 그러나 자신이 어릴 때 갖고 놀던 달팽이도 이름을 가지고 있었는데 인간과 가장 가까운 영장류인 침팬지가 이름을 갖지 말라는 법이 어디 있느냐며 소신을 굽히지 않은 구달 박사 덕에 의인화 방식은 이제 동물의 행동을 연구하는 데 중요한 방법론으로 당당하게 자리를 잡았다.

이 책의 저자도 "다른 종의 경험을 평가하는 데 한 종의 경험을 활용하는 것은 야생 동물을 연구하는 많은 생물학자에게 유용한 도구"라는 주장을 서슴없이 한다. 저자는 다른 동물의 행동과 감정을 해석하는 데 자신의 가치와 경험을 적용하는 것이 우리 인간만이 아니라는 걸 일깨워준다. 이 책에 등장하는 개들 역시 우리 인간의 마음을 읽기 위해 자신들의 경험과 생각을 활용한다. 미샤는 말할 나위도 없거니와 길을 잃으면 언제나 남의 집 현관 앞에 주저앉아 그 집 주인으로 하여금 저자에게 전화를 하도록 했던 마리아의 행동을 보면 쉽게 알 수 있다. 비바의 새끼들을 죄다 물어 죽이다가도 마지막 한 마리를 사람의 발치에 가만히 내려놓은 코키도 마찬가지다. 저자는 저자대로 인간의 눈과 마음으로 개들의 세계를 들여다보며 이 책을 썼고, 개들 역시 인간들의 행동을 지켜보며 결국 그들만의 굴을 팠다.

그렇더라도 요즘 우리나라 TV 동물 프로그램들의 의인화는 너무나 자주 위험 수위를 넘나들고 있다. 흥미 위주라는 점을

더 읽어볼 책

· 제인 구달 《인간의 그늘에서》
· 콘라트 로렌츠 《야생 거위와 보낸 일 년》

분명히 밝히고 있지만 동물들의 심리를 훤히 꿰뚫는 듯한 해설을 반복하여 듣다 보면 정말 그런 것처럼 느껴진다. 이 책의 저자가 '범하는' 의인화는 사뭇 절제된 이른바 '과학적' 의인화이다. 따라서 의인화가 지니는 다분히 주관적인 관점 속에서도 개들은 역시 개들끼리 지내고 싶어 한다는 걸 찾아낼 수 있었다. 결국 개들은 자기들끼리 얘기하고 싶어 한다는 것이다. 객관적이고 과학적인 관찰에 의해서만 발견할 수 있었던 사실이다.

　오늘부터 동네 개 짖는 소리에 귀를 기울여보라. 어디선가 한 마리가 짖기 시작하면 이내 온 동네 개들이 다 같이 짖어댄다. 이걸 두고 어떤 이는 "제일 처음 짖는 개는 뭔가를 보고 짖는지 모르지만 나머지는 까닭도 모르고 따라 짖는다."라고 비웃는다. 너무 성급한 결론이다. 따라 짖는 개들이 그냥 무작정 짖는 게 아니다. 먼저 짖는 개들은 침묵하는 개들에게 각성을 촉구하고 있고 뒤늦게 가담한 개들은 먼저 짖은 개들과 이런저런 의견을 나누고 있는 것이다. 개들에게도 그들 나름의 '언어'가 있고, 그 언어로 엮어가는 '문화'가 있다.

　동물의 행동을 연구하는 학자로서 기껏해야 한 가족의 개들을 관찰하여 내린 저자의 결론에 모두 동의할 수는 없다. 그러나 우리 인간의 가장 가까운 벗인 개들에 관한 책으로 이보다 더 훌륭한 책은 일찍이 없었다. 어느 서평자의 말대로 개들이 글을 읽지 못하는 게 안타까울 뿐이다. 하지만 우리가 읽어주면 왠지 알아들을 것만 같다. "산책하러 갈래?" 라는 말을 알아듣곤 산책길에 벌어질 온갖 흥겨운 일들을 상상하며 껑충껑충 뛰는 것처럼, 이 책에 적혀 있는 미샤의 가족 얘기를 들으면서도 미소를 머금고 꼬리를 흔들 것만 같다. 요즘 우리나라는 말 그대로 '동물의 왕국'이다. 동네마다 넓은 유리창을 가진 깨끗한 동물 병원들이 들어서고 강남에는 애완동물 카페가 성업 중이다. 개들이 있는 풍경이라면 어디든지 이 책이 함께하길 바란다.

컴퓨터 천재 침팬지의
비밀을 찾아

마츠자와 데츠로
《공부하는 침팬지 아이와 아유무》

나는 요즘 우리나라에 침팬지 연구소를 만들기 위해 동분서주하고 있다. 몇몇 지방자치단체들은 중앙정부로부터 지원받을 수 있는 절호의 기회라며 지대한 관심을 보이고 있다. 일단 부지를 확보하고 건물과 시설을 마련하는 일은 그리 어렵지 않을 것 같다. 기껏해야 100~200억 정도의 예산이면 가능하기 때문이다. 가장 최근에 세워진 연구소인 일본의 하야시바라 유인원 연구센터GARI, Great Ape Research Institute와 독일 막스플랑크 연구소의 풍고랜드Pongoland가 대충 그 정도 예산으로 나름대로 훌륭한 시설을 갖췄다고 한다. 일단 연구소가 세워지면 세계적인 침팬지 연구가인 제인 구달 박사께서 손수 침팬지들을 데려오겠다고 내게 약속하셨다. 이 책의 저자인 마츠자와 교수를 비롯한 일본의 영장류 학자들도 족보 있는 침팬지 가족을 입주시켜 주겠다고 앞을 다퉈 제안했다. 문제는 연구소가 세워진 다음 운영비와 연구비를 정기적으로 마련하는 일이다. 그리 쉽지 않은 일이지만 연구소를 운영하는 일이 매우 가치 있는 일이라는 걸 모두가 곧 인식하기를 기대한다.

DNA의 이중나선 구조를 밝힌 연구는 지난 20세기의 과학 발전 중 가장 위대한 업적으로 인정받았다. 2003년은 DNA의 이중나선 구조를 발견한 지 50주년이 되는 해였다. 따라서 영국과 미국은 물론, 우리나라를 포함한 세계 각국에서 기념행사들이 열렸다. DNA의 구조를 밝힌 주역 중 한 사람인 왓슨 박사는 인간 유전체 사업을 시작하며 다음과 같은 말을 남겼다. "우리는 한때 우리의 운명이 별들 속에 있다고 생각했던 적이 있다. 하지만 우리는 우리의 운명이 상당 부분 우리의 유전자 안에 있음을 안다." 영국에서 열린 50주년 행사에서 그는 또 "이제 유전자 과학이 만나야 할 학문은 심리학"이라고 선언했다. 한 세기 반 전 자연선택론에 입각하여 진화생물학을 새로운 반석 위에 올려놓은 다윈이 "이제 심리학은 새로운 학문으로 거듭날 것"이라고 했던 예언이 드디어 때를 만나게 된 것이다.

　21세기에도 과학은 무서운 속도로 발달할 것이다. 그중에서도 생명과학의 발전이 눈부실 것임은 누구나 예측하는 일이다. 그 생명과학 분야 중에 누가 뭐래도 가장 활발한 연구가 진행될 분야는 단연 우리의 두뇌를 연구하는 분야일 것이다. 그래서 21세기가 인지과학 또는 감성과학의 시대가 될 것이라고 하지 않는가? 하지만 인간의 두뇌와 행동을 연구하는 데에는 분명한 한계가 있다. 인간의 존엄성을 해칠 가능성이 있는 연구는 할 수도 없고 해서도 안 될 것이다. 살아 있는 뇌를 마구잡이로 찔러볼 수도 없고 윤리에 어긋나는 행동을 강요하며 관찰할 수도 없다. 따라서 과학 선진국들은 요사이 부쩍 영장류 연구에 열을 올리고 있다. 우리 인간과 유전자의 거의 99퍼센트를 공유하는 침팬지를 대상으로 한 연구 결과는 우리 자신의 본성에 시사하는 바가 특별히 크기 때문이다.

　그렇다고 해서 침팬지를 대상으로 비윤리적인 연구를 하겠다는 것은 아니다. 《공부하는 침팬지 아이와 아유무》를 읽는다면 분명히 느끼겠지만, 우리는 침팬지를 '인격적으로' 대우하면서도 인간을 대상으로 직접 실험할 수 없었던 많은 연구를 충분히 해낼 수 있었다. 다른 많은 자연과학 분야도 그렇지만, 인지과학 분야에서도 우리나라는 어쩔 수 없이 많이 뒤져 있다. 그러나 이 땅에도 어엿한 침팬지 연구소만 세워진나면 다른 나라와 충분히 어깨를 겨룰 수 있을 것이다. 우리 학계는 이제 그만한 능력을 갖추고 있다. 여건만 잘 마련되면 선발주자보다 더 빨리 뛸 수도 있을 것이다.

내가 우리나라에 침팬지 연구소를 세워야겠다고 결심한 것은 1996년 구달 박사님이 처음으로 우리나라를 방문하셨을 때였다. 물론 어린 시절부터 침팬지를 연구해보고 싶은 꿈이 없지는 않았지만, '꿈은 이뤄진다!'는 걸 보여주신 분이 바로 구달 박사님이셨다. 나는 우리나라 방문 일정을 마치고 대만으로 가는 비행기 안에서 쓰신 그분의 엽서를 손에 쥐고 우리나라에 세울 침팬지 연구소를 위해 지금까지 뛰어왔다. 그러나 최근 그 꿈을 보다 현실로 끌어당겨 주고 있는 분이 바로 이 책의 저자 마츠자와 교수다. 구달 박사가 한라산 백록담이라면 마츠자와 교수는 그 주위에 솟아오른 많은 오름 중 특별히 늠름한 오름이다. 이 책에도 적혀 있지만 일본은 선진국 중에 유일하게 야생 원숭이를 갖고 있는 나라다. 그래서인지 일본에서는 일찍부터 영장류학이 발달했다. 일본 영장류학은 서구의 영장류학과 확실하게 다른 전통을 유지하며 발달했다. 따라서 이제는 세계 학계에서 하나의 거대 산맥을 당당히 형성하게 되었다. 이제 그 선봉에 마츠자와 교수가 서 있다. 그는 현재 교토 대학교 영장류 연구소에서 가장 활발한 연구를 수행하고 있는 세계적인 학자이다.

마츠자와 교수의 초청으로 나는 벌써 여러 차례 교토 대학을 비롯한 일본의 영장류 연구 센터들을 둘러볼 수 있었다. 그중에서도 아들과 함께했던 방문을 잊을 수 없다. 이 책에서 자세히 소개된 것처럼, 세계에서 가장 컴퓨터를 잘 다루는 침팬지인 아이와 그의 아들 아유무를 만난 기억은 내 아들의 두뇌에서 영원히 지워지지 않을 것이다. 특히 컴퓨터 화면에 있는 아홉 개의 숫자를 작은 수에서 큰 수의 순서대로 기억했다가 차례대로 눌러야 하는 컴퓨터 게임에서 내 아들은 아이에게 참패했다. 아마도 아들 녀석은 그 치욕을 두고두고 곱씹을 것이다. 내 아들은 컴퓨터 게임이라면 절대 남에게 지지 않을 녀석이다. 지금도 저녁마다 전화 상담을 해오는 친구들에게 게임 전략을 가르치고 있다. 그런 녀석이 무려 두 시간을 악착같이 매달렸으면서 아이를 단 한 번도 이기지 못한 것이다. 아마도 침팬지들에게는 우리 인간이 갖고 있지 않은 특별한 재주가 있는 게 틀림없나 보다.

'아이Ai'는 일본말로 '사랑'이라는 뜻이다. 하지만 이제 AI는 인공지능artificial intelligence의 상징어로 전 세계가 알고 있다. '아이 프로젝트'는 마츠자와 교수가 세상에서 가장 컴퓨터를 잘 다루는 침팬지를 가지고 지능의 진화를 연구하는 프로젝트다. 그러나 마츠자와 교수는 아이를 단순히 연구 대상으로만 여기지는 않는다. 아이를 진심으로 사랑하며 침팬지의 정신세계를 들여다보려고 노력한다. 아이는 사랑과 지능의 절묘하고 행복한 만남인 것이다. 성공적인 침팬지 연구들은 제가끔 아이와 같은 이른바 '스타' 침팬지를 자랑한다. 예컨대 구달 박사가 관찰한 곰비 국립공원의 침팬지 중에는 《런던 타임스》에 부고가 실리기까지 한 플로Flo가 있었고, 미국 에모리 대학의 여키스 영장류 연구소에는 인간의 언어를 듣고 어법과 문맥까지 이해하는 피그미침팬지 칸지Kanzi가 있다. 나에게도 우리나라 침팬지 연구소를 세계에 알릴 스타 침팬지에 대한 구상이 있다. 그것은 연구소가 세워진 다음에 차차 알려주도록 하겠다.

자연계의 모든 동물 중 우리와 더할 수 없이 가까운 사촌 관계인 침팬지는 지금 절멸의 위기로 내몰리고 있다. 고향인 아프리카를 떠나 세계 각국에 흩어져 사는 침팬지가 4,000마리 정도나 된다. 그들 대부분은 정말 열악한 환경에서 하루하루를 겨우겨우 살아가고 있다. 하지만 마츠자와 교수를 만난 교토 대학의 침팬지들은 행운아들이다. 마츠자와 교수는 진정으로 침팬지를 사랑하는 사람이기 때문이다. 마츠자와 교수는 그저 사랑한다

더 읽어볼 책

· 프란스 드 발 《침팬지 폴리틱스》

며 말만 하거나 쓰다듬기만 하는 사람이 아니라 정말 침팬지와 함께 행동하고 느끼는 사람이다. 그는 침팬지가 손으로 떠먹은 물을 아무렇지도 않게 손으로 떠먹는다. 아유무가 그의 무릎 한가운데 앉아 낮잠을 자는 모습처럼 평화로운 광경이 또 어디 있을까? 침팬지도 우리처럼 키스로 애정 표현을 하는데, 심지어 마츠자와 교수는 침팬지와 진한 키스도 나눴다. 나와 내 아들도 비록 유리를 가운데 두긴 했지만 아이와 아유무와 나눴던 키스의 감촉을 지금까지 간직하고 있다. 이 책을 읽는 모든 분의 마음속에 뜨거운 침팬지의 키스를 보낸다.

침팬지들의 권력 투쟁에서
우리의 정치를 본다

프란스 드 발 《침팬지 폴리틱스》

　　　　　　　　　침팬지 연구에는 크게 보아 두 대가가 있다. 한
분은 우리나라에도 네 번이나 다녀가신 제인 구달 박사이고, 다른
한 분은 지금 미국 에모리 대학 여키스Yerkes 영장류 연구소의 소장
으로 재직하고 있는 프란스 드 발 교수이다. 이 둘의 연구는 많은
점에서 서로 다르면서도 상호보완적이다. 구달 박사는 아프리카 야
생의 침팬지를 관찰했고 드 발 교수는 침팬지들을 연구소에서 사육
하며 연구했다. 따라서 드 발 교수의 연구는 구달 박사의 연구만큼

자연에 가까운 것은 아니지만, 워낙 침팬지들을 가까이 두고 세밀하게 관찰한 덕에 침팬지의 심리를 이해하는 데에는 훨씬 더 큰 기여를 했다.

《침팬지 폴리틱스Chimpanzee Politics》는 드 발 교수가 네덜란드 아넴 연구소의 야외 사육장에서 비교적 자유롭게 사는 침팬지들을 관찰하며 그들의 사회 구조를 분석하여 쓴 책이다. 이에론, 루이트, 니키, 댄디라는 이름을 가진 네 마리 수컷 침팬지들 간의 권력 투쟁, 지배 전략, 계급 구조, 동맹, 배반, 음모, 거래, 타협, 화해 등이 마치 우리 인간 사회를 들여다보듯 적나라하게 묘사되어 있다. 마키아벨리를 읽는 이라면 이 책을 반드시 읽어야 한다. 손자를 읽는 사람도 마찬가지다. 다윈은 말할 것도 없고, 홉스, 뒤르켐, 또는 레비스트로스를 읽는 이들도 이 책에서 신선한 감동을 얻을 것이다.

침팬지들의 사회를 엿보면, 세대교체 대세론을 앞세우고 집요하게 이에론의 권위에 도전한 루이트가 끝내 권력을 찬탈하는 데 성공한다. 그때 결정적인 도움을 준 니키는 젊은 나이에도 불구하고 단숨에 제2인자의 자리로 뛰어오른다. 제1인자가 된 루이트는 흥미롭게도 니키를 견제하기 위해 이에론과 동맹을 맺는다. 그러나 얼마 후 이에론과 니키가 은밀하게 연합 전선을 형성하여 결국 니키가 권좌에 오른다. 그러나 니키는 귀족의 원조를 받아 권좌에 오른 무력한 군주의 신세를 면치 못한다. "침팬지 사회에서는 무엇을 아느냐보다 누구를 아느냐가 더 중요하다." 프란스 드 발이 남긴 명언이다.

드 발 교수는 이 책의 결론 부분인 '정치의 기원'의 마지막에 다음과 같이 적고 있다.

"권력의 균형은 매일매일 실험되며, 만일 그것이 매우 취약하다는 사실이 드러나면 도전이 일어나고 새로운 균형이 찾아올 것이다. 결국, 침팬지들의 정치도 건설적이다. 인간은 정치적 동물로 분류 되는 것을 명예롭게 여겨야만 한다."

《침팬지 폴리틱스》는 한때 미국 하원의장이었던 뉴트 깅그리 치가 가장 훌륭한 정치학 참고서라고 극찬한 책이다. 그는 "의회 필 독서 목록에 수년간 이 책을 올려놓고 있다. 이 책을 읽고 나면 펜 타곤, 백악관, 의회가 예전과는 달리 보일 것이기 때문이다."라고 말한다. 나는 얼마 전 어느 일간지에 이 책에 관한 서평을 쓰며 "깅 그리치와 달리 나는 우리 정치인들에게는 구태여 이 책을 권하고 싶지 않다. 그

더 읽어볼 책

· 재레드 다이아몬드 《제3의 침팬지》

들에게는 그리 새로울 것도, 딱히 배울 것도 없을 것 같기 때문이다."라고 썼었다. 하지만 나는 오늘 또다시 우리나라 국회의원들에게 희망을 걸어본다. 부디 이 책의 교훈을 새겨듣기 바란다. 권력은 균형을 유지해야 하는 법이다. 정치란 모름지기 화합의 정치여야 하는 지극히 명확한 이유가 여기에 있다.

내일은 또 누가
우리 인간의 바보짓에 신음할까?

이 책《물개》의 저자 피오나는 '물개' 라는 이름을 지닌 아름다운 헤브리디스의 한 마을에서 태어났으며 "어머니 뱃속에서 태어나는 순간부터 난 물개와 운명의 실타래로 엮인 것이다."라고 책에 썼다. 나 역시도 개인적으로 물개와 인연이 깊다. 학창시절 나는 잠시 '물개' 라는 별명을 얻은 적이 있었다. 운동장에서 함께 뛰어다니다 다들 지쳐 앉아 쉴 때에도 나만 여전히 뛰어다닌다고 해서 붙여진 별명이다.

대한민국 남성들의 정력에 대한 집착은 이제 세계적으로 악명을 떨치고 있다. 정력에 좋다는 것은 지구 끝까지라도 달려가 먹어야 직성이 풀리는 모양이다. 한반도의 뱀은 이제 씨가 마를 지경이라 중국으로부터 엄청난 숫자의 뱀들이 반입되고 있다. 얼마 전에는 미국에서 웅담을 얻기 위해 야생 곰을 사살하다 적발된 불법 사냥꾼들이 검거된 사건이 있었는데 사냥꾼 대부분이 한국 사람들이었다. 물개들의 수난도 만만치 않다.

몇 년 전 내가 TV에서 '동물의 세계'라는 제목으로 강연할 때 동물들의 울음소리 흉내를 제법 잘 내는 걸로 알려졌다. 어쩌다 보니 그 당시 기회가 없어 한 번도 흉내 내지 못했지만 내가 정말 그럴듯하게 흉내 내는 동물은 바로 물개다. 사실 나는 물개 소리를 흉내 내는 사람을 나 말고 본 적이 없다. 물개 소리를 흉내 내는 일은 그리 간단하지 않다. 목구멍을 활짝 열고 숨을 들이마시면서 상당히 큰 소리를 내야 한다. 학교 강의 시간에는 종종 한다. 어김없이 학생들의 갈채를 받는다. 내가 들어도 비슷하다. 언젠가 동물원에서 실험도 해본 적이 있다. 한바탕 헤엄친 후 늘어져 있는 물개들을 향해 내가 소리를 질러댔더니 모두 벌떡 일어나 합창을 해대는 것이었다. 그보다 더 확실한 평가가 또 어디 있으랴?

그때 물개들과 내가 완벽한 의미의 의사소통을 이룬 것은 아니지만 적어도 그럴 가능성은 연 것이다. 내가 전공하는 동물행동학은 한마디로 동물들이 서로 무슨 애기를 하는지 엿듣는 연구이다. 우리가 그들의 뇌 속에 들어가 앉아 그들의 귀와 코와 눈과 더듬이로 '듣지' 않는 한 완벽한 의미의 의사소통은 사실상 불가능한 일이다. 그러나 몇몇 걸출한 동물행동학자들의 공헌으로 이제 우리는 동물들의 대화를 꽤 많이 알아듣는다. 꿀벌은 집에 돌아와 꿀이 있는 곳의 방향과 거리에 관한 정보를 동료에게 전하기 위해 독특한 춤을 춘다. 이젠 우리도 그들의 춤을 읽고 꿀이 있는 곳을 찾을 수 있다. 제인 구달 박사님은 침팬지들과 한참 동안 헐떡이는 소리를 주고받는다. 벌써 몇 년째 까치의 언어를 연구하는 나 역시 늘 까치의 소리를 음미하고 다닌다. 피오나의 바이올린 소리에 귀를 기울이는 물개들처럼.

새들의 노랫소리에도 멜로디와 리듬이 있다. 암컷 새들은 물론, 우리 인간도 그런 멜로디와 리듬의 아름다운 조화를 즐기며 뭔가를 느낀다. 그래서 음악은 종종 국경을 초월한다. 서로 다른 종의 경계도 넘나들 수 있다. 따라서 음악은 만국 공용어를 넘어 만물 공용어가 될 수 있다. 언젠가 우리가 외계의 생명체와 교신을 하게 된다면 아마 그때에도 우리는 음악의 힘을 빌려 서로에게 말을 걸게 될 것만 같다. 피오나의 말대로 "음악은 경계를 뛰어넘을 수 있는 것" 같다.

이 책은 피오나라는 여인과 그 주변 사람들이 물개를 비롯한 여러 동물을 구출하고 보호하는 이야기이다. 피오나가 하는 일은 거의 모험담에 가까울 정도로 거칠고 힘든 일이지만 야생 동물과 교감을 이룬 다음에는 전혀 힘든 줄 모르고 하게 된다. 물개들을 돕는 일은 어찌 보면 속죄의 길이다. 그들의 불행은 거의 모두 우리 인간이 저지른 환경 오염 때문에 일어났으니 말이다. 피오나는 이렇게 묻는다. "오늘은 물개들, 내일은 또 누가 우리 인간의 바보짓에 신음할까?" "과연 사람들은 자신이 사 먹는 연어 한 마리를 위해 야생 동물이 치러야 할 대가가 어떤 것인지 제대로 알고 있는가?"

우리는 종종 "모르는 게 약이다."라고 자기기만을 하며 산다. 그러나 나는 결코 모르는 게 약이 될 수 없다고 생각한다. 그래서 나는 늘 "알면 사랑한다!"라는 말을 이마에 써 붙이고 다닌다. 서로에 대해 많이 알면 알수록 더욱 사랑하게 된다고 확신한다. 이 책을 읽고 나서도 물개를 비롯한 야생 동물을 보호해야겠다는 마음이 생기지 않는다면 당신은 제대로 된 사람이 아닐 것이다. 하나밖에 없

> **더 읽어볼 책**
>
> · 제인 구달 외 《제인 구달의 생명 사랑 십계명》

는 지구다. 그들도 우리 못지않게 이곳에서 삶을 누릴 자격과 권리를 지니고 있다. 너무 늦기 전에 그들과 함께 사는 방법을 터득하여 실천에 옮겨야 한다.

나는 이 책에서 피오나가 부르는 많은 노래 중에 특별히 〈일곱 난쟁이〉라는 노래가 좋다.

세상을 보라.
옛 아름다움이 아직도 살아 있고
맑고 순수한 물이 흐르는 곳.
야생으로
인간은 이제 그곳으로 가
생명이 소생하고 자라날 수 있는 땅을 해방해야 해.
이제 일곱 난쟁이가 눈을 떴어.
너도 그들을 도울 수 있어.
상냥한 난쟁이가
다시 돌아왔어.
지구를 새로 좋게 만들기 위해
그들이 일하고 노는 소리를 들어 봐.
넌 오늘 난쟁이 하나를 볼 수 있을 거야.

우리 모두 이 '지구를 새로 좋게 만들기 위해' 일곱 난쟁이가 되었으면 한다. 커다란 신발을 신고 아무 곳이나 무례하게 밟고 다니는 거인이 아니라 '상냥한 난쟁이'가 되자.

거대하고 흉악한 동물들도
다 존재의 이유가 있으니

데이비드 쾀멘 《신의 괴물》

영화 '쥐라기 공원'에서 가장 기억에 남는 장면으로 많은 사람이 티 렉스가 지프를 뒤쫓는 장면을 꼽는다. 송곳니의 길이가 거의 20센티미터에 가까웠던 그 거대한 육식 공룡 말이다. 하지만 티 렉스는 지금으로부터 약 6,000~7,000만 년 전 이 지구를 호령하다 사라져버렸고 우리 인간은 불과 20만여 년 전에야 태어났으니 우리에게 그들에 대한 기억은 사실 존재하지 않는다. 그렇더라도 생물의 멸종에 관한 명저 《도도의 노래The Song of the

Dodo》(1998)로 이미 우리 독자들에게도 잘 알려진 이 책의 저자 쾀멘David Quammen은 크고 무시무시한 육식 짐승들이 늘 우리 인간과 삶의 무대를 공유해왔음을 일깨워준다. 그들은 우리가 진화해온 생태 구조망의 일부였을 뿐 아니라, 우리도 다른 동물의 먹이가 될 수 있다는 자아 인식을 심어준 우리 정신세계의 일부였다.

지금으로부터 약 600만 년 전, 우리 인류의 조상이 침팬지의 조상을 아프리카의 교목림에 남겨두고 초원으로 나오던 시절을 상상해보자. 아직 확실하게 직립하지 못했을 테니 약간 구부정한 자세로 관목과 풀숲 사이로 무서운 육식 동물들이 다가오고 있지 않나 늘 살피고 다녔을 것이다. 그러다가 드디어 불을 사용하게 되면서 대부분의 크고 무서운 동물들의 접근을 막을 수 있게 되었고, 차츰 더 강력한 무기를 만들어 사용할 수 있게 되자 급기야 그들을 제압할 정도가 되었다. 일단 크고 무서운 동물들을 죽일 수 있는 능력을 확보한 다음, 인류는 마치 작심이라도 한 듯 세계 각처에서 대대적이고 조직적으로 크고 무서운 동물들을 제거하기 시작했다.

이 같은 우리의 행동 뒤에는 크고 무서운 동물은 제거해도 우리 삶에 도움이 되면 됐지 아무런 해가 되지 않으리라는 믿음이 깔려 있었다. 특히 영국과 미국에서는 야생 동물에 대한 국가 차원의 도덕주의 반응도 있었다. 영국인들과 미국인들은 자연계의 모든 생물 종들에게도 절대적인 윤리 기준을 적용하여 그들을 선과 악의 두 범주로 분류했다. 그들은 아름다운 노래를 부르는 새들과 실용적이고 '귀여운' 야생 동물은 선한 동물로 간주했지만, 날카로운 이빨과 발톱을 지닌 호랑이, 사자, 늑대, 퓨마, 곰, 코요테 등은 해롭고 사악한 들짐승으로 규정했다.

흥미롭게도 야생 동물의 박멸에는 진보주의도 한몫했다. 진보주의는 원래 깨끗한 정치를 구현하며 대기업을 중심으로 한 경제 체제를 구축하고 도덕적인 사회를 건설하려는 일종의 개혁 운동이었지만, 국민의 공유 재산인 자연 자원을 효율적으로 관리하는 것도 그 목적 중의 하나였다. 실제로 당시 주도적인 역할을 하던 몇몇 자연 보호론자들은 전형적인 진보주의자들이었다.

사냥을 특별히 좋아한 나머지 집권 시절 넓은 면적의 땅을 자연보호구역으로 지정하여 훗날 역대 미국 대통령 가운데 가장 환경 친화적인 대통령으로 인정받는 제26대 대통령 시어도어 루스벨트는 그 선봉에 서 있던 사람 중 하나였다. 퓨마를 가리켜 "거대한 말도 죽일 수 있는 고양이, 사슴의 약탈자, 운명적으로 잔인성과 비겁함을 타고난 살인의 제왕"이라고 묘사하기도 했던 그는 1901년 대통령에 취임한 후 곧바로 '해로운 들짐승들'로부터 국민을 보호하기 위해 조직적인 야생 동물 제거 작업에 들어가기 시작했다.

생태학적으로 볼 때 너무도 무지한 시절이었다. 포식 동물이 사라진 생태계가 균형을 잃고 그 생태계의 구성원 중 일부 또는 전부에게 악영향을 미칠 수 있다는 사실을 깨달은 것은 상당한 피해를 입고 난 다음이었다. 미국 애리조나 주 북부 지역 그랜드캐니언 바로 북쪽에 있는 케이밥 고원은 1906년 사냥 동물 보호구역으로 지정되었다. 보호구역으로 지정되던 당시 그곳에는 약 4,000마리의 사슴들이 살고 있었다. 그 후 25년 동안 퓨마, 늑대, 코요테, 스라소니 등의 포식 동물들을 무려 6,000마리나 제거했다. 포식 동물들이 사라짐에 따라 사슴 개체군의 크기는 빠르게 증가하기 시작했다. 포식 동물 제거 작업이 시작된 지 17년 만인 1923년에는 사슴 개체군의 크기가 6~7만 마리로 늘어났다. 이는 이용 가능한 자연 자원을 '낭비하는' 요인이 줄어들고 '진보적' 보호 정책이 효과를 보고 있다는 증거로 보였다. 하지만 이미 1918년부터 공원 관리인들은 굶주린 사슴들이 식물의 어린싹까지 먹어치운다는 사실을 관찰했다. 개체군 크기의 증가와 식량 부족 때문에 보호구역의 사슴의 수가 1931년에는 2만 마리, 그리고 1939년에는 겨우 1만 마리로 줄어들었다.

케이밥 고원의 사슴 개체군이 어떻게 그렇게 급격하게 증가할 수 있었는지, 그리고 왜 그와 비슷하게 급격히 쇠락하게 되었는지에 대해서 체계적인 연구가 수행된 것은 아니다. 하지만 적어도 초창기의 사슴 개체군 증가와 포식 동물의 제거가 무관하지는 않아 보인다. 그러나 '포식압'이 무시할 수준으로 떨어진 후에도 개체군은 환경의 수용 능력에 한계가 있기 때문에 지속적으로 증가할 수 없다는 사실을 발견했다. 자연 상태에서 포식 동물은 사슴 개체군이 지나치게 많아지지 않도록 조절하는 역할을 했던 것이다. 이 사례를 통해 사람들은 생태학자들을 중심으로 서서히 포식 동물들도 자연생태계에 없어서는 안 될 중요한 요소임을 인식하기 시작했다.

포식 동물의 제거가 뜻하지 않게 생태계에 부정적인 결과를 빚은 사례는 이 밖에도 무수히 많다. 그럼에도 불구하고 무지의 역사는 여전히 되풀이되고 있다. 1999년에도 미국 농림성 산하 야생동물관리국은 코요테 8만 5,000마리, 여우 6,200마리, 퓨마 359마리, 늑대 173마리를 제거했다. 모두 9만 6,000마리가 넘는 포식 동물들이 관리와 조절이라는 이름으로 덫, 올무, 폭약, 독, 그리고 총에 의해 무자비하게 학살되었다. 그동안 가축의 사인 중 1퍼센트만이 포식에 의한 것이었다. 나머지 99퍼센트는 질병, 나쁜 기후 조건, 굶주림, 탈수, 그리고 사산 등에 의한 것이었다. 아직도 미국의 많은 주에서는 야생

더 읽어볼 책

· 팔리 모왓 《울지 않는 늑대》

동물관리국에 의한 포식 동물 제거 작업이 계속되고 있다.

쾀멘은 《신의 괴물Monser of God》에서 이처럼 한 번 뒤집어쓴 누명을 벗지 못하고 지구 곳곳에서 억울하게 사라지고 있는 '신의 괴물'들의 이야기를 들려준다. 인도 기르숲에만 간신히 살아남아 어슬렁거리는 아시아사자, 끊임없이 수난의 역사를 거듭하고 있는 오스트레일리아의 소만악어, 뒤늦게 알파 포식자의 자리를 꿰찬 인간의 직접적인 살해 음모에 힘없이 쓰러지는 루마니아의 갈색곰, 그리고 우리 민족이 이미 한반도에서 거의 완전히 몰아내는 데 성공한 시베리아의 아무르호랑이. 먼 훗날 우리보다 더 막강한 알파 포식자가 나타나면 우리는 과연 어느 구석으로 내몰릴 것인가? 자신이 사살한 수많은 갈색곰의 사체들 위로 처참하게 총살당해 쓰러지는 체아우셰스쿠의 우를 이제는 되풀이하지 않게 되길 바란다.

조간대 생태계의 오크리불가사리와 알래스카 연안 켈프 생태계의 해달, 그리고 옐로우스톤 국립공원의 늑대들이 너무도 명확하게 입증하듯이 알파 포식자가 적절히 제구실을 해야 건강한 생태계가 유지된다. 생태계의 최정상에 있는 알파 포식자들은 대개 어느 한 종류의 동물만 집중적으로 잡아먹는 것이 아니라 배가 고플 때마다 눈에 띄는 대로, 발에 걸리는 대로 잡아먹기 때문에 대체로 가장 흔한, 즉 가장 성공적으로 번식하고 있는 동물들을 제거하는 역할을 한다. 그들이 사라지면 남은 동물 중에서 가장 야비하고 경쟁력이 강한 소수가 생태계를 지배하여 황폐하게 한다. 알파 포식자들은 시장을 독점하려는 몇몇 대기업들의 횡포를 감시하고 규제하는 정부의 기능을 대신한다.

신은 도대체 왜 식인 동물들을 이 세상에 내려보낸 것일까? 우리를 그토록 사랑하시는 그 선한 신께서 도대체 무슨 생각으로 크고 무서운 식인 동물들을 만드셨단 말인가? 이 질문은 사실 신이 왜 우리를 만들었는가 하는 질문과 크게 다르지 않다. 그 모든 크고 흉측한 식인 동물들을 포함하여 '바다의 고기와 공중의 새와 땅에 움직이는 모든 생물'들에게는 우리 인간이 가장 잔인한 짐승이기 때문이다. 생태학은 이제 크고 흉악한 식인 동물들에게도 존재의 이유가 있다는 희망의 메시지를 전달한다. 쾀멘은 그들이 있어야 '도도의 노래'도 들을 수 있다는 사실을 특유의 수려한 문체로 설득력 있게 전한다. 내가 늘 말하듯이 알면 사랑하게 되는 법이다. 이제 이 책을 통해 크고 무서운 포식 동물들에 대해 더욱 많이 알게 되면, 그들마저도 사랑으로 감싸게 되리라 믿는다.

개미의 성공을
표절하자

로랑 켈러, 엘리자베스 고르동
《개미: 지구의 작은 지배자》

프랑스의 소설가 베르나르 베르베르는 그의 소설 《개미Empire of the Ants》세 권 중 한 권을 한국 독자에게 팔았다고 한다. 프랑스어로 쓴 개미에 관한 책이 또 한 권 나왔다. 이번엔 소설이 아니라 교양과학서이다. 분류하자면 내가 쓴 《개미제국의 발견》에 더 가까운 책이다. 책에서 다룬 주제들 중에 비슷한 게 심심찮게 눈에 띈다. '의사소통 시스템', '유목 생활을 하는 군대개미', '개미와 가축', '노예잡이개미' 등은 나도 내 책에서 중요하게 다룬 주제들이다.

《개미: 지구의 작은 지배자 The Lives of Ants》의 제1저자인 로랑 켈러는 나와 비슷한 시기에 박사 학위를 마치고 한때 하버드 대학에서 함께 지낸 동료 개미학자이다. 그는 스위스의 로잔 대학에서 학사와 석사를 거쳐 1989년 박사 학위를 한 다음 1990~1992년 하버드 대학에 윌슨 교수의 박사후 연구원으로 와 있었고, 나 역시 그 무렵 하버드에서 박사 학위를 마치고 전임 강사를 하고 있었다. 그 후 그는 모교로 돌아가 교수가 되었고 2000년부터는 새로 신설된 생태와 진화학과 Department of Ecology and Evolution의 과장으로 일하고 있다.

그는 엄청나게 부지런한 학자이다. 학위는 나와 비슷한 시기에 했어도 지난 20년 동안 두 권의 전문 서적을 비롯하여 200여 편의 논문을 발표하는 놀라운 업적을 쌓았다. 물론 전문 서적은 내가 몇 권 더 냈고 한국이라는 특수한 상황에서 교양과학서와 역서를 내느라 시간을 할애할 수밖에 없었다는 핑계를 대고 싶지만, 논문만 놓고 보면 나보다 거의 두 배의 업적을 낸 셈이다. 어쩌다 국제 학회에서 만날 때면 나는 그에게 "도대체 잠은 자면서 일하는 거냐?"라고 묻곤 한다. 그런 그가 참으로 멋진 교양과학서를 낸 것이다.

개미에 관한 교양과학서로는 1994년에 출간되고 1996년 우리말로 번역되어 나온 베르트 휠도블러와 에드워드 윌슨의 《개미 세계 여행Journey to the Ants: A Story of Scientific Exploration》을 비롯하여 에릭 호이트의 《땅에 사는 자들The Earth Dwellers: Adventures in the Land of Ants》(1997), 데보라 고든의 《일하는 개미Ants at Work: How an Insect Society is Organized》(2000) 등이 출간되었다. 하지만 위의 두 권은 우리말로 번역되지 않았다. 《개미: 지구의 작은 지배자》는 위의 책들과 비교하여 조금도 손색없는 훌륭한 책이다. 저자가 지금 세계 개미 학계에서 가장 활발하게 연구하고 있는 최고의 연구자 중의 한 사람이다 보니 좀 지나치게 많은 정보를 쏟아낸 감이 없지는 않지만, 그렇다고 해서 읽기 어려운 정도의 수준은 결코 아니다. 약간의 기초적인 생물학 지식만 있으면 아무런 어려움 없이 즐길 수 있는 책이다.

　나는 이 책의 강점이 책의 후반부에 있다고 생각한다. 제6부까지의 내용은 《개미 세계 여행》이나 《개미제국의 발견》에서도 얻을 수 있는 정보들을 상당 부분 담고 있다. 하지만 제7부 '사회 발전'과 제8부 'IT산업과 개미'에 소개되어 있는 내용은 유전체학genomics과 로봇과학robotics 및 정보과학informatics의 최첨단 기술들과 직결되어 있어 장차 이런 분야에 뛰어들고 싶어하는 학생들에게 신선한 자극이 될 것이다. 개미의 유전체학과 정보과학은 개미의 사회 행동과 집단지성의 속성에 비춰볼 때 반드시 흥미로운 결과를 얻을 수 있는, 지극히 전략적인 연구 분야가 아닐 수 없다. 그래서 우리나라의 유전학자들도 1990년대 중반 앞으로 이런 연구가 대단히 중요해질 것이니 지원해달라고 정부에 여러 차례 요청한 바 있었다. 그 당시 그 프로젝트를 구상하던 국내 학자들이 연구 대상으로 선택한 곤충이 바로 개미였다. 그들의 요청으로 나는 곧바로 평소 알고 지내던 몇몇 개미학자들에게 이메일을 보냈다. 뜻밖에도 그때만 해도 아직 아무도 본격적으로 개미의 유전체genome를 들여다보는 이가 없었다. 그러나 정부의 지원은 끝내 이뤄지지 않았고 그로부터 몇 년 후 바로 이 책의 저자 켈러가 덤벼들어 오늘에 이른다. 켈러는 당시 내가 이메일을 보냈던 몇 명의 동료 중 한 사람이었다. 연구에는 다 때가 있는 법이련만.

로봇학자들이 개미에 관심을 보이는 것은 너무나 당연하다. 우리 눈에는 개미들이 거의 평지를 걸어 다니는 것 같지만, 개미를 우리 인간의 몸집으로 환산해본다면 집채만 한 바위들을 우습게 타고 넘으며 지하 몇 층 정도를 가볍게 오르내리며 걷는 셈이다. 여섯 개의 다리를 가지고 있는 곤충, 다리가 여덟 개인 거미, 그리고 엄청나게 많은 다리를 가지고 있는 다지류가 공통으로 가지고 있는 특성 중 하나가 바로 두 발로 걷는 우리 인간보다 험한 지형을 별로 힘들이지 않고 이동할 수 있다는 것이다. 그래서 이런 동물들의 움직임을 이용하여 재난 구조 현장에 투입할 수 있는 로봇을 개발하는 연구가 진행 중이다. 그런데 개미는 거미나 다지류에 비해 결정적으로 유리한 점을 하나 더 지니고 있다. 바로 사회성 동물이란 점이다. 개미의 행동을 잘 이해하여 집단행동을 할 수 있는 로봇들을 만들면 훨씬 더 다양한 작업들을 수행할 수 있다.

나는 조만간 선진국에 거대한 규모의 의생학 관련 연구소가 생길 것으로 생각한다. 그래서 이를 선점하려고 3년 전에 내 연구실에 '의생학 연구센터'라는 간판을 내걸고 자연을 훔쳐보는 일을 시작했다. 나는 앞으로 의생학 분야에 많은 학생이 도전하길 바라고 있다.

이 세상에 개미만큼 성공한 동물을 찾기란 쉽지 않다. 이 지구 생태계에 과연 몇 마리의 개미들이 살고 있을까? 아무도 평생을 바쳐 이 세상 모든 개미의 수를 세고 싶은 사람이 없어

더 읽어볼 책

· 베르트 횔도블러, 에드워드 윌슨 《개미 세계 여행》

· 최재천 《최재천의 인간과 동물》

이 질문에 대한 답은 아마 영원히 나오지 않을 것이다. 이 책의 저자들은 아마 100조 마리 정도는 될 것으로 추정했다. 이는 다 성장한 인간의 몸을 이루는 전체 세포의 수와 비슷하다. 그리고 이 세상

개미 전체의 무게와 인류 전체의 무게도 얼추 비슷할 것이란다. 개미 한 마리만 놓고 보면 사실 그리 대단할 것도 없는 미물이다. 그러나 그들이 이룬 사회는 어마어마한 힘을 지닌다. 20세기 중반까지만 해도 개미 연구는 '우표 수집' 수준으로 취급받았다. 그러던 것을 하버드 대학의 에드워드 윌슨 교수의 《곤충사회들The Insect Societies》(1971)이 하루아침에 바꿔놓았다. 이 책에서도 보듯이 이제 개미 연구는 동물행동학과 생태학에서 유전자과학과 로봇과학은 물론 뇌과학과 노화과학에 이르기까지 최첨단 과학 분야 모두에 길을 열어주고 있다. 장래 과학자의 꿈을 키우고 있는 모든 아이들에게 기쁜 마음으로 이 책을 권한다.

구약 성경 잠언 제6장 6절에서 솔로몬 대왕님은 이렇게 말씀하신다. "게으른 자여, 개미에게로 가서 그 하는 것을 보고 지혜를 얻으라."

하나의 힘은 미약해도
뭉치면 똑똑해진다

위르겐 타우츠 《경이로운 꿀벌의 세계》

꿀벌이 포유동물이라는 충격적인 주장과 함께
시작하는 위르겐 타우츠의 《경이로운 꿀벌의 세계Phanomen
Honigbiene》는 지금까지 출간된 꿀벌에 관한 책 중에서 가장 탁월하
다. 이 세상에 수많은 생물이 있지만 꿀벌만큼 신기한 생물을 찾기
는 정말 어렵다. 꿀벌에 관한 책들 중 고전으로는 20세기 초에 출간
된 모리스 마에털링크의 《벌의 삶 The Life of the Bee》(1901)과 발데
마르 본셀스의 《마야라는 벌의 모험The Adventures of Maya the Bee》

(1912)을 비롯하여 노벨 생리 및 의학상 수상자인 카를 폰 프리슈의 《춤추는 벌The Dancing Bees》(1953)을 꼽을 수 있다. 이 책은 감히 이런 고전의 반열에 올려도 좋은 책이다.

우리 인류가 야생 꿀벌로부터 꿀을 채취해 먹었다는 사실은 기원전 1만 3,000년 전의 암각화에서 드러날 정도로 오래된 일이다. 양봉에 관한 가장 확실한 증거로는 아마 이집트 황제 투탕카멘의 무덤에서 발견된 꿀 항아리가 가장 오래된 것으로 알려졌다. 벌의 생활사와 양봉에 관한 연구는 아리스토텔레스까지 거슬러 올라갈 수 있지만, 근대적 의미의 꿀벌 생물학은 칼 폰 프리슈의 연구에서 시작한다. 그는 생물학계에서 가장 예리한 관찰력과 상상력을 지닌 학자로 꼽힌다. 수백, 수천 마리의 벌들이 잉잉거리는 벌통을 한 번이라도 직접 본 적이 있는 사람이라면 모두 동의할 것이다. 그 많은 벌이 제가끔 이리저리 분주하게 돌아다니는 모습을 보며 그들 중 몇 마리가 춤을 추고 있고 다른 벌들이 그걸 해독하여 꿀이 있는 곳까지 날아간다는 사실을 발견한 사람이 바로 폰 프리슈이다. 꿀벌의 춤 언어에 대해 공부를 하고 난 다음에 봐도 누가 누구에게 말을 걸고 있는지 한참을 들여다봐야 하는데 도대체 그는 어떻게 그 엄청난 혼돈의 세계에서 그런 현상을 건져 올릴 수 있었는지 정말 놀라울 뿐이다.

나는 개인적으로 폰 프리슈의 증손이다. 그렇다고 해서 내 몸 속에 오스트리아의 피가 흐른다는 얘기는 아니다. 하버드 대학 시절 내 지도 교수였던 베르트 횔도블러는 이 책의 저자가 헌사를 올린 폰 프리슈의 수제자 마틴 린다우어의 수제자였다. 나는 비록 횔도블러 교수의 수제자는 아니고 여러 제자 중의 하나일 뿐이지만, 어쨌든 폰 프리슈는 내 학문적 증조할아버지가 된다. 이 책의 저자 위르겐 타우츠는 횔도블러 교수가 하버드에서 독일 뷔르츠부르크 대학으로 옮기면서 세운 연구소의 동료 학자이다. 횔도블러 교수는 사실 폰 프리슈와 린다우어 교수의 맥을 잇기는 했지만 꿀벌을 연구한 게 아니라 개미를 연구하여 일가를 이뤘다. 그들의 꿀벌 연구의 전통은 젊었을 때에는 원래 나비를 연구했던 타우츠에 의해 이어진 셈이다.

이 책은 이전에 나온 꿀벌에 관한 모든 책들에 비해 가장 최근의 연구 결과들을 총망라했다. 그렇다고 해서 절대로 학자들만을 위한 책은 아니다. 아무래도 학창시절에 생물학을 배웠던 사람이라면 조금은 유리하겠지만 생물학의 지식이 거의 없는 사람도 충분히 이해할 수 있도록 쉽고 친절하게 쓴 책이다. 위르겐 타우츠는 꿀벌에 관하여 세계 최고 수준의 연구를 하는 것은 물론, 대중을 위한 과학 저술에도 탁월한 능력을 발휘하고 있다. 그는 2005년 유럽분자생물학회EMBO로부터 과학커뮤니케이션 부문에서 우수상을 받은 바 있다.

이 책을 꼼꼼히 읽고 나면 꿀벌의 거의 모든 것에 대해 전문가 수준의 지식을 얻게 된다. 하지만 저자는 그 모든 상세한 지식을 펼쳐 보이면서도 전체를 하나로 묶는 실을 놓치지 않는다. 그것은 바로 꿀벌은 각각 별개의 생명을 지닌 개체이지만 언제나 군락 전체가 마치 하나의 개체처럼 행동한다는 이른바 초개체 개념이다. '일벌은 생명 유지와 소화를 담당하는 몸이고, 여왕벌은 여성의 생식기이며, 수벌은 남성의 생식기이다'라며 꿀벌의 군락을 하나의 생명체, 그것도 척추동물이라고 했던 요하네스 메링의 분석은 예리했다. 실제로 꿀벌 군락의 모든 번식은 여왕벌의 몫이고 모든 일벌은 오로지 여왕벌의 번식을 위해 헌신하는 '체세포들somatic cells'이다. 만일 여왕벌이 사고로 죽고 차세대 여왕벌을 미처 만들어내지 못하면 그 군락은 그대로 사라진다. 수많은 일벌이 있지만 그들은 기껏해야 미수정란을 낳을 수 있을 뿐이며, 미수정란으로부터는 수벌만 탄생할 뿐이기 때문에 군락의 명맥을 이어갈 수 없다. 이런 점에서 볼 때 꿀벌 군락은 여왕벌을 중심으로 이뤄진 하나의 거대한 생명체, 즉 초개체로 보인다.

저자는 거기에 한 술 더 떠 꿀벌 초개체가 그냥 척추동물도 아니고 그중에서도 우리와 같은 포유동물이란다. 낮은 번식률, 젖과 로열젤리의 유사성, 벌집이라는 '사회적 자궁', 일정한 체온 유지, 포유동물의 인지 능력에 견줄만한 꿀벌의 집단지성 등, 듣고 보면 고개를 끄덕이지 않을 수 없다. 이쯤 읽고 나면 그 어떤 독자라도 책장을 덮지 못할 것이다. 꿀벌의 생활사, 짝짓기, 식생활, 유전자 그리고 벌집의 구조와 기능에 이르기까지 그야말로 꿀벌의 모든 것에 대한 이야기들이 이어진다. 이 책과 흡사한 스타일로 쓴 내 책 《개미제국의 발견》과 함께 놓고 보면, 이 세상에 우리 인간을 제외하고 꿀벌과 개미처럼 복잡한 사회를 구성하고 사는 동물은 없다. 그들의 삶을 들여다보노라면 너무나 자주 우리 삶의 옆모

더 읽어볼 책

· 최재천 《개미제국의 발견》

습이 보이고 때로는 우리 삶이 갖추지 못한 아름다움과 지혜가 느껴진다. 그래서 그런지 일단 꿀벌과 개미 연구에 손을 댄 사람은 영원히 그로부터 손을 씻지 못한다. 퍼도 퍼도 마르지 않는 샘물처럼 그들의 삶은 정말 오묘하다.

그런 꿀벌이 사라지고 있다. 제2차 세계대전 당시 약 600만 개나 되던 미국의 벌통이 2005년 집계에 따르면 240만 개로 감소했단다. 세계 식량의 3분의 1이 곤충의 꽃가루받이에 의해 생산되며 그임무의 80퍼센트를 꿀벌이 담당한다. '꿀벌이 지구상에서 사라지

면, 인간은 그로부터 4년 정도밖에 생존할 수 없을 것'이라고 경고한 아인슈타인의 말을 수치 그대로 받아들일 수는 없지만, 나는 그의 혜안에 동의한다. 이대로 가다간 정말 언젠가 꽃들은 모두 나와 헤벌쭉 웃고 있는데 벌들은 전혀 잉잉거리지 않는 '침묵의 봄'이 올지도 모른다. 그 옛날 고등학교 국어 시간에 배웠던 신석정 시인의 시 〈그 먼 나라를 알으십니까〉가 생각난다.

> 서리가마귀 높이 날아 산국화 더욱 곱고
> 노란 은행잎이 한들한들 푸른 하늘에 날리는
> 가을이면 어머니, 그 나라에서
> 양지밭 과수원에 꿀벌이 잉잉거릴 때
> 나와 함께 그 새빨간 능금을 또옥 똑 따지 않으렵니까?

꿀벌이 없는 세상은 상상하기도 어렵고 상상하고 싶지도 않다. 나는 "알면 사랑한다!"라는 말을 온 세상에 퍼뜨리며 산다. 모르면 사랑도 할 수 없다. 우선 알아야 한다. 보다 많은 사람들이 이 책을 읽고 도대체 꿀벌이 왜 갑자기 사라지기 시작했는지 함께 연구했으면 좋겠다. 모두의 지혜가 필요한 때이다. 인간의 집단지능이 꿀벌의 집단지능을 구할 수 있길 바란다.

인간들이여,
멀쩡한 남의 밥상 엎지 마라

정부희 《곤충의 밥상》

 《파브르 곤충기》를 재미있게 읽었다면 분명히 '정부희 곤충기'도 재미있게 읽을 것이다. 《파브르 곤충기》가 곤충의 모든 삶을 다룬 글이라면 이 책은 곤충의 식생활에 초점을 맞추고 쓴 글이다. '다 먹자고 하는 일'이라 했던가? 곤충들의 식생활만 들여다봐도 결국 그들의 삶 전체가 보인다. 이 책은 풀, 나무, 버섯, 똥 그리고 다른 곤충을 먹고 사는 곤충 등 다섯 장으로 나뉘어 있다. 그러고 나니 대충 그 엄청난 곤충 다양성이 한눈에 들어온다.

《곤충의 밥상》의 저자 정부희 박사는 대학 시절 영문학을 전공한 이른바 인문학도였다. 그러나 어린 시절 시골에서 자라며 늘 부대꼈던 자연이 못내 그리워 퍽 늦은 나이에 대학원으로 돌아가 곤충학으로 박사 학위를 딴 사람이다. 내가 몇 년 전 우리 사회에 화두로 던진 '통섭'의 개념에 비춰볼 때 그는 훌륭한 통섭형 인물인 셈이다.

대학에서 영문학을 전공한 덕택일까, 그의 글솜씨가 예사롭지 않다. 이 책은 분명히 과학책으로 분류되겠지만 대부분의 과학책들이 가진 낯설고 어려운 찌푸림이 전혀 없다. 곳곳에 감칠맛 나는 표현들이 넘쳐난다. 배추흰나비 애벌레의 몸을 파먹고 기어 나오는 기생벌 애벌레들의 모습을 "옆구리 터진 김밥에서 밥알이 흘러나오듯"이라고 그린다. 다른 곤충의 몸에서 고물고물 기어 나와 바닥으로 툭툭 떨어지는 작은 애벌레들을 한 번이라도 본 적이 있는 사람이라면 이 표현에 무릎을 칠 것이다. "물구나무선 채로 해처럼 동그란 똥 덩어리를 굴리고 다니는 쇠똥구리"는 또 어떤가? 책의 처음부터 끝까지 어느 곳 하나 막힘없이 그저 술술 읽힌다.

예사롭지 않기는 그의 예리한 관찰력도 마찬가지다. 중국청람색잎벌레에 대해 설명하는 글에 보면 "제가 드나드는 연구실에는 입구가 두 개 있습니다."라고 쓰고 있는데, 그 연구실은 아마도 이

화여대 내 연구실을 말하는 것이리라. 정부희 박사는 벌써 1년 반 동안 내 연구실에서 연구원으로 일하고 있다. 그 글에서 그는 언제부터인지 늘 뒷문으로 다니는데 뒷문으로 들어가는 길에 피어 있는 박주가리의 잎에서 중국청람색잎벌레를 발견하여 관찰 일지를 쓴 것이다. 나도 늘 뒷문으로 드나드는데, 그것도 훨씬 더 오래 드나들었는데 왜 내 눈에는 그들이 보이지 않았을까? 이 책을 읽다 보면 곤충학 교과서에서는 찾아볼 수 없는 그만의 독특한 관찰 결과들이 무수히 많다. 정부희 박사는 딱정벌레, 그중에서도 거저리를 주로 연구하는 곤충학자다. 그래서 그는 버섯을 찾아 전국을 누빈다. 하지만 버섯과 거저리를 찾아다니는 산모퉁이와 길목에서 만난 온갖 곤충들에게 늘 한눈판 결과가 바로 이 책에 고스란히 담겨 있다.

나도 평생 곤충을 연구했지만 이 책을 읽으며 새로운 지식을 참 많이 얻었다. 나는 미국에 유학하여 석사 과정을 밟던 1981년에 펜실베이니아 주립대학 생물학과의 피어슨David Pearson 교수의 조수가 되어 여름 내내 애리조나 치리카와 산기슭의 사막에서 길앞잡이를 관찰한 경험이 있다. 하지만 이 책에는 내가 미처 알지 못한 길앞잡이의 습성들이 흥미롭게 적혀 있다. 귀국한 이래 나는 학생들과 함께 적지 않은 숫자의 우리나라 곤충들의 행동과 생태를 연구했는데, 그중에서도 도토리거위벌레에 대해서는 국제 학술지에 논문까지 발표한 바 있다. 때죽나무에 바나나 모양의 충영(벌레혹)을 만들게 하는 진딧물을 연구하여 내 연구실에서 석사 학위를 받은 학생도 있었다. 그 진딧물은 개미나 벌 같은 사회성 곤충에서 흔히 발견되는 병정 계급을 지니고 있는 이른바 병정진딧물로서 매우 독특한 생활사를 가지고 있는 곤충이다. 나도 꽤 깊이 있는 연구 프로젝트를 진행한 경험이 있지만 정부희 박사만의 예리한 관찰은 남다른 감흥을 불러일으킨다.

이런 수많은 관찰 결과가 술술 읽힌다고 해서 그저 쉬운 내용만 나열한 책이라고 생각하면 큰 오산이다. 구렁이 담 넘어가듯 쉽게 읽히지만 가끔 꼭 설명을 들었으면 싶은 과학 용어 및 개념도 심심찮게 나타난다. 그런데 그런 생각이 난다 싶으면 어김없이 그 글의 끝에 친절한 설명이 붙어 있다. 곤충들의 통신 수단 페로몬에 대한 설명이 있는가 하면, 갖춘탈바꿈과 안갖춘탈바꿈의 진화적 이득을 비교하는 설명이 뒤따른다. 휴면과 휴지가 무엇이 같고 또 무엇이 다른지를 알려준 다음, 곤충이 식물에게 어떻게 충영을 만들도록 유도하는지를 설명한다. 이 책을 다 읽고 나면 큰 고통 없이 곤충학 개론 또는 일반 곤충학 과목을 들은 셈이다. 내가 늘 하는 얘기이지만 배우는 줄 모르며 배우는 것만큼 훌륭한 교육은 없다. 정부희 박사가 우리를 그렇게 은근슬쩍 가르친다.

나는 곤충학을 미국에서 배운 탓에 곤충의 영어 이름이 훨씬 더 익숙하다. 지금도 어떤 곤충들은 우리말 이름이 헷갈린다. 인문학을 했던 까닭인지 저자는 자주 우리말 곤충 이름의 어원에 대해 친절한 설명을 제공한다. 특히 길앞잡이를 북한에서는 '길당나귀'라고 부른다는 대목에서는 나도 모르게 고개를 끄덕였다. 가까이 다가가면 저만치 앞서 날아간다고 하여 길앞잡이라고 부르는 우리 이름도 정겹지만, 길 위에서 긴 다리로 껑충껑충 뛴다고 하여 길당나귀라 부르는 북한 사람들의 상상력도 남다르다. 우리는 무엇이든 일단 이름을 알고 나면 퍽 많이 안다고 느낀다. 하물며 그런 이름의 뜻풀이를 알고 나면 그 맛이 또 얼마나 다른가.

　이 책을 읽는 독자들은 또한 저자의 자연에 대한 따뜻한 사랑을 놓칠 수 없을 것이다. 곤충학을 하러 대학원에 돌아가기 전 아들과 함께 아파트 베란다에서 기르던 사마귀가 때 아니게 한겨울에 낳은 알에서 애벌레들이 줄줄이 나왔다가 먹이가 없어 굶어 죽는 걸 지켜보며 가슴 아파했던 일은 물론이고 우리 인간의 만행으로 무너져 내리는 자연의 변방에서 속절없이 죽음을 맞이하는 곤충들의 이야기들이 책 곳곳에 흥건히 묻어난다. 이른 봄 앉은부채를 찾는 곤충들에 대해 저자는 다음과 같이 쓰고 있다.

어느 때부턴가 숲의 깊은 골짜기에도 개발의 바람이 불어 전국의 쓸 만한 숲들이 원래 모습을 잃어 가고 있습니다. 숲 구석구석에 건물을 짓고 산책로를 만들어 앉은부채의 보금자리를 야금야금 빼앗고 있습니다. 이른 봄에 앉은부채 꽃을 찾는 곤충들은 영문도 모른 채 먹이를 찾아 우왕좌왕합니다.

도심 한복판에 있는 공원에서 용케도 살충제 비를 피해 살아남은 개나리잎벌을 보며 저자는 또 이런 생각을 한다.

개나리만 살리겠다고 개나리 안주인 노릇 하는 개나리잎벌을 죽여야 되는지. 살충제를 뿌리지 않고 그냥 놔두면 어떨까요? 개나리가 다 죽어 간다고 반박하시겠지요? 어차피 개나리는 암꽃이 드물어 열매로 번식하기는 하늘의 별 따기입니다. 그래서 길가에 심은 개나리는 모두 아버지 나뭇가지를 꺾어 대량 복제한 것입니다. 혹시나 애벌레가 극성을 부려 개나리가 죽어 없어질 정도면 대량 복제한 나무를 다시 심으면 어떨까요? 하지만 이런 최악의 시나리오는 절대로 일어나지 않습니다. 자연 세계에는 그들만의 법칙이 존재합니다. 사람이 인위적으로 끼어들지 않으면 더 잘 돌아갑니다.

얼마 전에는 정부희 박사의 지도 교수님이신 성신여대 김진일 명예 교수님이 무려 7년간의 노력 끝에 《파브르 곤충기》 10권 모두를 우리말로 완역하여 내놓았다. 프랑스어 원전을 번역한 것이라 그 가치가 더욱 빛난다. 《파브르 곤충기》는 파브르가 56세 때 1권을 낸 다음 무려 30년이 걸려 그의 나이 86세에 제10권을 출간하여 완성한 책이다. 이 책의 저자 정부희 박사는 그의 곤충기 제1권을 파브르보다 훨씬 젊은 나이에 냈으니 10권이 아니라 20권을 내는 것도 가능하리라 기대해본다. 그의 다음 책은 곤충의 어떤 습성에 초점을 맞춘 책일까 벌써부터 궁금하다. 이 책 곳곳에 '미성년자 관람불가'

더 읽어볼 책

· 앙리 파브르 《파브르 곤충기》
· 박해철 《딱정벌레》

언저리를 아슬아슬하게 맴돌며 풀어낸 곤충들의 짝짓기에 관한 설명을 보면서 나는 왠지 그의 다음 책이 '곤충들의 성생활'에 관한 책일 것 같다. 아니면 이 책 곳곳에 질펀하게 문질러 댄 똥 얘기를 쓰려나? 먹는 얘기를 했으니 다음에는 싸는 얘기를 쓰는 것도 순리에 맞을 것 같기도 한데.

Part

2

생명, 진화의
비밀을 찾아서

유전자의 관점으로 보면
세상이 다르게 보인다

리처드 도킨스 《이기적 유전자》

세상을 살면서 한 권의 책 때문에 인생관, 가치관, 세계관 등이 하루아침에 뒤바뀌는 경험을 해보는 이들이 과연 몇이나 있을까? 대부분의 사람은 아마 단 한 번도 그런 짜릿함을 경험해보지 못하고 말 것이다. 내게는 그런 엄청난 책이 한 권 있다. 바로 《이기적 유전자》이다.

삶이란 무엇인가? 나는 과연 무엇을 위해 생겨났나? 우리 모두 궁극적으로 던지는 질문들이다. 결코 단언할 수 없지만 지구상에 생명체가 등장한 이래 인간이 태어나기 전까지는 삶의 의미와 기원에 대해 의문을 가졌던 동물은 없었던 것 같다.

이런 질문을 던질 수 있는 나 자신을 들여다볼 때, 내가 생명의 주체일 수밖에 없어 보인다. 내가 바로 숨을 쉬고 밥을 먹고 또 죽어갈 장본인이기 때문이다. 앞마당의 닭들이 이리저리 몰려다니며 모이도 쪼아 먹고 꼬꼬댁거리는 걸 보면 닭도 닭이라는 생명의 주체인 것처럼 보인다. 그래서 우리는 닭이 알을 낳는다고 생각한다. 하지만 과연 그럴까? 닭은 잠시 이 세상에 태어났다 '임기'를 다하면 사라져버리는 일시적인 존재에 지나지 않지만, 태초부터 지금까지 끊임없이 생명의 숨을 이어온 알 속의 DNA야말로 진정 닭이라는 생명의 주인이다. 그래서 하버드 대학의 진화생물학자 에드워드 윌슨은 영국의 소설가 새뮤얼 버틀러Samuel Butler의 표현을 빌려 다음과 같이 말했다. "닭은 달걀이 더 많은 달걀을 만들기 위해 잠시 만들어낸 매체에 불과하다." 유전자의 관점에서 보면 알이 닭을 낳는다.

지금으로부터 약 40억 년 전 지구의 대부분을 뒤덮고 있던 바닷속에는 여러 종류의 화학 물질이 떠다니고 있었다. 그중에서 어느 날 우연하게도 자기 복제를 할 줄 아는 DNA라는 묘한 화학 물질이 태어난다. 그 화학 물질은 한동안 발가벗은 채로 자신의 복사체를 만들며 살았다. 그러다가 간단한 형태의 세포를 만들어 그 속에 들어앉았더니 급기야는 자기 복제를 보다 효과적으로 수행해 줄 근육, 심장, 눈, 그리고 두뇌 등의 기관들을 만들어내는 데 성공한다.

옥스퍼드 대학의 생물학자 리처드 도킨스는 이제는 과학계의 고전이 된 그의 명저 《이기적 유전자》에서 우리에게 삶을 바라보는 전혀 새로운 관점을 제시한다. 그에 의하면 살아 숨 쉬는 우리는 사실 태초에서 지금까지 여러 다른 생명체의 몸을 빌려 끊임없이 그 명맥을 이어온 DNA의 계획에 따라 움직이는 기계일 뿐이다. 도킨스는 그래서 DNA를 가리켜 '불멸의 나선immortal coil' 이라 부르고 그의 지령에 따라 움직일 수밖에 없는 모든 생명체를 '생존 기계 survival machine' 라 부른다.

'생명life' 이라는 단어를 초등학생용 옥스퍼드 영어 사전은 "출생에서 사망까지의 기간" 이라고 정의한다. 성인용 옥스퍼드 사전은 물론 훨씬 많은 해설을 담고 있지만 어린아이들에게 생명의 개념을 설명하는 목적으로는 '살아 있다.' 는 의미의 시간적 정의를 선택한 것이다. 종교에서도 대체로 우리에게 일단 한계성을 지닌 생명을 부여한 다음 믿음과 의식을 통해 영원불멸의 경지에 도달할 수 있다고 가르친다. 기독교의 가르침에 따르면 조물주의 존재를 믿으며 원죄를 인정하면 영생을 얻을 수 있다고 한다. 불교에서는 삶을 생로병사生老病死로 정의하고 생명이 한계성을 지니되 그것을 담아 줄 그릇, 즉 육체를 바꿔가며 윤회한다고 가르친다.

방방곡곡 많은 신하를 풀어 불로초를 찾게 했던 진시황제도 결국 한 줌 흙으로 돌아갔다. 그의 몸을 구성하고 있던 10조 개의 세포 속에 들어 있던 DNA들도 사라지고 말았다. 그러나 그의 정자 속에 담겨 자식들의 몸으로 전달된 DNA의 일부는 아마 지금까지도 누군가의 몸속에 살아 숨 쉬고 있을 것이다. 이처럼 유전자의 관점에서 바라본 생명은 영속가능성을 지닌다. 태초에는 보잘것없는 한낱 화학 물질에 지나지 않았던 DNA는 단세포 생물을 거쳐 오늘날에는 인간을 비롯한 모든 생명체의 몸속에 살아남아 면면히 그 역사를 이어가고 있다. 생명의 역사는 한 마디로 DNA의 일대기 내지는 성공담에 지나지 않는다.

그런 DNA가 이제 인간이라는 생존 기계의 두뇌를 이용하여 섹스를 거치지 않고 복제를 하려 한다. 양에서 시작한 복제가 바야흐로 인간을 복제하기에 이르렀다. 사람들은 요사이 금방이라도 복제 칭기즈칸이 나타나 온 세상을 쑥대밭으로 만들기라도 할 것처럼 호들갑을 떨고 있다. 무지의 공포는 과학 기술 시대를 사는 현대인에게 더 이상 용납되어서는 안 될 죄악이다. 우리가 하는 일은 유전자 복제이지 결코 생명체 복제가 아니다. 일란성 쌍둥이 형제가 절대로 완벽하게 똑같은 인간이 되지 않는 것처럼 복제 칭기즈칸이 세계를 정복할 가능성은 희박하다. DNA는 지금까지 해왔듯이 앞으로도 어떤 형태로든 자기 복제의 길을 꾸준히 걸을 것이다.

우리 속담에 "호랑이는 죽어서 가죽을 남기고 사람은 죽어서 이름을 남긴다."라는 말이 있다. 이기적인 유전자의 눈높이에서 다시 한 번 바라보면 정녕 "호랑이도 죽어서 유전자를 남기고 사람도 죽어서 유전자를 남긴다." 유전자의 눈높이에서 바라보는 생명은 사뭇 허무해 보인다. 하지만 그 약간의 허무함을 극복하면 무한한 겸허함을 느낄 수 있다. 내가 내 생명의 주인이 아니라는 걸 받아들이면 내 생명은 물론 생명이 있는 이 세상 모든 것들이 다 골고루 소중하다는 지극히 단순한 사실에 머리가 숙여진다.

삶에 대한 회의로 밤을 지새우는 젊은이에게, 그리고 평생 삶에 대한 회의를 품고 살면서도 이렇다 할 답을 얻지 못한 지성인에게 《이기적 유전자》를 권한다. 일단 붙들면 밤을 지새울 것이다. 그런 후 세상을 바라보는 전혀 새로운 눈으로 다음 날 아침을 맞을 것이다. 나는 내가 가르치는 모든 학생에게 이 책을 권한다. 적어도 이 책만큼은 읽어야 내게 강의를 들었노라고 말할 수 있다고.

더 읽어볼 책

· 리처드 도킨스 《확장된 표현형》 《눈먼 시계공》

《이기적 유전자》로 인해 거듭난 이들에게 도킨스의 또 다른 명저 《확장된 표현형The Extended Phenotype》(1982)을 권한다. 도킨스의 저서 중 내가 가장 높이 평가하는 책이다. 유전자의 표현형 phenotype은 유전자를 다음 세대에 전달하는 도구이며 그 효과는 생명체의 몸 밖으로 확장되어 심지어는 다른 생명체의 신경계 속으로까지 파고든다는 메시지를 전달한다.

이 두 책을 읽고 나서 자연선택natural selection의 메커니즘을 명확하게 설명하는 《눈먼 시계공The Blind Watchmaker》(1986)과 《불가능한 산 오르기Climbing Mount Improbable》(1996)를 읽으면 현대 진화생물학의 진수를 맛보게 된다. 도킨스의 보다 근저로는 《무지개를 풀며Unweaving the Rainbow》(2000), 《악마의 사도A Devil's Chaplain》(2003), 《조상 이야기The Ancenstor's Tale》(2004) 등이 있다. 그는 현재 옥스퍼드 대학의 과학 대중화 석좌교수로서 강의와 저술에 전념하고 있다.

이타적인 행동도
결국 이기적 유전자가 시킨 것

매트 리들리 《이타적 유전자》

 우리에게는 이미 《게놈 Genome: The Autobio-
graphy of a Species in 23 Chapters》의 저자로 잘 알려진 매트 리들리의
저서 《이타적 유전자 The Origins of Virtue》의 원저에는 '덕의 기원
The Origins of Virtue' 이라는 제목이 붙어 있다. 어느 사회든 한결같
이 덕망 있는 이들을 칭송하고 희생과 협동을 사회 제일의 덕목으
로 존중한다. 하지만 우리 사회가 온통 테레사 수녀나 이수현 씨 같
은 이들로만 이루어져 있다면 이번 세대를 마지막으로 인간은 절멸

하고 말 것이다. 자식을 낳지 않는 생물이 살아남는 길은 없다. 우리의 유전자가 이기적이고 우리 또한 기본적으로 이기적이기 때문에 우리가 한 종으로서 아직도 명맥을 유지하고 있는 것이다.

인간의 본성, 의식, 문화 등 우리가 특별히 인간적인 특성으로 간주하는 그 모든 면도 다 궁극적으로는 다윈주의적 진화 과정에 의한 설계에 따라 만들어진 것이다. 유전자 안에 있지 않은 성향이 어느 날 갑자기 생겨날 수는 없다. 인간이 아무리 날고 싶어도 날 수 없는 것은 인간의 DNA 안에 날개를 만들어주는 유전자가 없기 때문이다. 아직도 우리 학계에서는 종종 '유전이냐, 환경이냐' 혹은 '천성이냐, 학습이냐'를 놓고 논쟁을 벌이는 모습을 볼 수 있지만 한마디로 부질없는 일이다. 문화, 환경, 학습 등도 다 유전자가 정해준 범위 내에서 일어날 수밖에 없는 일이고 보면 유전자의 중요성은 너무나 자명하다. 하지만 일란성 쌍둥이가 완벽하게 동일한 유전자를 지녔어도 성장하며 서로 독특한 개성을 지닌 엄연히 다른 두 사람이 되는 것처럼, 인간을 비롯한 모든 생물은 유전자와 환경의 영향을 고루 받으며 만들어지는 존재이다.

리들리는 이 책에서 해밀턴William Hamilton의 '혈연선택론 theory of kin selection'과 트리버즈Robert Trivers의 '상호호혜 이론 theory of reciprocal altruism' 그리고 폰 노이만Johann von Neumann의

'게임 이론game theory'을 가지고 기본적으로 이기적인 개체들이 모여 이타적인 사회를 이루는 과정을 쉽게 그러나 권위 있게 풀어낸다. 자기 군락에 위험이 닥치면 가차 없이 달려나가 적의 몸에 독침을 꽂는 일벌은 두어 시간 후면 목숨을 잃는다. 더 많은 유전자의 복사체를 후세에 남겨야 한다는 관점에서 보면 언뜻 이해가 가지 않는 행동이다. 그래서 이 이타성 또는 자기희생의 문제는 철저하게 개체의 수준에서 진화를 설명하려 했던 다윈에게는 엄청난 고민 거리였다.

아무리 군락을 위한다는 일이라고 해도 일벌의 죽음은 개체의 관점에서 보면 전혀 적응적adaptive이지 못한 일이다. 하지만 일벌 하나의 죽음 덕분에 군락이 살아남을 수 있다면 비록 그 일벌의 몸속에 있던 유전자는 다음 세대로 전달되지 못하지만, 그 유전자와 조상이 같은 유전자들이 친족의 몸을 통해 더 많은 복사체를 퍼뜨릴 가능성은 남아 있다. 실제로 꿀벌과 같은 사회성 곤충은 단수배수체haplo-diploidy라는 그들만의 독특한 성 결정 메커니즘 때문에 일벌들은 스스로 번식을 포기하고 여왕을 위해 희생하도록 진화한 것이다.

여기서 단수배수체에 관해 잠깐 설명하고 넘어가야 할 것 같다. 인간을 비롯한 배수체diploid 생물은 암수 모두 한 쌍의 염색체를 지닌다. 한편 개미와 벌 등 사회성 곤충들의 암컷은 우리처럼 한 쌍의 염색체를 갖고 있지만, 수컷은 그의 반인 그저 한 벌의 염색체만을 갖고 있다. 따라서 암컷은 언제나 난자 속에 자신의 유전자의 반만을 넣는 데 비해, 개미나 벌의 수컷들은 정자를 만들 때 감수분열을 통하지 않고 그들이 가진 유전자 전부를 자식에게 전해준다. 이 같은 독특한 성 결정 메커니즘이 일개미나 일벌들 간의 유전적 연관계수를 높여주는 결정적인 원인으로 작용한다. 배수체 생물의 형제자매들 간 유전적 연관계수는 평균 2분의 1이지만, 반수이배체 생물은 자매간은 4분의 3이고 남매간은 4분의 1이 된다. 따라서 일벌은 스스로 자식을 낳아도 그 자식의 몸에 자기 유전자의 2분의 1밖에 남길 수 없지만 어머니인 여왕을 도와 그로 하여금 누이동생, 즉 일벌이나 차세대 여왕벌을 낳게 하면 그 누이동생의 몸을 통해 자기 유전자의 4분의 3을 얻는다. 개체의 관점에서 보면 철저하게 이타적인 성향이 유전자 수준에서 분석해보면 결국 이기적인 행동에 지나지 않음을 알 수 있다.

그렇다고 해서 이타적인 행동이 반드시 친족 간에만 나타나는 것은 아니다. 실제로 우리 사회에서 더욱 높이 칭송하는 희생은 유전적으로 아무런 관계도 없는 사람에게 베푼 사랑이다. '아름다운 청년' 이수현이 일본을 울렸던 비슷한 시기에 부산에서는 조희권이라는 40대 남자가 여섯 살짜리 딸을 안고 불을 피해 아파트 10층에서 뛰어내리다 딸의 목숨은 구하고 자신은 끝내 숨진 사고가 있었다. 신문에 두 기사가 나란히 실렸는데 신문사에서 할애한 지면의 크기는 엄청나게 차이가 났었다. 부산 사고에 대한 기사는 이수현 씨에 대한 기사의 10분의 1도 채 되지 않았다.

다른 생명을 구하려다 자신의 생명을 잃기는 마찬가지인데 이 두 사건에 대한 우리의 반응은 왜 이렇게 다른 것일까? 이 두 사건에는 뚜렷한 생물학적 차이가 있기 때문이다. 자기희생 또는 이타주의의 진화를 설명하는 생물학적 이론들에 이 두 사건은 마치 짜 맞춘 듯 완벽한 실례를 제공한다. 남을 위해 자기 목숨을 바치는 일벌의 희생이나 조희권 씨나 이수현 씨의 희생은 모두 숭고하다. 하지만 일벌이 구하려는 '남'은 자기 어머니인 여왕벌과 형제자매들인 일벌과 수벌들이다. 유전자를 공유하는 친족이라는 말이다. 생물학적으로 볼 때 조희권 씨의 희생은 일벌의 희생에 가깝다. 이른바 혈연선택 이론에 의하면 유전적으로 가까운 친족을 위한 희생은 훨씬 쉽게 이해할 수 있는 희생이다.

그렇다면 유전적으로 상관이 없는 개체들을 위하여 베푸는 희생은 과연 어떻게 진화한 것일까? 동굴 천장에 거꾸로 매달려 배고픈 동료에게 피를 나눠주는 흡혈박쥐는 물론 친족에게 주로 베풀지만, 때론 유전적으로 전혀 관련이 없는 남에게도 베푼다. 물에 빠진 주인을 구하기 위해 강물로 뛰어드는 개의 행동은 또 어떻게 설명할 것인가. 상호호혜 이론에 따르면 이타성은 비록 유전적으로는 관련이 없더라도 자주 만나는 개체 간에 자기가 남에게 베푸는 도움이 훗날 되돌아올 확률이 높을 경우 충분히 진화할 수 있다. 그러므로 타향에서는 고향에서만큼 쉽사리 남에게 베풀지 않게 된다. 그만큼 내 도움이 되돌아올 확률이 낮기 때문이다.

유전자 자체가 도덕이나 윤리 의식을 가진 주체가 될 수는 없다. 왜냐하면 가슴이나 뇌를 지닌 생명체가 아니라 그저 하나의 화학 물질에 지나지 않기 때문이다. 오로지 자기복제를 하기 위해 끊임없이 노력하는 이기적인 존재일 뿐이다. 역설적으로 들리지만, 이기적인 유전자가 바로 우리를 '도덕적인 동물'로 만들어준 장본인이다. 도덕성morality도 엄연한 진화의 산물이다. 어느 사회에서든 보다 도덕적인 개체들이 더 많은 유전자를 후세에 남겼기 때문에 도덕성이 오늘날까지

더 읽어볼 책
· 최정규 《이타적 인간의 출현》
· 로버트 라이트 《도덕적 동물》

우리 인간의 본성으로 남아 있는 것이다. 인간의 도덕성은 비록 이기주의를 기본으로 한 것이지만, 이른바 '현명한 이기주의' 또는 '고상한 이기주의'의 진화는 간단한 게임 이론으로 설명이 가능하

다는 걸 이 책은 설득력 있게 보여준다. 다윈이 발견한 자연선택은 비도덕적인, 더 정확히 말하면 무도덕적인 과정이다. 하지만 이 엄청난 생명의 다양성을 탄생시킨 '자연이 선택한' 가장 강력한 메커니즘이기도 하다.

화석이 보여주는 증거에 의하면 지구상에 태어나 지금까지 살고 있거나 이미 사라져간 모든 생물 중 인간은 매우 어린 편이다. 분자유전학적 분석 결과에 따르면 인류와 침팬지가 하나의 공동조상으로부터 분화된 것은 지금으로부터 불과 600만 년 전의 일이다. 600만 년이란 시간은 진화사의 관점에서 보면 그리 긴 시간이 아니다. 지구의 역사를 하루에 비유하면 10초도 채 되지 않는 지극히 짧은 시간이다. 현대 인류가 탄생한 것이 그보다도 훨씬 최근인 15만 내지 23만 년 전의 일인 걸 보면 인간은 그야말로 순간에 '창조'된 동물이다.

그러나 현재 우리 인류가 저지르고 있는 환경 파괴 및 온갖 행동들을 보면 어쩌면 우리는 또 순간에 사라지고 말 동물처럼 보인다. 셰익스피어의 표현을 빌리자면 "인간은 역사의 무대에 잠깐 등장하여 충분히 이해하지도 못하는 역할을 하다가 사라진다." 먼 훗날 이 지구상에 인간에 버금가거나 능가하는 생명체가 탄생하여 지구의 역사를 재정리한다면 과연 우리 인간을 어떻게 평가할 것인가? 우선 그들의 역사책에 거의 언급조차 되지 않을 확률도 매우 높다고 본다. 워낙 짧게 살다가 절멸한 종이기 때문이다. 하지만 달리 보면 워낙 저질러놓은 일들이 엄청나 비록 그리 긴 세월을 생존하지 못했다 하더라도 퍽 중요했던 종으로 기록될 가능성 역시 크다.

인간이 진화의 결과로 탄생한 것은 분명하지만 진화가 우리 인류를 탄생시키기 위해 만들어진 과정은 아니다. 자연선택은 어떤 목표를 향해 합목적적으로 진행되는 미래지향적 과정도 아니며 보다 나은 미래를 위해 모든 합리적인 해결 방법을 총동원할 수 있는 공학적인 과정도 아니다. 그래서 적자생존의 과정을 수없이 반복하고 난 결과는 어쩔 수 없이 완벽한 인간의 등장일 수밖에 없다는 식의 생각은 지나친 인본주의 또는 인간중심주의의 결과에 지나지 않는다. 생명은 이처럼 지극히 낭비적이고 기계적이며 미래지향적이지도 못하고 다분히 비인간적인 과정에 의해 창조되었다. 하지만 그처럼 부실해 보이는 과정이 오랜 세월 동안 수많은 단계를 거듭하며 선택의 결과들을 누적시킨 끝에 오늘날 이처럼 정교하고 훌륭한 적응 현상들, 심지어는 남을 위해 목숨을 던지는 일까지 만들어낸 것이다.

피비린내 나는 형제 갈등,
그 비밀은 유전자에

더글러스 W. 모크
《살아남은 것은 다 이유가 있다》

대한민국에 태어나 초등학교를 다닌 사람이라면 거의 누구나 한밤중에 형님 몰래 아우 몰래 서로 볏단을 옮겨주다 달 밑에서 만나 얼싸안고 울었다는 '의좋은 형제 이야기'를 기억할 것이다. 벼 베기를 끝낸 형제가 서로의 살림살이를 걱정하며 자신의 볏단을 옮겨주었다는 이 이야기는 1956년부터 45년 동안 초등학교 국정 국어 교과서에 실려 있었는데, 지난 2002년 7차 교육과정 개편 때 빠졌다가 2005년 고등학교 전통 윤리 교과서에 다시

수록되었다. 전래 민담인 줄로만 알았던 이 이야기가 실화였다는 사실이 밝혀졌기 때문이다.

고려 말에서 조선 초 충남 예산군 대흥면 동서리에 살았던 이성만李成萬 이순李順 형제의 우애담에 감동한 연산군이 우애비를 건립해줬다는 얘기가 구전돼오다가 1978년 대흥면 상중리에서 실제 비석이 발견되었고, 그 비문 내용을 해석한 결과 역사적인 사실로 확인됐다는 것이다.

새 교과서에는 친절하게 이 이야기가 실제로 있었던 일이었다는 문구까지 실렸다. 이 이야기가 주는 감동은 특별하다. 모르긴 해도 이 이야기는 내가 초등학교 교과서에서 읽은 이야기 중 유일하게 지금까지 생생하게 기억하고 있는 이야기이다. 오랫동안 잊히지 않도록 특별히 감동적으로 잘 꾸며낸 이야기라고 해도 그 누가 의심하랴. 게다가 실화라니 더욱 놀라울 뿐이다. "실화보다 더 재미있는 소설은 없다."라고 한 마크 트웨인의 혜안이 다시금 돋보인다.

그런데 왜 이런 아름다운 이야기들은 이렇게 애써 세상에 알려야만 하는가? 비석까지 만들어 기리는 까닭이 도대체 무엇이란 말인가? '의좋은 형제'의 교과서 재수록을 계기로 예산군은 아예 이야기의 배경이 되었던 대흥면 동서리 지역을 청소년 교육장으로 활용할 계획이란다. 이를 위해 지난 2002년 '의좋은 형제상'을 건립하고 상당한 예산을 들여 테마 공원을 조성하기로 했다고 한다. 또 캐릭터와 상표 등록 등 브랜드화를 꾀하며 지역 홍보에도 적극적으로 활용할 방침이란다.

우리나라 전국 곳곳에 심심찮게 서 있는 효자비와 열녀비는 또 어떤가? 이런 일에 기념비를 세우고 널리 알리는 우리의 행위가 단순히 감동과 존경의 표현일 뿐일까? 실제로 이런 일이 드물어서 애깃거리가 되고 또 그걸 널리 알려 더 자주 이런 아름다운 일이 생기기를 못내 기대하는 마음은 아닐까? 이런 미담이 있는가 하면 명절 때 오랜만에 만난 형제간에 선친의 재산을 두고 말다툼을 벌이다 끝내 공기총으로 형을 죽였다는 신문 기사는 왜 그리도 자주 나오는가? 이웃사촌과는 왕래하면서도 친형제와 발길을 끊고 사는 사람들이 우리 주변에는 왜 그리도 많은 것일까? 피는 물보다 진하다 했는데…….

《살아남은 것은 다 이유가 있다More Than Kin And Less Than Kind》에는 사이 나쁜 형제들의 이야기가 즐비하게 펼쳐져 있다. 그리고 자식들이 부모를 야비하게 찜 쪄 먹는 이야기도 흐드러져 있다. 그걸 다 읽다 보면 왜 우리가 애써 우애비, 효자비, 열녀비 등을 만들어야 했는지 조금은 수긍이 갈 것이다. 그래도 수긍은 간다지만 우리는 여전히 급하면 형에게 전화하고 괴로우면 누나에게 기댄다. 누군가가 가족에 대해 이렇게 말하는 걸 들은 적이 있다. "가족이란 내가 잘못을 했어도 무조건 내 편이 돼주는 사람들이다."

이 책을 읽다 보면 처음에는 언뜻 이해가 되지 않을 것이다. 아무리 그래도 그렇지 어떻게 형이 동생을 그처럼 무자비하게 제거할 수 있단 말인가? 평화롭기 그지없어 보이는 가족의 풍경 속에 실제로는 피비린내 나는 투쟁의 역사가 도사리고 있다니. 필경 자원이 한정된 상황에서 눈물을 삼키며 취하는 어쩔 수 없는 선택이려니 싶지만 저자는 그것도 아니라고 설명한다. 동생을 죽여 없앤 둥지 주변에 질펀하게 흩어져 있는 먹이를 어찌 설명할 것이냐고 저자는 묻는다. 가족 내의 갈등처럼 늘 우리와 함께 있지만 이해하기 어려운 현상도 그리 많지 않을 것이다. 어쩌면 이해하기를 우리 스스로 거부하고 살아왔는지도 모른다. 하지만 이 책은 그런 아픈 상처를 여지없이 들춰낸다. 그리고 우리로 하여금 가족애의 본질에 대해 다시 한 번 생각하게 한다.

미국 MIT 대학의 사회학자 설로웨이Frank Sulloway는 《타고난 반항아Born to Rebel》라는 저서에서 왜 어느 집에나 둘째가 어딘지 모르게 반항적이고 종종 성공적인지에 대해 설명한다. 둘째가 형보다 태생적으로 또는 문화적으로 불리한 상황에 놓였기 때문에 자신에 대한 성찰이 남다를 수밖에 없다는 이론이다. 물론 인간 사회에서 일어나는 현상을 말하고 있는 것이다. 이 책에 따르면 우리를 제외한 다른 동물들의 세계에서는 대체로 태생적인 불리함을 극복하지 못하는 것 같다.

형제를 키우는 부모의 입장은 또 어떠한가? 피를 나눈 형제끼리 그야말로 피 튀기는 싸움을 벌여 그중 하나가 하릴없이 죽음에 이르는 걸 그저 남의 자식 바라보듯 하는 어미 새의 행동은 또 어찌 이해해야 하는가? 저자는 "희생자의 죽음에 대한 부모의 보복이라곤 고작 생존자의 이익을 줄이는 것뿐"이라고 말한다. 그런가 하면 우리 인간은 때로 잃어버린 자식 하나를 못 잊어 다른 자식 돌보기를 포기하기도 한다. 아흔아홉 마리의 양을 두고 잃어버린 한 마리 양을 찾아 나선다. 엄밀하게 얘기하면 후자, 즉 우리 인간의 행동이 훨씬 덜 합리적이라고 저자는 설명한다.

이 모든 가족 내의 갈등과 사랑을 이해하려면 유전자의 렌즈가 필요하다고 저자는 강조한다. 흔히 우리 사회에 '이기적 유전자'의 개념으로 알려진 유전자의 관점에서 분석해야 물보다 진해야만 할 것 같은 피도 왜 가끔 거꾸로 흐르는지 이해할 수 있다. 다윈 이래 가장 위대한 생물학자로 칭송받다 2000년 벽두에 너무도 급작스레 세상을 떠난 영국의 생물학자 해밀턴의 '포괄적합도' 이론에 대해 이 책만큼 상세하고 알기 쉽게 설명한 책도 그리 많지 않다. 유전자의 관점에서 바라보면 이기주의와 이타주의의 경계가 모호해진다. 다음 세대에 더 많은 유전자의 복사본을 남기려는 행동이라면 그것이 우리 눈에 아무리 잔인하고 비인륜적으로 보인다 해도 그렇게 진화할 수밖에 없는 것이다. 이 책을 한 번 속독한 다음에도 고개가 갸우뚱하다면 유전자의 렌즈를 끼고 다시 한 번 읽을 것을 권한다. 유전자의 렌즈를 통해 세상을 바라보면 그야말로 '거듭나는' 느낌을 받을 것이다. 그동안 이런저런 세상사에 얽혀 있던 실타래가 술술 풀려나가는 귀한 경험을 하게 될 것이다.

이 책의 저자 더글러스 W. 모크Douglas W. Mock는 상당히 독특한 사람이다. 세계적인 명문 코넬 대학을 나와 미네소타 대학에서 박사 학위를 받은 이래 줄곧 오클라호마 대학에서 평생을 보냈다. 미국에서는 훌륭한 논문을 많이 발표한 학자들이 학교를 옮겨 다니는 게 거의 유행처럼 되어 있다. 물론 처음부터 아주 좋은 대학에 자리를 잡았다면 몰라도, 오클라호마 대학이 생태학과 동물행동학 분야에서 반드시 최고의 대학이 아니란 걸 생각하면 그의 '고착 생활'은 자못 신기하기까지 하다.

그에게는 학교를 옮겨 다니지 않은 것보다 사실 더 대단한 특성이 하나 있다. 그는 평생 초지일관 남들이 거들떠보지도 않는 주제를 끈질기게 연구해온 학자다. 말 그대로 한 우물만 고집스럽게 파온 사람이다. 당신이 만일 이 책을 읽으며 평소 생각하던 형제들의 모습과 완전히 딴판인 자연의 모습에 놀라고 있다면, 그걸 그 옛날 평생의 연구 주제로 잡겠다고 덤벼든 저자의 모습을 떠올려보라. 그의 연구는 희귀한 만큼이나 독보적이다. 동물 가족의 갈등을 그만큼 오랫동안 그리고 속속들이 들여다본 학자는 일찍이 없었다. 그 연구의 진수가 이 책에 녹아 있다.

2005년 우리나라의 출산율은 1.08명으로 전 세계에서 가장 낮았다. 인구를 그저 현 상태로 유지하는 데 필요한 인구대체출산율인

더 읽어볼 책

· 전중환 《오래된 연장통》
· 프랭크 설로웨이 《타고난 반항아》

2.1명에도 훨씬 못 미치는 수준이다. 이대로 가면 우리나라는 지금으로부터 불과 15년 후인 2020년에는 드디어 인구가 감소하기 시작할 것이란다. 우리 정부는 지금 여성들이 이른바 '출산 파업'을 하고 있다고 판단하고 여성들에게 제발 파업을 풀고 아이를 낳아달라고 호소하고 있다. 하지만 아이를 낳지 않는 결정은 여성 혼자 내리는 것이 아니다. 아이를 낳아 기를 자신이 없다고 판단한 부부가 함께 선택하는 다분히 '합리적인' 결정이다. 그러나 저자는 진화적인 관점에서 볼 때 부모는 '기르기 어려울' 정도로 많이 낳는 것이 유리하다고 설명한다. 설령 그들끼리 처참한 투쟁을 벌이더라도 일

단 많이 낳는 게 더 유리하다. "자기 먹을 것은 타고난다."라며 거의 무모할 정도로 아이들을 많이 낳던 우리 조상들이 뭔가 알고 있었던 모양이다.

나는 네 형제의 맏이로 컸지만, 자식은 하나만 두었다. 평소 잘 접할 수 없던 반찬이 식탁에 오르기 무섭게 혼자 그걸 다 차지하려고 우선 침부터 뱉고 보는 동생과 함께 자라면서 반찬 투정이란 상상도 하기 어려웠다. 그렇게 자란 우리가 이제는 우리 아이들의 까다로운 입맛을 맞추며 산다. 형제가 많은 상황에서 늘 부대끼며 자란 우리 세대의 부모들이 거의 혼자 크는 공주와 왕자들의 심리를 어떻게 이해할 수 있을까. 거꾸로 그런 아이들이 그 옛날 허구한 날 형에게 두들겨 맞으며 자란 우리를 어찌 이해할 수 있겠는가. 둥지 속에서 아무런 경쟁도 겪지 않고 자란 우리 아이들이 둥지를 떠난 다음 갑자기 밀어닥칠 경쟁의 회오리를 어찌 견뎌낼까 생각하면 솔직히 측은하기까지 하다. 이 책은 그 옛날 자라면서 누나와는 왜 부딪치기만 하면 그리도 으르렁거렸을까 의아하게 생각하는 부모 세대는 말할 것도 없고, 거의 어느 집이나 혼자 아니면 둘이 자라는 이 시대의 청소년들 역시 꼭 읽어야 할 책이다. 처음에는 고개를 갸우뚱거리다가 끝내 끄덕이게 될 것이다.

하지만 책을 읽으면서 꼭 되짚어볼 게 하나 있다. 이 세상에서 가장 비좁은 사이가 진정 가족 관계인가? 가장 극심하고 악랄한 경쟁이 바로 형제간에 벌어지는 경쟁이란 말인가? 어쩌면 이 책은 그동안 우리가 간과했던 가족 내의 갈등만 특별히 한곳에 모아놓아 둥지 안이 이 세상에서 가장 피비린내 나는 곳처럼 보이게 만드는지도 모른다. 형제간 또는 부모와 자식 간에 벌어지는 끔찍한 사건들이 우리에게 충격을 주는 까닭은 그러한 사건이 그리 자주 일어나지 않기 때문인지도 모른다. 남의 둥지에서 태어나 그 집안의 새끼들을 둥지 밖으로 밀어내는 뻐꾸기 새끼를 보라. 눈도 채 뜨지 않은 채로 몸에 닿는 알이란 알은 모조리 가차 없이 둥지 밖으로 밀어낸다. 촌음의 머뭇거림도 없다. 아무리 뭐래도 피가 물보다 진해야 할 것 같다.

달려라!
뒤처지는 종은 사라진다!

매트 리들리 《붉은 여왕》

루이스 캐럴의 《이상한 나라의 앨리스》와 그의 속편 격인 《거울 나라의 앨리스》는 명사들이 추천하는 고전 목록에 단골로 끼어드는 소설이다. 그런데 이들은 엄연히 따지고 보면 완전 거짓말들을 적어놓은 게 아니던가? 물론 소설이란 게 다 거짓말이지만 이 두 소설은 정말 황당무계하기 이를 데 없는 거짓말들을 늘어놓는다. 그도 그럴 것이 이들은 모두 캐럴이 친구의 어린 딸 앨리스를 앉혀놓고 풀어놓은 화려한 거짓말들을 묶어 책으로 펴낸 것이다. 다만, 즉흥적인 거짓 속에 담겨 있는 번뜩이는 상상력에 우리 모두 탄복할 뿐이다.

1872년까지 붉은 여왕은 서양 장기판 위에만 서 있었다. 그러다가 루이스 캐럴에게 손목을 붙들려 거울 나라로 들어갔다. 그곳에서 앨리스의 손목을 잡고 제자리에 서 있기 위해 있는 힘을 다해 달렸다. 하지만 그로부터 100년이 지난 1973년 어느 날 붉은 여왕은 또 한 번 시카고 대학의 밴 베일런 교수에게 손목을 잡혀 생물학의 세계로 끌려 나왔다. 그 후 그는 진화생물학자들의 손을 잡고 수없이 많은 곳을 뛰어다녔다.

《붉은 여왕The Red Queen》에서 밴 베일런 교수는 사실 진화의 게임에서 살아남지 못하고 절멸해버린 생물들의 운명을 표현하기 위해 '붉은 여왕' 개념을 고안해냈다. 우리는 흔히 생물의 진화에 영향을 미치는 환경으로 우선 기후 조건이나 서식지 등 이른바 '물리적 환경'을 떠올린다. 그러나 생물은 누구나 다른 생물들과 관계를 맺으며 살기 때문에 '생물 환경' 또한 중요하다. 생물 환경은 물리적 환경과 달라서 그 자체가 진화한다.

북미의 초원에서 가장 빨리 달리는 동물은 가지뿔영양이다. 부스럭거리는 작은 소리에도 놀라 시속 100킬로미터의 속력으로 내달린다. 아프리카라면 모를까 북미의 초원에는 가지뿔영양을 따라잡을 만한 치타 같은 동물이 없다. 그런데도 가지뿔영양은 오늘도 툭하면 시속 100킬로미터로 질주한다. 아무도 쫓아올 수 없다는 걸 인식하고 조금 천천히 달려도 되련만 일단 발동이 걸리면 스스로도 야속하리만치 전속력으로 달려댄다.

예전에는 북미 대륙에도 가지뿔영양을 잡아낼 만큼 빠른 포식 동물들이 있었다. 하지만 그들은 어느 순간 가쁜 숨을 어쩌지 못해 붉은 여왕의 손목을 놓아버렸다. 태초부터 지금까지 이 지구에 존재했다 사라져버린 그 많은 생물들, 아마 지구상에 존재했던 모든 생물의 90~99퍼센트는 죄다 붉은 여왕과 보조를 맞추지 못한 것이다. 자연선택에 의한 진화란 이처럼 철저하게 상대적이다. 생물이 미래지향적인 진보를 추구하는 게 아니라 다른 개체들보다 뒤처지면 멸종할 수밖에 없다는 사뭇 비관적인 개념이 진화의 기본 원리라는 걸 붉은 여왕은 우리에게 새삼스레 일러준다.

붉은 여왕이 가장 확실하게 잡은 손이 바로 성, 즉 섹스이다. 단기적으로 보면 수컷 없이 암컷이 암컷을 낳는 무성생식이 그 복잡하고 귀찮은 유성생식에 비해 절대적으로 유리해 보이는데 어째서 이 세상에는 아직도 성의 향연이 펼쳐지고 있는 것일까? 생물은 왜 대부분 셋이나 넷이 아닌 암수 두 개의 성으로 나뉘었을까? '덮치려는 수컷'과 '꼬리 치는 암컷'의 전략, 일부다처제와 일부일처제 사이에서 밀고 당기는 암수 간의 줄다리기, 번식을 위해서는 궁극적으로 협동해야 하지만 마치 서로 다른 행성에서 온 동물들처럼 행동하는 암수 간의 갈등 등이 밴 베일런의 '붉은 여왕'과 손을 잡은 다윈의 '성선택론'으로 정연하게 설명된다.

저자는 옥스퍼드 대학에서 동물행동학으로 박사 학위까지 하고 과학 저널리스트가 된 사람이다. 그의 형 마크 리들리는 계속 학계에 남아 미국 에모리 대학의 교수를 거쳐 몇 년 전부터는 옥스퍼드 대학에서 교편을 잡고 있는 동물행동학자이다. 그는 주로 대학 교재를 쓰고 있어서 이 책의 저자 매트 리들리보다는 일반인에게 덜 알려졌다. 하지만 동물행동학계에서 이 두 형제는 막강한 존재들이다. 매트 리들리는 이 책 외에도《게놈》과《이타적 유전자》같은 걸출한 책으로 우리 독자들에게 이미 친숙한 저자이다.

교양과학서적의 생명은 무엇보다 '심입천출深入淺出'이다. 하지만 이는 우선 깊게 들어갈 수 있는 학문적 소양이 갖춰져야 가능한 것이다. 이미 정식 박사 학위를 가진 저자이지만 그는 이 책을 쓰기 위해 상당히 오랜 기간 학자들을 일일이 찾아다녔다. 1992년 가을 미시간 대학에 조교수로 부임한 나는 그곳 동료들로부터 매트 리들리에 대해 많은 얘기를 들었다. 이 책에 소개된 리처드 알렉산더, 바비 로우, 로라 벳직, 바바라 스머츠, 데이비드 버스, 리처드 코너,

레이철 스모커 등은 모두 몇 주씩이나 머물며 끊임없는 질문으로 귀찮게 했던 그에 대한 훈훈한 추억들을 간직하고 있었다. 이렇게 쉽고도 깊이 있는 책이 거저 만들어지는 것은 결코 아니다.

물론 이 책은 서양의 일반 독자들을 대상으로 쓴 교양과학서적이다. 그러나 성의 생태와 진화를 공부하려는 학생에게 이보다 더 훌륭한 입문서를 찾기란 그리 쉽지 않다. 다윈의 성선택론을 이처럼 폭넓고 조리 있게 잘 설명한 책은 거의 없다. 내가 《여성시대에는 남자도 화장을 한다》를 집필할 때 가장 자주 뒤적거린 책이 바로 이 책이다. 이 책과 더불어 나는 우리 독자들에게 제프리 밀러의 《연애Mating Mind: How Sexual Choice Shaped the Evolution of Human Nature》를 함께 권하고 싶다. 성과 남녀 관계에 관한 한 우리 모두는 다 전문가를 자처한다. 하지만 실제로는 사소한 갈등에도 속수무책인 게 우리들이다. 이 책을 읽고 나면 거기에는 다 근본적이고 진화적인 원인이 있다는 사실을 깨닫게 될 것이다. 어차피 우리 삶에서 성보다 더 중요한 것은 없다. 성에 대한 올바른 이해는 우리 삶 전체를 밝게 해줄 것이다. 읽고 현명해지기 바란다.

더 읽어볼 책

· 제프리 밀러 《연애》

인간의 절체절명 과제는
짝짓기?

제프리 밀러 《연애》

사람들은 대개 다윈을 《종의 기원》(1859)의 출간과 더불어 자연선택론을 제창한 생물학자로만 알고 있다. 자연선택론은 당시 영국 사회에 엄청난 충격을 던져주었다. 인간이 신에 의해 창조된 것이 아니라 침팬지와 흡사한 영장류 조상으로부터 진화한 것이라는 주장은 기존의 세계관과 윤리관을 송두리째 뒤엎는 혁명적인 사건이었다. 영국 종교계는 당장 신성을 모독하는 이론이라며 배척했지만 정작 다윈이 사망했을 때에는 그의 주검을 웨스트

민스터 사원에 안장하는 데 주저하지 않았다. 물론 이 같은 영국 종교계의 결정은 자연선택론에 대한 약간의 몰이해와 부적절한 타협에 의한 것이었지만, 어쨌든 자연선택론은 흔히 생각하는 것처럼 무지몽매한 사회적 탄압을 받은 것은 아니었다.

하지만《종의 기원》이 던진 충격은 그로부터 12년 후 1871년에 출간된 다윈의 또 다른 책《인간의 유래와 성선택The Descent of Man, and Selection in Relation to Sex》이 몰고 온 충격에 비하면 아무것도 아니었다. 당시 빅토리아 시대의 영국 남성들은 차라리 우리 인류가 침팬지와 공통 조상을 지녔다는 이론은 참을 수 있어도 이를테면 잠자리의 주도권이 여성에게 있다는 주장은 도저히 받아들일 수 없었던 듯싶다. 그래서인지 성선택론은 자연선택론과는 사뭇 다른 역사를 지니고 있다. 엄청난 충격에도 불구하고 다윈의 자연선택론에 대한 과학적 검증은 전 세계 많은 학자들에 의해 지체 없이 추진되었다. 그에 비하면 성선택론은 이렇다 할 탐구의 기회조차 얻지 못했다. 당시 남성 생물학자들은 아무 일도 없었던 것처럼 행동한 듯 보인다. 무시와 무관심은 비난과 공격보다 훨씬 더 잔인한 형벌이다.

사회학자와 과학사학자들의 본격적인 분석을 기다려야 하겠지만, 성선택론은 그 후 거의 한 세기에 걸친 긴 동면기를 거친다.

성선택론은 본격적으로 여권이 신장하기 시작했던 1960년대 말에서 1970년대에 이르러서야 또다시 학계의 관심사로 떠올랐다. 지금은 행동생태학, 사회생물학, 또는 진화심리학 분야의 저명한 국제 학술지에 게재되는 논문의 거의 70~80퍼센트가 다 성선택론에 관련된 것들이다. 이처럼 중요한 이론이건만 성선택론은 우리 학계에는 거의 알려지지 않았다. 내 입으로 떠들 일은 아니겠지만 성선택론을 정식으로 연구한 학자는 본인을 비롯하여 정말 손에 꼽을 만큼 적다. 나는 얼마 전 《여성시대에는 남자도 화장을 한다》와 《살인의 진화심리학》이라는 책을 내며 나름대로 성선택론과 진화심리학을 우리 학계에 소개하려 했다. 그러나 성선택론에 관한 본격적인 입문서가 없는 상황에서 개념을 설명하기가 쉽지 않았다. 이 책의 출간으로 이제 우리 사회에도 '성선택론 담론'이 가능하게 되었다.

　　생물학은 물론 인문사회학의 다양한 분야에 관심을 둔 이들이라면 누구나 한 번 이 책 《연애》를 붙들면 좀처럼 내려놓지 못할 것이다. 인간 본성의 거의 모든 면과 우리 사회의 거의 모든 풍습을 종횡무진 넘나들며 초지일관 성선택론 하나로 명쾌한 설명을 내리는 밀러의 언변에 매료되고 말 것

더 읽어볼 책

· 최재천 《여성시대에는 남자도 화장을 한다》
· 데이비드 버스 《욕망의 진화》

이다. 알 듯하면서도 도무지 종잡을 수 없는 남녀 관계의 질곡은 말할 나위도 없거니와 심지어는 언어, 미술, 도덕성의 진화마저도 성의 진화와 관련되어 있다는 설명에 흥미를 느끼지 않을 이가 없을 것이다.

밀러의 주장은 때로 당돌하다. 남들을 웃기려는 노력도, 기부금을 내거나 자원봉사를 하는 행위도, 그리고 책을 쓰는 고도의 지적 활동도 결국 공작새의 화려한 깃털과 다를 바 없다니! 그의 설명은 상당 부분 앞으로도 엄청난 속도로 발달할 생물학에 기대어 있다. 새로운 생물학 지식에 따라 설명이 바뀌지 말라는 법은 없다. 하지만 그의 논리만큼은 지금도 명쾌하고 앞으로도 명쾌함을 유지할 것이다. 주저하지 말고 이 흥미진진한 논리 게임에 한번 풍덩 빠져보기 바란다. 사랑이 달리 느껴질 것이고, 섹스가 새로워질 것이고, 세상이 달라 보일 것이다. 무엇보다도 사랑하는 이 앞에서 엄청나게 할 얘기가 많아질 것이다. 프로테우스도 과학 앞에서는 무릎을 꿇는다.

왼손잡이도 유전될까?

조너던 와이어 《초파리의 기억》

김동인의 소설 《발가락이 닮았다》에는 누구나 고개를 끄덕인다. 자식이 부모의 발가락을 닮는 것은 너무나 당연하다고 생각하기 때문이다. 그런데 이효석의 《메밀꽃 필 무렵》의 마지막 장면에 동이의 왼손에 채찍이 들려 있었다는 대목에 이르러서는 의견이 분분하다. 문학 평론가들까지 나서서 왼손잡이가 유전하느냐 아니냐를 놓고 글들을 써댄다. 행동이 유전한다는 점에는 동의하지 않는 사람들이 퍽 있다는 얘기다.

《초파리의 기억Time, Love, Memory》은 행동도 당연히 유전자에 적혀 다음 세대로 전달되어 마땅하다고 믿고 그 증거를 찾아낸 한 위대한 생물학자 시모어 벤저와 그의 연구 과정을 마치 소설처럼 흥미진진하게 풀어낸 책이다. 원래 물리학을 전공하여 환원주의적 사고에 익숙했던 벤저는 때마침 밝혀진 DNA의 이중나선 구조 속에 우리의 눈과 입의 형태는 물론 행동과 생각도 암호화되어 있다는 것을 추호도 의심하지 않았다. 그는 그 당시 이미 유전학 연구의 총아로 떠오른 초파리를 대상으로 하여 유전자가 어떻게 행동을 조절하는지에 관한 연구에 착수했다. 시간 감각을 조절하는 이른바 시계 유전자를 찾는 일로 시작한 벤저와 코노프카, 홀 등 그의 제자들의 연구는 훗날 신경생물학, 뇌과학, 그리고 심리학에 새로운 기초를 제공한다. 이 책을 읽는 독자들은 마치 자신들이 그런 연구가 진행되던 실험실에 함께 있었던 것 같은 착각 속에서 현대 분자유전학 발달의 전 과정을 훑게 된다.

행동의 유전에 관한 본격적인 연구는 찰스 다윈으로 거슬러 올라간다. 다윈은 1872년 《인간과 동물의 감정 표현The Expression of the Emotions in Man and Animals》을 출간하며 행동의 진화학적 연구에 이론적 체계를 제공한다. 그 후 1950년대에 이르면 콘라트 로렌츠, 니코 틴버겐, 카를 폰 프리슈 등 유럽 행태학자들의 연구로 동물행동학은 드디어 당당한 자연과학의 한 분야로 자리를 잡는다. 이들은 모두 행동이 유전한다는 명확한 물적 증거는 확보되지 않은 상태지만, 그에 전혀 개의치 않고 행동의 진화에 대해 연구했다. 그 공로로 이들은 1974년 공동으로 노벨 생리 · 의학상을 받았다.

행동 유전에 관한 연구는 뜻밖의 곳에서 엄청난 전환점을 맞는다. 1944년에 출간된 물리학자 에르빈 슈뢰딩거의 《생명이란 무엇인가What is Life?》가 바로 그 전환점이다. 그 책을 읽고 프랜시스 크릭과 제임스 왓슨은 DNA를 연구하기로 마음을 정하고 훗날 그의 이중나선 구조를 밝히게 된다. 벤저의 행동의 기원에 관한 연구역시 그 책에 기원을 두고 있다. 그런가 하면 1970년대 중반 전통적인 행태학의 연구와 벤저의 분자유전학적 연구를 집대성하여 행동의 진화 논의를 인간에게까지 확장시킨 《사회생물학Sociobiology》의 에드워드 윌슨도 슈뢰딩거로부터 거듭남을 경험한다.

벤저의 연구는 그 시작부터 난항일 수밖에 없었다. 행동이 과연 유전하느냐는 문제가 아직 명확하게 밝혀지지 않은 상태에서 시작한 연구이기 때문이다. 하지만 아주 간단한 논리만 적용해도 이는 너무나 쉽게 이해될 수 있다. 유전자는 단백질을 합성하는 정보를 담고 있는 화학 물질이다. 단백질은 생물체의 몸을 만든다. 행동이란 바로 단백질이 만들어낸 구조와 기능의 결과에 지나지 않는다. 따라서 발가락이 닮는 것을 인정한다면 그 닮은 발가락 때문에 나타나는 행동 역시 비록 단계를 더 거칠 뿐 엄연히 유전자의 결과물임을 받아들여야 한다.

유전자가 단백질을 만드는 과정에는 거의 변이가 없다. 그러나 똑같은 단백질을 사용한다고 해서 완벽하게 똑같은 구조가 나오는 것은 아니다. 단백질에서 형태 또는 구조가 만들어지는 과정에는 약간의 변이가 존재한다. 그리고 그다음 단계, 즉 몸의 구조가 행동을 만들어내는 과정에는 변이가 좀 더 커질 뿐이다. 왼손잡이가 반드시 왼손잡이를 낳는 것은 아니지만 왼손잡이 집안에서 왼손잡이가 태어날 확률이 그렇지 않은 집안보다 훨씬 높다는 것이다. 그러나 분명한 것은 왼손잡이가 될 수 있는 구조가 진화하지 않는 한 그러한 행동은 결코 나타나지 않는다는 점이다.

이 같은 논리의 증거는 여러 각도에서 올 수 있었다. 부모의 행동과 자식의 행동을 관찰하여 유사성을 찾는 작업은 행태학자의 일이었다. 그에 관한 진화학적 이론도 준비되어 있었다. 그러나 사람들은 여전히 확실한 유전적 증거를 원했다. 유전자 수준에서 이 같은 비밀의 배를 갈라 명백하게 보여준 벤저와 그의 '유전해부학' 후학들의 이야기. 이 책을 읽노라면 과학책을 읽고 있다는 느낌보다 한 편의 역사 소설을 읽고 있다는 착각이 든다. 그도 그럴 것이

다름 아닌 조너던 와이너의 책이다. 와이너는 일찍이 우리말로도 번역된 《핀치의 부리》라는 책으로 로스앤젤레스 타임스 도서 대상과 퓰리처상을 받은 우리 시대 최고의 과학 저술가이다. 그는 이 책으로 또다시 미국서평가협회상을 거머쥐었다. 이공계 위기설이 파다한 요즘 나는 우리 청소년들이 이 책을 많이 읽었으면 좋겠다. 이 책을 읽고도 과학자가 되고 싶은 생각이 들지 않는다면 오히려 이상할 것이다. 또한 이 책에는 벤저의 군단에서 활약한 민경태, 김창수 박사 등 우리 과학자들의 얘기도 소개되어 있어 더 큰 감동을 불러일으킨다.

마지막으로 나는 이 책을 읽는 독자들에게 제임스 왓슨의《이중나선The Double Helix》과 와이너의《핀치의 부리》를 함께 읽을 것을 권한다. 《이중나선》은 연구자 스스로 DNA의 구조를 밝히는 과정에서 벌어진 온갖 흥미로운 이야기들을 거의 주간지 수준에서 솔직하게 적은 책이다. 과학자도 결국 인간임을 느끼게 해주는 책이다. 《핀치의 부리》는 행동 진화에 관한 벤저의 분자유전학적 연구를 또다시 자연으로 끌고 나가, 그런 일이 실제로 어떻게 벌어지나를 관찰한 또 다른 위대한 생물학자들, 피터와 로즈메리 그랜트와 역시 그 군단들의 이야기

더 읽어볼 책

· 제임스 왓슨 《이중나선》
· 조너던 와이어 《핀치의 부리》

다. 다윈이 진화의 메커니즘에 관한 결정적인 증거를 얻었던 갈라파고스의 핀치들에서 유전자, 구조, 그리고 행동이 어떻게 밀접하게 연결되어 진화하고 있는가를 와이너의 설득력 있는 언어로 들려준다. 다윈과 갈라파고스에서 출발한 여정이 케임브리지 대학의 왓슨과 크릭, 캘텍의 벤저, 그리고 하버드 대학의 윌슨을 거쳐 또다시 갈라파고스로 돌아온다.

이 책의 과학적 내용은 우리 독자들에게 그리 만만치 않을 것이다. 그러나 흥미진진한 역사 소설을 읽으며 저절로 역사를 이해하듯이 《초파리의 기억》을 다 읽고 나면 아마 나도 모르는 사이에 어느새 진화학, 동물행동학, 분자생물학 등에 상당한 지식을 갖춘 자신을 발견하게 될 것이다. 가장 훌륭한 공부는 공부하고 있는 줄 모르면서 배우는 것이다. 이 책은 여러분을 21세기에 적합한 과학인으로 만들어줄 것이다.

종의 기원을 찾아 떠난
환상적인 탐험 여행

찰스 다윈 《찰스 다윈의 비글호 항해기》

2005년은 유엔이 정한 '세계 물리의 해'였다. 아인슈타인 서거 50주년을 기리기 위해 만들어진 이 행사에 우리나라 물리학자들도 동참하여 대중에게 과학을 알리는 좋은 계기를 마련했다. 2006년은 '화학의 해'였다. 대한화학회는 세계화학올림피아드까지 유치하여 크고 풍성한 잔치를 벌였다. 다음은 생물 차례다. 한국생물과학협회를 주축으로 이 땅의 생물학자들은 2007년 '생물의 해'를 위해 여러 가지 다양한 기획을 했다.

그러나 화학도 그렇지만 생물 역시 아인슈타인 서거 50주년이라는 '명분'을 가지고 있던 물리의 해에 비하면 사뭇 맥 빠진 행사를 하고 있었다. 생물의 해가 물리의 해보다 2년 앞선 2003년이었더라면 정말 좋았을 것이다. 제임스 왓슨과 프랜시스 크릭이 DNA의 이중나선 구조를 밝힌 1953년으로부터 정확하게 50년이 되는 해였기 때문이다. 2003년 세계 각국이 앞을 다투며 이 '세기의 발견'을 기념하는 온갖 행사를 벌이는 동안 우리나라 생물학계는 이상하리만치 조용한 한 해를 보냈다. 참 좋은 기회를 놓친 것 같아 못내 아쉽다.

하지만 기회는 또 있었다. 나는 개인적으로 공식적인 생물의 해인 2007년보다 2009년을 더 기다렸다. 2009년은 다름 아닌 다윈 탄생 200주년이자 《종의 기원》 출간 150주년이기 때문이었다. 일찍이 위대한 진화생물학자 도브잔스키는 "진화의 개념 없이는 생물학의 그 무엇도 의미가 없다."라고 말한 적이 있다. 그렇다면 생물학에 2009년만 한 축제는 또 없을 것이다. 차라리 '생물의 해' 행사를 2년 뒤로 미루는 건 어떨까 싶었다.

이런 점에서 《찰스 다윈의 비글호 항해기The Voyage of the Beagle》가 새롭게 번역되어 나온 것은 매우 반가운 일이었다. 《찰스 다윈의 비글호 항해기》는 《종의 기원》을 향한 항해라고 해도 지나침이 없을 것이다. 어린 시절 딱정벌레를 즐겨 채집했고 청년 시절에는 사냥을 즐겼던 다윈이었지만 그가 비글호에 승선할 기회를 잡지 못했다면 아마 《종의 기원》은 지금 우리 곁에 없을 것이다. 월리스Alfred Wallace 덕택에 어쩌면 자연선택론은 등장했을지 모르나 그 역시 지금만큼 확고한 학술적 지위를 얻지는 못했을 것 같다. 월리스도 독립적으로 자연선택의 메커니즘을 터득하기는 했지만, 다윈만큼 평생을 바쳐 꼼꼼하게 이론적 준비를 하지는 않았다. 그랬다면 그 엄청난 사회적 공격을 견뎌낼 수 있었을지 의문이다.

기껏해야 아프리카 북서부 앞바다의 카나리아 제도로 탐험 여행을 꿈꾸던 다윈에게 세계 일주를 떠나는 비글호는 그야말로 "꿈은 이루어진다." 수준의 환상적인 일이었다. 사실 카나리아 제도도 당시로써는 좀처럼 가보기 어려운 오지였다. 그곳은 다름 아닌 나폴레옹이 유배되었던 곳이다. 처음 코르시카에 유배시켰더니 얼마 되지 않아 탈출하여 파리에 재입성한 나폴레옹을 다시 유배 보내놓고 파리 시민들이 두 다리 뻗고 잠들 수 있었던 곳이 바로 카나리아 제도였다. 모터로 움직이는 배가 없던 당시에는 제아무리 나폴레옹이라도 카나리아 제도에서 배를 띄우면 곧바로 아프리카로 향할 뿐 유럽으로 돌아오기는 힘들었기 때문이다.

그런 카나리아 제도를 거쳐 거의 5년에 가까운 세월 동안 지구를 한 바퀴 돌며 다윈은 참으로 많은 걸 보았다. 비글호의 출항 전부터 적기 시작한 일기와 더불어 자연에 대한 다윈의 이해 역시 차곡차곡 쌓여갔다. 유럽과는 여러 면에서 엄청나게 다른 남미의 생물들을 접하며 다윈의 마음속에는 온갖 생각의 씨앗들이 뿌려졌다. 그러던 것이 영국을 떠난 지 거의 4년 만에 도달한 갈라파고스 제도에서 드디어 싹이 튼 것이다. 한 달여 동안 갈라파고스의 여러 섬을 방문하며 다윈은 식물 군집 연구와 더불어 핀치 군집의 분포와 행동에 관한 연구를 수행했다. 갈라파고스 제도의 크고 작은 섬들의 환경과 식물상에 따라 부리의 모양과 두께가 다르게 진화한 핀치의 이른바 '적응 방산adaptive radiation'을 목격하며 다윈의 마음속에는 이미 자연선택의 싹이 트고 있었으리라. 갈라파고스의 핀치는 훗날 영국 옥스퍼드 대학의 조류학자 데이비드 랙David Lack과 현재 미국 프린스턴 대학의 교수인 피터 그랜트와 로즈메리 그랜트 부부의 수십 년에 걸친 연구 덕분에 진화생물학 발전에 가장 큰 기여를 한 새가 되었다. 우리는 이제 그들을 '다윈의 핀치'라고 부른다.

갈라파고스 제도를 떠난 비글호는 비교적 빠른 속도로 귀항한다. 남미를 돌아 갈라파고스 제도에 이르는 데 거의 4년이 걸린 데 비해 남태평양과 인도양을 거쳐 아프리카의 남단을 돌아 다시 남미를 딛고 영국으로 돌아오는 데 불과 1년 남짓밖에 걸리지 않았다.

덕분에 뒤늦게나마 서둘러 영국에 돌아온 다윈도 그리 오래지 않아 자연선택에 관한 그의 생각을 정리했다고 알려졌다. 다만 워낙 소심한 성격인데다가 '선택자selector' 즉 조물주의 간섭이 없이도 자연은 스스로 적응에 성공한 자들을 선택한다는 자신의 결론이 당시 빅토리아 시대의 사회 관념에 어떤 파장을 일으킬지 잘 알고 있던 다윈의 항해는 거기서 멈추지 않았다. 비글호를 타고 난생처음 들리는 곳마다 그의 고정관념에 도전했던 새로운 생물들을 만나는 마음으로 다윈은 그의 '위험한 아이디어들'이 불러일으킬 온갖 도전을 스스로 예상하고 그에 대해 일일이 '답변 일기'를 썼다.

더 읽어볼 책

· 찰스 다윈 《찰스 다윈 서간집: 기원》
《찰스 다윈 서간집: 진화》

　　이 같은 '비글 후 항해기'를 갑자기 멈추게 한 월리스의 편지가 아니었더라면 거듭 말하지만 《종의 기원》은 영원히 탄생하지 않았을지도 모른다. 이 책을 읽는 독자들에게 훗날 반드시 《종의 기원》을 함께 읽을 것을 권한다. 이 책은 다윈이 1839년에 출간한 원본을 개정하여 1845년에 다시 출간하고 《종의 기원》을 내고 난 다음 해인 1860년에 새롭게 각주를 보탠 책을 번역한 것이다. 함께 읽으면 한층 맛이 새로울 것이다. 데이비드 쾀멘이 서문에서 지적한 대로 《찰스 다윈의 비글호 항해기》는 다윈을 작가로서 '등단' 시킨 책이다. 이론서라서 그런지는 모르지만, 때론 거의 한 페이지를 넘도록 마침표를 찍지 못하는 《종의 기원》의 문장과 달리 이 책의 글은 훨씬 경쾌하다. 새로운 곳에서 느끼는 새로운 느낌이 물씬 묻어나는 그야말로 여행기이기 때문이리라. 미지의 세계를 탐험하는 여행자로서 또는 진화의 세계로 학문의 여정을 떠나는 지성인으로서 참으로 값진 경험을 하게 될 것이다. 비록 여행기이긴 하지만 다윈이 깊은 생각에 빠지는 부분에서는 함께 빠져 사색해도 좋을 것이다. 그래야 다윈이 맨 마지막 페이지에 적은 대로 "한 곳에서 잠시밖에 머물지 않는 여행자의 묘사는 세밀한 관찰이기보다는 단순한 스케치에 그치고 만다."라는 의미를 알 수 있을 것이다.

소통의 달인 다윈,
편지로 남긴 진화 이론

찰스 다윈 《찰스 다윈 서간집: 기원》
《찰스 다윈 서간집: 진화》

    수염을 길게 늘어뜨린 노신사가 컴퓨터 모니터에 코를 박고 앉아 있다. 무슨 자료가 그리도 많이 필요한지 벌써 몇 시간째 인터넷을 뒤지느라 여념이 없다. 분주한 웹 서핑web surfing 중에도 새로운 메일이 도착했다는 신호가 들리면 부리나케 이메일을 열어본다. 또 한편으로는 책상 한쪽에 올려놓은 스마트폰으로 페이스북과 트위터 등 온갖 소셜 네트워크 서비스SNS, Social Network Service에 문자를 남기느라 그의 손가락은 젊은 사람 못지않게 자판 위에서 춤을 춘다.

　나는 지금 우리나라에서 가장 많은 트위터 팔로워를 갖고 있다는 소설가 이외수 선생의 얘기를 하는 게 아니다. 나는 2011년 4월 19일로 돌아가신 지 129년이나 되는 19세기 영국의 생물학자 찰스 다윈에 대해 얘기하고 있다. 물론 다윈이 살던 그 옛날에는 컴퓨터도 스마트폰도 없었다. 하지만 다윈은 그의 이론을 정립하기 위해 비글호를 타고 함께 항해했던 동료와 친척들은 물론, 대학이나 연구소의 학자들로부터 정원사, 사육사, 여행가에 이르기까지 실로 다양한 사람들과 편지를 주고받았다. 우리가 오랫동안 병약하고 수줍은 은자로 알고 있었던 다윈은 사실 수만 통의 편지를 쓰며 끊임없이 세상과 교류하고 살았던 '소통의 달인'이었다.

　《찰스 다윈 서간집: 기원Origins: Selected Letters of Charles Darwin 1822-1859》과 《찰스 다윈 서간집: 진화Evolution: Selected Letters of Charles Darwin 1860-1870》라는 이름으로 묶인 이 두 권의 서간집은 영국 케임브리지 대학교의 다윈 서간 프로젝트의 초대 편집장이었던 버크하트Frederick Burkhardt 교수가 현재 세계 각국의 도서관이나 박물관에 남아 있는 다윈의 편지 1만 4,000여 통 중에서 역사적으로 의미 있는 것들을 선별하여 엮은 책이다. 안타깝게도 버크하트는 이 서간집들이 출간되기 바로 전해인 2007년에 사망했다. 그

바람에 그의 동료인 에번즈Samantha Evans와 펀Alison Pearn이 마무리하여 내놓은 책들이다. 《찰스 다윈 서간집 기원》은 다윈이 열세 살 소년이었던 1822년부터 《종의 기원》이 출간된 1859년까지 그가 쓰고 받은 편지들을 담았고, 그 이후부터 그의 또 다른 역작 《인간의 유래와 성선택》이 출간되기 직전까지 약 10년간의 편지들은 《찰스 다윈 서간집 진화》에 담겨 있다.

2009년 '다윈의 해'를 맞았을 때 나는 어느 일간지의 요청으로 우리 시대의 대표적인 다윈 학자들을 만나 대담을 진행했다. 비록 신문 지면에는 다섯 명만 소개되었지만 나는 그 일환으로 하버드 대학교 과학사학과 재닛 브라운Janet Browne 교수를 만날 수 있었다. 두 권으로 이뤄진 그의 《찰스 다윈 평전Charles Darwin: Voyaging / The Power of Place》이 2010년 각각 '종의 수수께끼를 찾아 위대한 항해를 시작하다'와 '나는 멸종하지 않을 것이다'라는 부제를 달고 우리말로 번역되어 나왔다. 이 두 권의 책에서 다윈은 자신의 이론에 대한 세상의 평가가 두려워 발표를 꺼리던 우유부단한 인물이 아니라, 자신의 이론을 다듬고 또 그것을 세상에 널리 퍼뜨리기 위해 용의주도하게 친지들

더 읽어볼 책

· 재닛 브라운
《찰스 다윈 평전 1: 종의 수수께끼를 찾아 위대한 항해를 시작하다》
《찰스 다윈 평전 2: 나는 멸종하지 않을 것이다》

의 결집을 도모했던 노련한 책략가였다. 그런 다윈의 면모가 이 두 권의 서간집에 적나라하게 드러나 있다.

풀리처상을 받은 과학 저술가 쾀멘의 책 《신중한 다윈씨The Reluctant Mr. Darwin: The Great Discoveries Series》는 비글호 항해를 마치고 돌아온 지 얼마 되지 않아 자연선택 이론의 얼개를 거의 손에 쥐었지만, 조물주의 존재를 정면으로 부정하는 자신의 이론이 당시 빅토리아 영국 사회에 미칠 엄청난 파장을 걱정하여 출간을 미루며 고민하던 소심한 다윈의 모습을 그린다. 이런 우리들의 오해는 그가 1844년 1월 11일 절친한 친구인 식물학자 후커Joseph Hooker에게 보낸 편지에서 비롯된다. 이 편지에서 다윈은 후커에게 생물의 종이 변하지 않는다는 생각이 틀렸다는 결론에 도달했다고 밝히며 그 기분을 괄호를 치고 "마치 살인을 고백하는 것 같다."라고 썼는데, 이것이 바로 다윈을 정신질환자 수준으로 몰아세우는 데 가장 큰 빌미를 제공한다. 1938년 어느 날 다윈은 그의 노트에 자신이 꾼 꿈에 대하여 "어떤 사람이 교수형을 당했다가 되살아났다."라고 썼는데, 이 짤막한 문장이 훗날 프로이트 학파의 심리학자 그루버Howard Gruber에 의해 '거세 악몽'의 징후로 진단되기도 했다.

이 같은 오해를 풀기 위해 현재 다윈 서간 프로젝트의 편집장을 맡은 밴 와이John van Wyhe 교수는 2007년 〈간격에 유의하라

Mind the gap〉라는 제목의 논문을 발표했다. 논문에 의하면《종의 기원》에 이르는 다윈의 자연선택 이론 연구는 그의 다른 연구들의 기간과 비교할 때 결코 긴 것이 아니었단다. 1835년부터 1859년까지 불과 27년밖에 걸리지 않은 이 연구는 식물의 수정에 관한 그의 연구가 37년, 난초에 관한 연구가 32년 걸린 것에 비하면 결코 긴 게 아니었다. 대학이나 연구소에서 쫓겨나지 않기 위해 시시껄렁한 논문들을 양산해야 하는 요즘 우리와 달리 정규 직업을 가질 필요도 없었던 다윈은 그저 완벽을 기했을 뿐 두려움 때문에 발표를 기피한 것은 아니라는 것이다.

다윈의《종의 기원》이 그나마 1859년에 출간될 수 있었던 데에는 1858년 월리스가 보내온 편지와 그 안에 들어 있던 짤막한 논문이 결정적인 역할을 했다는 사실을 우리는 잘 알고 있다. 이 위급 상황이 라이얼Charles Lyell과 후커에 의해 다윈과 월리스가 공동 논문을 발표하는 것으로 연출되는 과정에서 다윈이 얼마나 노심초사했는지는 1858년 그가 라이얼, 후커, 그리고 그레이Asa Gray에게 보낸 일련의 편지들에 절절이 묻어난다. 그리고 월리스의 점잖은 대응으로 일이 무사히 끝난 다음 다윈이 월리스에게 보낸 1959년 1월 25일 편지 역시 압권이다. 이 책에 담겨 있는 편지들을 세심하게 읽는 독자라면 결국 "다윈의 인생은 편지로 굴러갔다."라고 요약한 브라운 교수의 평가에 고개를 끄덕이게 될 것이다.

이 두 권의 서간집은 다윈이 어떤 과정을 거쳐 그의 두 대표 이론인 자연선택과 성선택을 정립하게 되었는지에 대한 과학사적 자료를 제공한다. 하지만 그에 못지않게 중요한 것은 문필가로서 다윈의 면모를 살펴볼 수 있다는 점이다. 지극히 예의 바르지만 도저히 거절할 수 없도록 치밀하고 집요하게 파고드는 그의 설득력 있는 글쓰기 능력에 탄복할 수밖에 없을 것이다. 이 책을 읽는 독자들이 다윈의 매력에 푹 빠져들리라 확신한다.

인류의 역사에서 우주의 역사까지
풀어내는 멋진 상상력

요슈타인 가아더
《마야: 소설로 읽는 진화생물학》

나는 지난 여름 방학 동안 '수유＋너머'에서 '진화와 21세기'란 제목으로 여섯 번에 걸친 강연을 했다. 진화에 관한 강의를 할 때마다 늘 아쉬운 것이 하나 있다. 교재로 쓸 만한 우리말 책이 별로 없다는 것이다. 대학에서는 가끔 외국어 원서를 교재로 쓰는데, 좋은 우리말 교재가 없어 느끼는 안타까움을 떨칠 수 없다. 이 책이 국내에 좀 더 일찍 출간되었다면, 진화를 공부하려는 사람들과 함께 읽었을 것이다. 주교재로 쓰진 못할지라도, 이해하기 쉽고 읽기 편한 부교재로 쓰기엔 손색없어 보인다.

《마야: 소설로 읽는 진화생물학Maya》은 소설의 형식을 빌렸지만 현대 진화생물학의 기본 개념을 꽤 골고루 소개한다. '진보'는 진화의 메커니즘 가운데 가장 많은 오해를 불러일으킨 개념인데, 이것에 대한 날카로운 해석이 소설 전반에 흥건히 녹아 있어 우리의 뇌세포를 끊임없이 자극한다. 특히 "생물의 진화는 일직선으로 이루어지는 것도, 어떤 목표를 향해 나아가는 것도 아니다. '진화'란 말을 들으면 계통수보다 잡목이나 꽃양배추가 떠오른다."라는 설명은 압권이다. 그리고 우리가 실제로 박쥐·고래·기린·오랑우탄의 후손이 아니라 "경골어류의 직계 후손이고 양서류의 후손이며 포유류와 유사한 파충류의 후손"이라서 "나 자신이 개박쥐나 고래 같은 포유류보다 도마뱀에 더 가깝다는 느낌이 든다."라고 하는 말은 다윈 진화론의 핵심 개념인 '공통 유래common descent'의 정곡을 찌른다. "특정한 박테리아가 20억이나 30억 년 전에 세포 분열을 하는데, 단 한 번의 치명적인 돌연변이가 일어났다고 가정해 봐. 그렇다면 나는 결코 세상의 빛을 보지 못했을 거야."라고 하는 대목도 그 어느 학술 논문보다 진화의 우연성을 훨씬 실감 나게 표현한다.

진화생물학은 결국 역사학이다. 인류의 역사뿐 아니라 지구,

우주의 역사까지 모두 다루는 점에서 시간 규모가 좀 더 큰 역사학일 따름이다. 대화를 나누는 소설의 주인공들은 모두 새로운 밀레니엄을 맞는 시간인 '20세기 말'에 묶여 있지만, 자의식을 지닌 영장류로서 그들의 상상만큼은 엄청난 시공간을 떠돈다. 그들은 대수롭지 않게 다음과 같이 대화한다. "나한테는 오로지 한 남자와 하나의 지구가 있을 뿐이야." "결국 지구상의 모든 인간은 수십만 년 전 아프리카에 살았던 한 여인의 후손이라는 거죠."

미국 생태학의 아버지라 일컫는 허친슨은 일찍이 "진화라는 연극은 생태라는 극장에서"라는 말을 남겼다. 이 책도 진화생물학을 설명하려고 상당한 수준의 생태학을 소개한다. 주인공들은 대화에서 우리가 하는 관광이 결국 '죽음의 관광'이란 표현을 쓴다. '최후의 것'이나 '잃어버린 것'을 찾아다니는 게 요즘의 관광이란 뜻이다. 갑자기 여행의 발걸음이 잘 떨어지지 않는다. 하지만 로라의 말에서 야릇한 마음의 평온을 얻는다. "인류의 미래에 대해서라면 저는 비관주의자예요. 하지만 지구의 미래에 대해서라면 낙관주의자죠."

나는 문학과 과학의 만남이 하나의 문화적 담론으로 거듭나길 학수고대하는 사람이다. 그런 노력을 한 작가는 디킨스, 스타인벡, 휘트먼 등 무수히 많지만 《황무지》를 쓴 엘리엇과 《멋진 신세계》를 쓴 헉슬리를 제외하면 나를 진정으로 감동하게 하는 이는 별로 없다. 이 책을 읽고 나서 앞으로 요슈타인 가아더를 주목하기로 했다. 그는 과학을 소설로 풀 수 있는 몇 안 되는 작가이다.

이 책을 읽는 내내 영화를 떠올렸다. 유달리 대화가 많은 소설이기 때문이리라. 어쩐지 프랑스 영화여야 할 것 같다. 내가 만일 감독이라면 손동작이 독특한 배우 몇 명이 노천카페에 앉아 끊임없이 대화를 나누고, 그런 장면의 사이사이에 자연 다큐멘터리를 삽입한 영화를 만들었을 것이다. '아방가르드 양서류'를 어떻게 표현할지는 좀 더 궁리해봐야겠지만……

언제까지 연쇄살인범으로
살 것인가?

에드워드 윌슨 《생명의 미래》

여러 해 전 우리 정부가 동강에 댐을 건설하려 할 때, 최승호 시인은 〈이것은 죽음의 목록이 아니다〉라는 시에서 개발론자들의 살생부에 올라 있는 수달, 멧돼지, 오소리로부터 왕고들빼기, 이고들빼기, 고들빼기에 이르는 수백 가지 생물들의 이름을 구슬프게 읊어댔다. 우리 시대의 위대한 사상가이자 과학자인 에드워드 윌슨의 2002년 저서 《생명의 미래The Future of Life》의 표지에는 을씨년스럽도록 화려한 화환이 걸려 있다. 61가지의 절멸 위험종과 절멸종의 모습들이 그려져 있는 이 표지는 또 하나의 살생부다.

《월든Walden》의 저자 소로에게 보내는 편지로 시작되는 이 책은 크게 두 부분으로 나뉘어 있다. 전반부 네 개의 장에서 윌슨은 자연의 '연쇄 살인범' 인간이 어떻게 지구의 생태 환경을 '병목'으로 몰아넣고 있는가에 대해 끝도 모를 죄목들을 열거한다. 지구 생태계는 애당초 그리 강건한 존재가 아니다. 생명체들은 모두 기껏해야 두께가 1,000킬로미터밖에 되지 않는 대기권 안에 옹기종기 모여 산다. 그것도 대기의 99.999퍼센트를 차지하는 지상 80킬로미터 이내에 몰려 있다. 이 '생명의 막'은 너무 얇아 우주선에서 내려다보면 보이지도 않는단다.

자연의 도살 현장에는 언제나 경제주의자 즉 인간중심주의자와 환경주의자 즉 생물중심주의자 간의 각축이 벌어진다. 조금 살만하다 싶을 때에는 환경주의자들의 목소리에도 귀를 기울이는 듯싶다가 경제 지표가 조금만 나빠지기 시작하면 황급히 인간중심주의 논리로 복귀하고 만다. 급기야 우리는 열대우림 15곳을 포함하여, 대부분의 종이 절멸 위험에 처해 있는 '중요 지점hotspots' 25곳을 지정하여 마지막 안간힘을 쓰고 있다.

보전생물학자들은 생명의 미래를 위태롭게 하는 요인들을 '코

뿔소'라는 뜻의 머리글자 'HIPPO'로 요약한다. 서식처 파괴Habitat destruction, 침입종Invasive species, 오염Pollution, 인구Population, 과수확Overharvesting이 그것이다. 오염과 인구 문제는 구태여 설명할 필요조차 없을 것이고 과수확의 문제점은 어민들이 이미 겪고 있다. 토종 개구리는 물론 심지어 뱀까지 황소개구리의 침입에 속수무책이었던 걸 기억할 것이다.

우리나라의 경우 가장 심각한 것은 서식처 파괴이다. 국토균형발전이라는 때아닌 이념 아래 전 국토가 굴착기의 발톱에 유린당하고 있다. 그렇지 않아도 이웃 나라가 토해내는 황사에 기침 잘 날 없는 판에 우리 스스로 우리의 허파를 도려내고 있다. 나는 이 책을 우선 2005년 12월 21일에 1심의 판결을 뒤엎고 또다시 새만금 개발을 허락한 서울고법 특별 4부 판사님들에게 권하고 싶다. 환경 윤리가 왜 단기적인 가치관을 넘어서야 하는지에 대한 새로운 혜안을 얻게 될 것이다. 윌슨은 "우리의 미래 세대는 우리의 만행을 끝없이 반추할 것"이라고 경고한다.

그래도 후반부 세 개의 장에는 희망의 메시지가 담겨 있다. 경제주의자들의 방식대로 국내총생산과

더 읽어볼 책

· 에드워드 윌슨 《바이오필리아》
· 유네스코한국위원회 《생물다양성은 우리의 생명》

개인소비 수준으로 측정하면 세계의 부는 계속 증가하고 있다. 그러나 미래 세대도 사용해야 하는 생물권의 건강 상태로 다시 측정해보면 세계의 부는 급격하게 감소하고 있다. 시장경제와 달리 자연경제의 자원들은 대부분 한 번 고갈되면 재생산되지 않는 것들이기 때문이다. 그럼에도 불구하고 윌슨은 우리를 구원할 '해결책'이 결국 '생명 사랑biophilia'에서 나올 것이라고 믿는다. 인간은 생명과 생명다양성이 풍부한 자연 경관을 사랑하게끔 태어났다는 것이다. "신을 상상하고 우주를 무대로 삼으려는 문명은 틀림없이" '생물권의 가치'를 재평가하고 생명 사랑의 윤리를 재인식하여 "이 지구와 이곳에 사는 장엄한 생명을 모두 구할 방법을 찾아낼 것이다."

멸종 위기 동식물,
우리가 지켜야 할 희망의 촛불

제인 구달, 세인 메이너드, 게일 허드슨
《희망의 자연》

창세기 1장 28절에 따르면 하나님께서 우리 인
간을 만드신 후, "생육하고 번성하여 땅에 충만하라. 땅을 정복하라.
바다의 고기와 공중의 새와 땅에 움직이는 모든 생물을 다스리라."
라고 말씀하셨다. 우리 인간에게 인간을 제외한 모든 자연에 대한
소유권은 물론 그것을 정복하고 관리할 자격을 부여한 것이다. 이
같은 기독교의 가르침이 오늘날 우리 인류가 겪고 있는 이 엄청난
환경 위기에 얼마나 원인 제공을 했는지는 역사학자들이 분석해야

할 몫이지만, 인간을 자연의 한 부분으로 생각하고 자연과 조화를 이루며 살도록 가르친 대부분의 동양 사상과는 차이가 있어 보인다.

하지만 독일의 휘터만 부자가 저술한 《성서 속의 생태학Am Anfang war die ökologie》에 따르면 기독교의 누명은 나름 억울한 면이 있어 보인다. 구약에 기록되어 있는 고대 유태인들은 지금 기준으로 봐도 지속가능성이 대단히 큰 삶을 살았다. 나무가 자라 열매를 맺기 시작할 때부터 첫 3년 동안에는 열매를 수확하지 않고 그대로 썩게 해 토양을 기름지게 하고(레위기 19장 23~25절) 일주일에 하루씩 안식일을 갖듯이 7년마다 한 해씩 수확 안식년을 가졌다(레위기 25장 8~13절). 물속에 사는 동물 중 "지느러미와 비늘이 없는 것을 먹어서는 안 된다."(레위기 11장 9~11절)라는 계율은 모기를 비롯하여 온갖 해충을 잡아먹는 개구리를 보호하는 생태학적 지혜를 담고 있다. 아울러 고대 유태인들은 개인의 토지 소유를 49년으로 제한했다. 당시 유태인들의 평균 수명이 50년 남짓이었음을 감안하면 이는 토지 세습을 막아 토지의 사유화 때문에 벌어지는 환경 파괴를 원천적으로 봉쇄하려는 정책이었다. 이 세상에 유태인만큼 까다로운 음식 계명을 가진 민족도 별로 없을 것이다. 좁고 척박한 땅에서 먹지 말라는 것투성이인 율법을 지키면서도 수백 년 동안 살아남을 수 있었던 것은 생물다양성을 보호하며 지속가능한 삶을 유지한 그들의 생활 철학 덕이었다.

　생물학자들은 지금과 같은 수준의 환경 파괴가 계속된다면 2030년경에는 현존하는 동식물의 2퍼센트가 절멸하거나 조기 절멸의 위험에 처할 것으로 추정한다. 게다가 이번 세기의 말에 이르면 현존하는 동식물의 절반이 사라질 것이라고 경고한다. 생물다양성의 감소에 관한 이 같은 예측들이 나와 있어도 현대인의 대부분은 그 심각성을 피부로 느끼지 못한다. 2000년대로 접어들며 바야흐로 '기후 변화'가 시대의 화두로 떠올랐다. 그런데 흥미롭게도 기후 변화는 화두로 등장하자마자 세계인들의 엄청난 호응을 얻으며 번져나가 급기야는 국가 원수들도 툭하면 이곳저곳에 모여 이산화탄소 배출에 대한 국제협약을 이끌어내려 노력하고 있다. 그에 비하면 생물다양성의 고갈 문제는 참으로 오래전부터 학자들이 경고해왔음에도 불구하고 여전히 이렇다 할 진전이 없다. 아마 기후 변화의 문제는 갈수록 심해지고 빈번해지는 온갖 기상 이변과 당장 피부로 느낄 수 있는 기온 상승 때문에 세계인들이 그 심각성을 금방 알아차린 것이다. 반면, 생물다양성의 고갈은 북극 지방의 얼음이 녹고 얼음과 얼음 사이의 거리가 벌어져 북극곰들이 익사한다는 뉴스를 들어도 당장 그 일이 내 주변에서 일어나지 않기 때문에 세계인들이 절실함을 느끼지 못하는 것이다. 그래서 유엔은 2010년을 '생물다양성의 해'로 정하고 대대적인 교육과 홍보 활동을 벌이고 있다. 참으로 적절한 시기에 제인 구달 박사님이 또다시 우리나라를 찾았고 때맞춰 이 책《희망의 자연Hope for Animals and Their World》이 출간되어 나는 개인적으로 무척 기뻤다.

이 책은 멸종 위기에 놓인 동식물들을 어떻게든 되살리려고 혼신의 노력을 다하는 아름다운 사람들의 이야기들로 가득 차 있다. 그중에서도 아메리카악어의 보전을 위해 평생토록 일한 미국 플로리다 대학교의 야생생물학자 프랭크 마조티는 펜실베이니아 주립대학교 생태학부에서 나와 함께 공부한 동료이다. 이 책의 저자 제인 구달은 어릴 적 타잔에 반했던 사람이고, 마조티는 아예 타잔이 되고 싶어 했던 사람이다. 덧붙이자면 나는 어릴 적 텔레비전에서 타잔 영화를 보며 죽기 전에 단 한 번만이라도 타잔네 동네에 가보고 싶어 했던 사람이다. 결국 나는 열대생물학자가 되어 타잔네 동네를 늘 드나드는 사람이 되었다. 우리 셋은 서로 조금씩 다른 이유로 타잔을 흠모한 사람들이지만 지금은 모두 생물다양성의 보전을 위해 자신의 삶을 던진 사람들이 되었다. 꽃게의 공격을 받아 숨이 끊어진 새끼 악어를 끝내 인공호흡으로 살려낸 마조티의 간절함이 이 책을 읽는 모두의 마음에 전달되리라 믿는다.

1960년부터 세계적으로 개구리를 포함한 양서류의 개체 수가 적어도 매년 2퍼센트의 속도로 감소하고 있다. 혹시라도 우리 주변에 개구리, 두꺼비, 맹꽁이, 도롱뇽들이 사라진다고 해서 금방 지구의 종말이 오는 것도 아닌데 뭘 그리 호들갑이냐고 반문하는 이가 있다면, 나는 이제 그런 사람이 21세기 지식인으로 인정받아서는 안 된다고 생각한다. 지난 세기말 미국 뉴욕 자연사박물관은 여론 조사 기관 해리스에 의뢰하여 저명한 과학자 400명을 대상으로 설문 조사를 했다. 그들은 현대 인류 사회를 위협하는 가장 심각한 사회 및 환경 문제로 생물다양성의 고갈을 들었다. 그들은 모두 환경 분야의 전문가가 아니었다. 자연과학 여러 분야의 전문가들이 한목소리를 낸 것이다.

몇 년 전부터 우리 연구진은 인도네시아 자바의 구눙 할리문-살락 국립공원Gunung Halimun-Salak National Park에서 자바긴팔원숭이Javan gibbon를 연구하고 있다. 자바긴팔원숭이는 현재 국제자연보호연맹에 의해 멸종위기종으로 분류되어 있으며, 그들에 대한 연구가 그리 많이 진행된 것은 아니다. 하다못해 그들이 야생에 몇 마리가 생존해 있는지 혹은 그들의 행동권home range은 얼마나 넓은지, 그래서 그들을 복원하여 방생하려면 어느 정도의 숲이 필요한지 등에 대해 믿을만한 정보가 없는 상태이다. 우리의 연구가 그들의 운명에 결정적인 역할을 하게 될 것은 분명해 보인다.

지금 우리 환경부도 산양, 반달곰, 황새, 따오기 등의 복원 사업을 벌이고 있다. 현장에서 열심히 일하고 있는 분들에게 쓴소리를 해대는 것 같아 주저되지만, 이 같은 모든 복원 사업에는 생태적 병목 현상 또는 최소생존개체군MVP 등에 대한 심도 있는 생태학 연구가 반드시 필요하다. 이 책에 소개되어 있는 캘리포니아콘도르 복원의 경우가 좋은 예가 될 것이다. 거의 멸종 직전까지 갔던 것을 이제 300마리 정도까지 복원시켜 이미 146마리가 캘리포니아, 애리조나, 유타의 하늘을 날고 있다며 어느 정도 안도하고 있지만 생태적 병목을 거친 개체군은 비록 수적으로는 늘었더라도 유전적 다양성이 함께 증가한 것이 아니므로 생태적으로 매우 취약한 개체군일 수밖에 없다. 따라서 지속적인 연구와 관리가 절실하다.

이 책에는 또 〈부러진 날개〉라는 영화를 제작한 마이크 팬디가 한 말이 소개되어 있다. "알아야 신경을 쓴다." 이 말은 내가 평소에 늘 하고 다니는 말, "알면 사랑한다!"와 거의 정확하게 같은 의미를 지닌다.

생물다양성의 보전은 우리 인류의 생존과 안녕을 위해 절대적으로 필요한 일이

더 읽어볼 책

· 제인 구달, 마크 베코프 《제인 구달의 생명사랑 십계명》
· A. H. 휘터만, A. P. 휘터만 《성서 속의 생태학》

다. 자연계를 구성하는 모든 종은 다 상호의존적이기 때문에 그 균형을 깨는 일은 어느 구성원에게도 궁극적인 이득이 될 수 없다. 따라서 인간도 다른 종들과 마찬가지로 생태적 제한 속에서 살아야 하고 지구의 청지기로서 그 임무를 충실히 이행해야 한다. 생물다양성은 또 생명의 기원을 구명하는 데 없어서는 안 될 중요한 단서이기 때문에 아주 작은 일부라도 잃는다면 우리 자신의 존재 이유와 기원의 비밀을 푸는 데 심각한 어려움을 겪을 것이다. 이 책에 소개된 많은 사람들의 눈물겨운 노력에도 불구하고 지금 지구 생태계의 곳곳에서는 너무나 많은 생물이 사라지고 있다. 언뜻 보아서는 희망이 없어 보인다.

하지만 2009년 크리스마스 무렵 구달 선생님은 내게 연하장을 겸하는 이메일에 '네 개의 촛불'이라는 파워포인트 자료를 첨부해 보내주셨다. 평화peace, 믿음faith, 사랑love의 촛불이 차례로 꺼져갔지만 희망hope의 촛불은 끝까지 살아남아 또다시 다른 촛불들을 밝혀준다는 내용이었다. 이 책에서 구달 선생님은 줄기차게 부르짖는다. 우리 앞에는 아직 희망의 촛불이 타고 있다고. 우리 모두 함께 그 촛불을 양손 모아 보듬었으면 하는 마음이 간절하다.

Part

3

과학, 좀 더
깊숙이 알기

생명 사랑은
인간의 본능일까?

에드워드 윌슨 《바이오필리아》

이 책 《바이오필리아Biophilia》는 내가 윌슨 선생님의 제자가 되어 하버드에 둥지를 튼 이듬해에 출간되었다. 그 무렵 윌슨 선생님은 사석에서 '생명 사랑'에 대해 종종 실없는 농담을 하시곤 했다. 우리 인간에게는 생명에 대한 태생적인 사랑의 심성이 있으며 그를 조정하는 유전자가 염색체 17번에 존재한다는 것이다. 그 당시는 인간 유전체 프로젝트Human Genome Project도 시작되기 전이었던 만큼 윌슨 선생님의 '염색체 17번' 설명은 전혀 근거 없는 주장이었다. 다만 우리의 '생명 사랑'은 유전자에 새겨져 있는 본능적인 성향이라는 것이다.

윌슨 선생님이 직접 작명한 '생명 사랑Biophilia'이라는 말은 '생명Bio-'과 '좋아함 또는 호성-philia'의 조합어이다. 법정 스님의 책《살아 있는 것은 다 행복하라》나 내 책《생명이 있는 것은 다 아름답다》에 흐르는 주제가 바로 '생명 사랑'이다. '생명 사랑'은 윌슨 선생님이 1979년에 작명하고 그 개념을 널리 알린 '생물다양성biodiversity'의 보전을 호소할 수 있는 가장 근본적인 대책으로 탄생한 개념이다. 생물다양성의 고갈이 단순히 경제적 또는 사회 구조적인 재앙이 아니라 그보다 더 근원적인 인간 본성의 차원에서 다뤄져야 하는 문제라는 게 그의 주장이다.

1987년 미국 기술평가국이 의회에 제출한 보고서에 따르면 생물다양성이란 "생물체들간의 다양성과 변이 및 그들이 사는 모든 생태적 복합체들"을 통틀어 일컫는다. 1989년 세계자연보호기금은 "생물다양성이란 수백만여 종의 동식물, 미생물, 그들이 담고 있는 유전자, 그리고 그들의 환경을 구성하는 복잡하고 다양한 생태계 등 지구상에 살아 있는 모든 생명의 풍요로움이다."라고 정의했다. 현재까지 내려진 다른 정의들도 대체로 이와 비슷하여 생물다양성이란 일반적으로 지구상에 존재하는 생명 전체를 의미하는 것으로 볼 수 있다.

생물학자들은 지금과 같은 수준의 환경 파괴가 계속된다면 2030년경에는 현존하는 동식물의 2퍼센트가 절멸하거나 조기 절멸의 위험에 처할 것이며, 이번 세기의 말에 이르면 절반이 사라질 것이라고 경고한다. 생물다양성의 감소에 관한 이 같은 예측이 나와 있어도 대다수 현대인은 그 심각성을 피부로 느끼지 못한다. 물론 "예전에는 참 흔했는데 요즘엔 통 볼 수가 없어."라고 말하면서도 설마 그들이 우리 곁을 영원히 떠났을까 의아해한다. 나는 그리 머지않은 과거에 우리 곁을 떠난 한 동물을 알고 있다.

미국에서 박사 학위 과정을 밟던 1980년대 내내 나는 코스타리카와 파나마의 열대 우림에 드나들었다. 코스타리카 고산 지대의 몬테베르데 운무림 보존지구Monteverde Cloud Forest Preserve에서 아즈텍개미Aztec ants의 행동과 생태를 연구하던 시절, 어느 날 밤 숲 속에서 나는 눈이 부시도록 아름다운 오렌지색의 황금두꺼비golden toad를 보았다. 어른 한 사람이 제대로 들어앉기도 비좁을 정도의 물웅덩이에 언뜻 세어 봐도 족히 스무 마리는 넘을 듯한 수컷 두꺼비들이 마치 우리 옛이야기 '선녀와 나무꾼'에 나오는 선녀들처럼 멱을 감고 있었다. 그들에게 방해될까 두려워 숨소리마저 죽인 채 나무 뒤에 숨어 그들을 관찰하는 내 모습은 영락없는 나무꾼이었다. 다만 그들이 수컷 선녀들이란 게 아쉬울 뿐이었다. 그들은 고혹적인 몸매를 뽐내려는 듯 다리를 길게 뻗기도 하고 물웅덩이에 첨벙 뛰어들어 헤엄을 치기도 했다. 그 해 1986년 나는 그들을 딱 두 번 보았고 그게 내가 그들을 본 처음이자 마지막이었다.

1960년대 중반 황금두꺼비를 처음으로 발견한 미국 마이애미대학의 양서파충류학자 제이 새비지 Jay Savage는 온몸이 거의 형광에 가까운 오렌지색으로 뒤덮인 작고 섬세한 두꺼비를 보고 누군가가 그 두꺼비를 통째로 오렌지색 에나멜페인트 통에 담갔다 꺼낸 것은 아닐까 의심했다고 한다. 깜깜한 열대 숲 속에서 손전등 불빛에 비친 황금두꺼비들을 보면 정말 그들이 실제로 존재하는 동물인가 되묻게 된다. 그런 그들을 과학자들이 마지막으로 본 것은 1989년 5월 15일이었다. 결국 국제자연보호연맹은 2004년 그들을 완전히 절멸한 것으로 보고했다. 처음 발견된 시점으로부터 치면 불과 38년 동안 그저 10제곱킬로미터 넓이의 고산 지대에서 살다가 영원히 사라지고 만 것이다.

나는 2003년에 출간한 내 에세이집 《열대예찬》에서 "이럴 줄 알았으면 그들이 벗어놓은 옷가지라도 한두 개 숨겨둘걸" 하는 나무꾼의 한탄을 늘어놓은 바 있다. 그들을 마지막으로 본 지 거의 사반세기가 지난 지금도 나는 중남미 열대림을 찾을 때마다 한밤중에

전조등을 이마에 두르고 숲 속에서 헤맨다. 혹시 어딘가 꼭꼭 숨어서 사는 그들을 만날 수 있을까 하여 하염없이 숲 속을 배회한다. 만일 그들을 찾더라도 세상에는 절대로 알리지 않겠다는 약속을 되뇌면서. 나는 황금두꺼비를 전공한 양서파충류학자도 아니고 특별히 그들을 지켜야 할 무슨 전생의 임무를 띠고 이 땅에 태어난 사람도 아니다. 그러나 그리도 아름다웠던 그들이 떠나고 없는 열대의 숲 속이 너무도 황량하게 느껴지는 걸 어찌할 수 없다. 그들이 사라진 이 지구라는 행성이 쓸쓸해 보인다고 하면 나의 지나친 호들갑일까?

　내가 참으로 감명 깊게 읽은 동화가 있다. 유명한 프랑스의 동화작가 프랑수아 플라스의 《마지막 거인Les Derniers Géants》에는 "별을 꿈꾸던 아홉 명의 아름다운 거인들과 명예욕에 사로잡혀 눈이 멀어 버린 못난 남자"의 불행한 만남이 시리도록 아프게 그려져 있다. 한 남자가 우연한 기회에 중앙 아시아 깊은 숲 속에서 고작 아홉 명이 남아 조용하게 살고 있는 거인들을 발견한다. 그 남자는 거인들의 삶을 세상에 알려 일약 유명해지지만 결국 그 때

더 읽어볼 책

· 법정 《살아 있는 것은 다 행복하리》
· 최재천 《생명이 있는 것은 다 아름답다》
· 프랑수아 플라스 《마지막 거인》
· 에드워드 윌슨 《생명의 편지》

문에 거인들이 모두 '채집' 되는 안타까운 결과를 초래하고 말았다는 이야기이다. 주인공은 그와 가장 가까웠던 거인의 머리가 축제의 마차 위에 실려 가는 걸 보게 되고, 그때 주인공의 귀에 들려오는 너무도 익숙한 그 거인의 감미로운 목소리. "침묵을 지킬 수는 없었니?" 나는 그 거인을 직접 만난 적도 없지만 그의 죽음은 내게 크고 분명한 아픔으로 다가왔다.

윌슨 선생님이 얘기하는 것처럼 '생명 사랑 유전자' 가 있는 것은 결코 아니겠지만 나는 우리 인간에게 생명을 아름답다고 여기고 보호하려는 심성이 존재한다고 믿는다. 예전에 먹고 살기 어렵던 시절에 우리는 언뜻 참새만 봐도 돌멩이부터 주위들었다. 하지만 그런 행동은 새들에 대해 알게 되면 차츰 사라진다. 우연히 날개를 다친 채 우리 집안으로 들어온 참새를 얼씨구나 하며 구워 먹는 사람은 거의 없다. 그런 참새의 작고 여린 몸을 한 번이라도 손에 쥐어본 사람은 더 이상 참새를 향해 돌을 던지지 않는다.

알면 사랑할 수밖에 없는 게 우리 인간의 속성이다. 생명에 대한 사랑도 보다 많이 알면 알수록 더욱 커지게 마련이다. 아무리 큰 거인이라도 우리가 감싸주지 않으면 쓰러지듯이 생물학자인 내 눈에는 우리도 영락없는 자연의 일부이며 잰 체하는 거인일 뿐인데, 왜 요즘 우린 그걸 자꾸 부정하려 드는지 알다가도 모르겠다. 자연의 몸통에 작살을 꽂으면 결국 우리도 함께 간다는 걸 왜 모를까? 다른 생명에 대한 사랑이 곧 나를 사랑하는 길이라는 게 그리도 어려운 개념인가?

　이 책에는 "윌슨의 가장 개인적인 책"이라는 설명이 붙어 있다. 그의 자서전 격인 《자연주의자Naturalist》보다 이 책이 더 개인적이라는 말일까? 윌슨은 이 책에서 아직 밝혀지지 않은, 어쩌면 영원히 밝혀지지 않을 인간의 속성에 대해 과감하게 자신의 생각을 드러냈다. 지극히 객관적이고 합리적인 주장이 아니라 사뭇 주관적이고 감성적인 면을 드러내는 일은 자연과학자로서 하기 어려운 일이다. 하지만 그가 자칫 위험할 수 있는 일을 과감하게 단행한 이유는 그만큼 지구의 자연이 처한 위기가 심각하기 때문이다. 이제는 우리 정신 저 깊숙이 박혀 있는 '생명 사랑'의 본능을 일깨워야 한다. 그런 심성을 우리 인간이 가지고 있다는 사실을 모르고 있는 많은 이들이 이 책을 통해 새롭게 깨어나길 진심으로 바란다.

우리 주변의 아름다움을 곁에 두고
오래도록 즐기는 방법

클레어 워커 레슬리, 찰스 E. 로스
《자연 관찰 일기》

 참 부럽다. 《자연 관찰 일기Keeping A Nature Journal》같은 책을 읽은 다음 자연으로 뛰어나갈 요즘 아이들이 정말 부럽다. 내가 어렸을 때에도 이런 책이 있었더라면 얼마나 좋았을까? 허구한 날 산으로 들로 바다로 강으로 휘돌아다니던 시절에 이 책이 내 곁에 있었더라면 나는 지금쯤 훨씬 더 훌륭한 자연학자가 되어 있을 텐데.

이 책 32쪽에 저자들이 나열해 놓은, 자연 일기를 쓰면 길러진다는 기술과 지식의 목록을 보라. 그저 몇 가지만 들어보자.

"과학적이고 심미적인 관찰력"
"창조적이고 능숙한 글쓰기"
"탐구심, 독창성, 통합력"
"명상, 집중, 자가 치유"
"자신감과 자신을 표현하는 능력"

그 어느 부모가 자기 아이한테서 이런 능력들을 보고 싶지 않겠는가? 내 아이가 이런 능력들을 고루 갖춘다면 그 이상 무얼 더 바라겠는가?

나는 종종 "글 잘 쓰는 과학자"라는 칭송을 듣는다. 남들이 잘 쓴다고 하니까 정말 그런 줄 알고 참으로 엄청난 양의 글을 쓰고 산다. 물론 자연과 전혀 관계없는 글을 써야 할 때도 있지만, 내가 쓰는 대부분의 글은 어떤 형태로든 자연과 연결되어 있다. 내가 그 많은 글을 그리 큰 고통 없이 쓸 수 있는 데에는 그럴만한 까닭이 있다. 다른 글쟁이들에 비해 나는 소재의 빈곤을 거의 겪지 않는다. 저 광활한 자연에서 퍼오는 내 글의 소재가 마를 리 없기 때문이다.

자연에는 엄청나게 풍부한 이야깃거리들이 여기저기 흐드러저 있다. 그저 이것저것 주워다가 들려주면 된다. "아는 만큼 보인다."라고 했던가? 어릴 때부터 자연 일기를 쓰면 탐구심과 과학적인 관찰력이 늘고, 집중과 명상을 통해 독창성과 통합력을 얻고, 심미적인 관찰력과 자신을 표현하는 능력이 함양되어 창조적이고 능숙한 글쓰기로 자신감을 얻을 수 있단다. 자, 무얼 망설이는가?

이렇게 좋은 교육 방법이 점차 그 설 자리마저 잃어가고 있다. 번잡한 도시 한복판에 사는 우리 대부분에게는 이제 자연 일기를 쓰기 위해 찾을 만한 마땅한 곳이 없다. 이 책에 자주 언급되는 마운트 오번 묘역은 하버드 대학 교정에서 그리 멀지 않은 곳에 있는 공동묘지이다. 이 책의 저자는 어디 갈 곳이 없어 공동묘지에 그리 자주 들렀는가 하겠지만, 그곳은 우리가 생각하는 그런 공동묘지가 아니다. 가신 이들이 부러울 지경으로 아름다운 자연환경을 지니고 있는 정말 멋진 자연공원이다.

개인적으로 나는 마운트 오번 묘역과 묘한 추억이 얽혀 있다. 아내가 그곳에서 자동차 운전 연습을 했다. 운전면허시험을 준비하던 아내에게 나는 어느 날 그곳의 구불구불한 길을 따라 연습을 하면 차에 대한 감이 올 것이라고 설득하기 시작했다. 공동묘지라고 해서 처음에는 조금 머뭇거리던 아내는 결국 그 아름다운 곳에서 연습한 덕인지 대번에 면허를 땄다. 이처럼 아름다운 자연은 우리의 능력을 자연스레 불러낸다.

그런가 하면 지금 그곳에는 유학 시절부터 가까이 지내던 지인 한 분이 묻혀 있다. 그분이 가신 지 이제 벌써 몇 년이 되건만 그의 아내는 요즘도 거의 매일 그곳을 찾는다. 그가 남겨놓고 간 일이 산더미 같건만 그저 매일 그곳에 앉아 가신 이를 그리워하고 있다 들었다. 이 책이 나오면 한 권 보내드리련다. 혹시 이 책 덕에 그곳에서 저자가 그랬듯이 자연 일기라도 쓰기 시작한다면 허전한 마음을 달래는 데 큰 도움이 되리라 믿는다. 자연을 좋아하여 몇 년 전부터 내게 자연 사진을 가르쳐 달라고 하시던 분이니 자연 일기를 써서 읽어 드리면 무척 좋아하실 것 같다는 생각도 해본다.

이 책을 읽다 보면 분명해지는 일이지만 자연 일기는 꼭 깊은 숲 속에 가야만 쓸 수 있는 게 아니다. 마운트 오번 묘역도 시내 한복판 큰길 옆에 있다. 찾아보면 자연은 의외로 우리 가까이 있다. 하지만 자연이 자꾸만 아스러지고 있다는 것 자체가 왜 우리 아이들에게 자연 일기 쓰는 법을 어서 빨리 가르쳐야 하는지를 말해준다. "알면 사랑한다!" 내가 수없이 많이 떠들어대는 말이다. 자연도 알아야 사랑하게 되고 보호하게 되는 법이다. 자연 일기를 쓰다 보면 저절로 자연에 대해 보다 많이 알게 될 것이고 그러다 보면 자연스레 자연의 수호자로 클 것이다.

이 책은 내가 감수하고 추천하지 않을 수 없는 책이다. 내 스승님인 하버드 대학의 에드워드 윌슨 교수님이 머리말을 쓰셨고 '뿌리와 새싹' 운동을 퍼뜨리려 해마다 우리나라를 찾으시는 제인 구달 선생님이 추천사를 쓰신 책이니 내가 어찌 함께 하지 않으리오.

더 읽어볼 책

· 현진오 《사계절 꽃산행》
· 베른트 하인리히 《동물들의 겨울나기》

나는 이 책의 모든 동식물의 우리말 이름들을 꼼꼼히 살폈고 내용도 충실하게 검토했다. 우리 아이들이 우리 자연을 제대로 관찰할 수 있도록 최선을 다했다. 21세기는 환경의 시대이다. 우리가 사는 집, 즉 환경을 어떻게 보호하느냐에 우리와 우리 다음 세대의 운명이 달려 있다. 나는 이 점을 시애틀 추장만큼 명확하게 짚은 사람은 없다고 생각한다. 백인들을 상대로 들려준 그의 연설문으로 내 글을 끝맺음하련다.

"우리가 우리 아이들에게 가르쳐 온 것들을 당신들도 당신들의 아이들에게 가르치십시오. 이 대지가 우리의 어머니라는 사실을. …… 우리는 알고 있습니다. 대지가 우리의 소유가 아니라 우리가 대지의 일부라는 것을. …… 이 땅에서 벌어지는 일들은 이 땅의 아들딸 모두에게 벌어질 것입니다. 우리가 이 생명의 그물을 엮은 것이 아닙니다. 우리는 단지 그 그물을 이루는 하나의 그물코일 뿐입니다. 우리가 이 생명의 그물에 저지르는 일은 곧 우리 자신에게 저지르는 일입니다."

자연의 자본을 축내지 않고
잘 빌려 쓰려면

앤드루 비티, 폴 R. 에얼릭
《자연은 알고 있다》

"우리가 지금까지 발견한 모든 것은 자연의 거대한 보물 창고에 숨겨져 있는 것에 비하면 아주 사소한 것에 불과하다." 자신이 개발한 현미경을 사용하여 인류 최초로 원생생물의 존재를 발견한 안토니 반 레벤후크가 1708년에 한 말이다. 그로부터 정확하게 3세기가 흐른 지금 이 순간 우리 인간이 자연의 창고에서 빼내온 보물은 이루 말할 수 없이 많지만, 여전히 그 거대함에 비하면 지극히 사소할 따름이다.

《자연은 알고 있다Wild Solutions: How Biodiversity is Money in the Bank》는 우리를 자연의 창고로 인도하는 귀한 보물 지도이다. 나는 최근 이처럼 자연의 보물을 캐내어 보다 적극적으로 우리 삶에 적용하는 길을 찾는 연구 분야에 의생학이라는 이름을 붙여줬다.

나는 미국으로 출장을 갈 때마다 꼭 시간을 내어 책방을 찾는다. 전공 분야의 학술 논문이야 늘 읽는 것이지만 서점에 어떤 책들이 나와 있는가를 살펴보는 일 역시 학문의 큰 흐름을 읽는 데 아주 유용하다. 의생학에 관한 책들은 1997년에 출간된 《생체모방 Biomimicry》을 필두로 2000년대 초반까지는 매년 그저 한두 권씩 나오더니 몇 년 전부터는 드디어 쏟아져 나오기 시작했다. 《자연은 알고 있다》는 두 탁월한 곤충생태학자들이 집필한 책으로 생물로부터 화학 물질을 추출하여 신약 개발에 이용하는 분자 수준의 논의뿐 아니라 생태계의 섭리를 우리 삶에 적용할 수는 없을까를 살피는 아주 폭넓은 책이다.

나는 2002년 우리나라에서 열린 세계생태학대회에 얼마 전에 돌아가신 박경리 선생님을 기조 강연자로 모셨었다. 선생님은 그때 인간이란 모름지기 자연의 이자로만 삶을 꾸려야 한다는 생태철학을 전 세계 생태학자들에게 설파하셨다. 이 책의 마지막 장인 '저축과 대출'에서 생물다양성이란 자연에 저축된 자본이고 인간은 이걸 대출해 쓰고 있는 것이라는 저자들의 논리는 박경리 선생님의 말씀을 거의 그대로 '표절'한 것처럼 보일 지경이다. 이 책은 자연이라는 '원금' 또는 '자본'에 관한 책이다. 우리 정부가 새롭게 추진하고 있는 녹색성장의 신성장동력에 관한 아이디어들도 책 곳곳에 흐드러져 있다.

추석을 맞아 고향을 찾는 분들에게 친척들의 얼굴만 보지 말고, 또 성묘하러 가시는 분들에게 조상님의 묘만 살피지 말고 오랜만에 접하는 자연의 몸매도 한번 훔쳐보고 오시라고 주문하고 싶다. 거대한 규모의 미래 산업을 기획하는 분들만 자연에서 아이디어를 얻을 수 있는 게 아니다. 자연에는 바로 내 삶에 언제든지 적용할 수 있는 작은 비밀들이 널려 있다. 누가 아는가? 그 작은 비밀이 우연치 않게 당신을 빌 게이츠 못지않은 억만장자로 만들어줄지.

더 읽어볼 책

· 재닌 M . 베니어스 《생체모방》

작은 것들이
세상을 움직인다

천종식 《고마운 미생물, 얄미운 미생물》

 서양 속담 중에 이런 말이 있다.

"우리를 진정 귀찮게 하는 것은 작은 것들이다. 코끼리를 피할 순
있어도 파리를 피할 순 없다."

"우리를 진정 화나게 하는 것은 작은 것들이다. 산 위에 올라앉을
순 있어도 압정 위에 앉을 순 없다."

"진정으로 중요한 것은 작은 것들이다. 마개 없는 욕조가 무슨 소용이 있겠는가?"

나는 몇 년 전 《개미제국의 발견》이라는 책을 써서 작은 것들, 즉 개미들이 어떻게 이 지구를 지배하고 있는가에 대해 구구절절이 설명을 늘어놓은 적이 있다. 나는 감히 개미와 우리 인간이 이 지구를 양분하고 있는 두 지배자라고 생각한다. 기계문명사회의 지배자는 당연히 우리 인간이다. 우리가 만들어낸 사회를 우리가 지배하고 있는 것에는 큰 이견이 없어 보인다. 그러나 기계문명사회를 한 발짝만 벗어나 자연 생태계로 들어서면 그곳의 주인은 단연 곤충이다. 그리고 그 곤충 중에서 가장 성공한 곤충이 개미다. 남극과 북극, 만년설로 덮여 있는 산꼭대기, 그리고 물속을 제외한 이 지구의 나머지 지역은 무려 1경 마리의 개미들로 뒤덮여 있다.

《고마운 미생물, 얄미운 미생물》의 저자 천종식 교수는 내가 개미에 대해 얘기하는 방식과 거의 비슷한 방식으로 미생물에 대해 얘기한다. 그런데 솔직히 내가 좀 꿀린다. 그가 이 책에서 풀어놓는 미생물의 숫자와 규모를 보면 실제로 이 세상을 지배하고 있는 '작은 것'들은 개미가 아니라 미생물이라는 사실을 인정하지 않을 수 없다. 기껏 꼬투리를 잡자면 내가 얘기하는 개미는 모두 한 데 한

과科 family에 속하지만, 그가 다루는 미생물에는 박테리아, 곰팡이, 바이러스는 물론 단백질 조각에 지나지 않는 프라이온까지 포함되는 것이고 보면 정당한 비교는 아닌 듯싶다. 그러나 분명한 것은 이 세상 모든 식물과 동물이 다 사라져도 일부 미생물은 살아남는다는 사실이다. 그러나 미생물이 모두 사라지면 식물과 동물은 여지없이 함께 사라진다. 다시 말해 미생물이 이 지구를 떠받치고 있는 것이다.

저자는 지구의 역사가 곧 미생물의 역사라고 떠벌린다. 46억 년 지구의 역사를 한 달에 비유한다면, 지구가 만들어진 지 3일째 되던 날 최초의 생명체가 탄생했고 14일째 되던 날 광합성을 할 줄 아는 시아노박테리아가 등장한다. 그에 비하면 우리 인간이 태어난 것은 마지막 날 즉 30일 밤 11시 50분이었다. 미생물은 이 지구에서 가장 연장자이자 지금도 가장 활동적인 존재라는 사실을 부인하기 어렵다. 독일 태생 영국의 경제학자 슈마허E. F. Schumacher는《작은 것이 아름답다Small Is Beautiful》라는 책을 썼다. 작은 것들은 아름답기도 하지만 무섭기도 한 존재들이다.

우리가 미생물을 두려워하는 까닭은 병원균으로서 그들이 갖고 있는 가공할 위력 때문이다. 20세기 과학의 가장 위대한 업적으로 많은 이들이 페니실린의 발견을 꼽는다. 1929년 알렉산더 플레밍이 발견하여 1941년부터 약품으로 제작하기 시작한 페니실린은 우리 인간을 무서운 질병으로부터 구원한 구세주이다. 우리 인간이 만일 페니실린을 발견하지 못했다면 오늘날 과연 어떤 모습으로 살고 있을지 상상하기조차 끔찍하다. 페니실린의 발견은 인간 지능의 위대한 산물인 과학의 위대한 승리를 상징한다.

페니실린의 덕으로 전염병에 의한 사망률이 급격하게 떨어지던 1969년 미국 공중위생국 장관은 "전염병의 시대는 이제 그 막을 내렸다."라고 호언장담한 적이 있었다. 하지만 이제 우리는 그가 얼마나 경솔했는지 너무나 잘 알고 있다. 예를 들어 1941년 이래 폐렴구균의 거의 90퍼센트는 페니실린에 의해 거의 꼼짝도 하지 못하는 신세가 되고 말았다. 그러나 1997년에 이르면 폐렴구균의 절반가량은 페니실린에 내성을 지니게 된다. 게다가 이제는 적어도 세 종류의 박테리아는 우리가 개발한 100여 개의 항생제 중 그 어느 것에도 아랑곳하지 않고 활개를 치고 있다. 인간이 미생물과의 전쟁에서 조금씩 뒤처지기 시작한 것처럼 보인다.

미생물과의 전쟁에 관한 한, 우리나라는 특별히 심각한 전장이다. 가장 취약한 전선으로 드러났다. 우리나라가 이처럼 엉망의 방어망을 갖게 된 데에는 미생물에 대한 우리의 무지가 한 몫 톡톡히 했다. 우리는 미생물 중 박테리아와 바이러스도 구별할 줄 모른다. 우리나라 사람들은 감기에 걸리면 너도나도 병원을 찾는다. 감기는 바이러스가 유발하는 병이기 때문에 항생제로는 치유할 수 없다. 그런데도 병원을 찾은 감기 환자들은 의사 선생님이 주사라도 한 대 찔러주지 않으면 병원 문을 나서며 "저런 돌팔이 같은 놈!" 하며 욕을 한다. 이런 분위기 속에서 우리는 자연히 별 도움도 되지 않는 약들을 한 움큼씩 먹으며 감기와 씨름한다. 그런 약을 먹지 않는 것보다 적어도 하루나 이틀은 더 앓게 되는 것도 모르면서 말이다.

선진국의 의사 선생님들은 감기로 병원을 찾아온 환자에게 감기에는 특별한 약이 없으니 집에 가서 물을 많이 마시고 화장실에 자주 가서 자꾸 씻어내며, 그저 푹 쉬라고 한다. 그러나 만일 의사가 감기 증상처럼 보이지만 박테리아에 의해 생긴 후두염 같은 병이라고 판단하면 항생제를 복용하도록 한다. 대개 2주일 분량을 주며 몸이 다 나은 것 같더라도 2주일 분량을 끝까지 다 복용하라고 당부한다. 우리나라 사람들은 이 점에서 다분히 이중적인 태도를 보인다. 주사라도 한 대 놔주지 않거나 약을 주지 않으면 섭섭해하던 사람이 약을 그저 하루 이틀 먹어서 몸이 조금 편안해진다 싶으면 이내 "약은 몸에 안 좋아." 하며 복용을 멈춘다. 이 무슨 변덕이란 말인가.

나는 이쯤에서 민주주의를 들먹이려 한다. 민주국가의 국민이라면 받은 약을 전부 먹어야 할 의무가 있다. 우리가 약을 제대로 쓰지 않으면 독성이 약한 병원균만 죽이고 강한 균들은 살려서 다른 사람에게 전파하는 결과를 가져오기 때문이다. 우리나라 사람들은 몸이 조금 편하다 싶으면 약도 먹지 않고 이 사람 저 사람 만나 악수도 하고 그들의 얼굴에 재채기도 해댄다. 병원균들의 세계도 일종의 생태계이다. 약한 균들이 사라져 생긴 빈 서식지를 차츰 강한 균들이 메우기 시작하면 조만간 강한 균들만 우리 주변에 들끓게 될 것은 너무도 자명한 일이다. 이렇게 해서 우리나라는 전 세계에서 항생제 내성이 가장 강한 균들의 천국이 된 지 오래다. 모름지기 성숙한 민주국가의 국민이라면 남에게 나쁜 병원균을 옮기지 말아야 할 의무를 지녀야 한다고 생각한다. 더 많은 사람이 천종식 교수의 《고마운 미생물, 얄미운 미생물》을 읽고 보다 건전한 과학 상식으로 재무장하여 우리나라가 항생제 후진국이라는 오명을 씻게 되길 진심으로 기대한다.

그런가 하면 지나치게 깨끗한 환경이 오히려 우리 아이들을 아토피의 손아귀로 몰아넣는지도 모른다는 저자의 얘기는 미생물을 대하는 우리의 태도에 전혀 다른 시각을 제공한다. 문제의 핵심은 미생물과 우리 인간 모두 자연의 일부로서 오랜 세월 함께 진화해왔다는 사실이다. 저자는 스스로 자신을 분자생물학자라고 소개했지만, 나는 이 책을 읽으며 그가 오히려 진화생물학자에 가깝다고 생각했다. 그는 분자생물학이라는 도구를 가지고 진화 현상을 탐구하는 생물학자이다. 이 책을 읽는 독자들은 알게 모르게 우리와 함께 이 지구 생태계를 공유하고 있는 미생물들과 우리 인간 사이에 벌어지는 '공진화coevolution'의 흥미진진한 드라마를 관람하게 된다. 생물은 홀로 존재할 수 없다. 어느 누구도 다른 생물의 영향을 받지도 않고 다른 생물에게 영향을 끼치지도 않고 살 수는 없다. 모든 생물은 다른 모든 생물과 공진화한다. 미생물과

> **더 읽어볼 책**
>
> · E. F. 슈마허 《작은 것이 아름답다》
> · 이재열 《미생물의 세계》

인간만큼 끈적끈적하게 공진화하는 짝도 그리 많지 않을 것이다. 이 책에는 서로 경계를 늦출 수 없는 공진화에서 사뭇 우호적인 공진화까지 엄청나게 다양한 파노라마가 펼쳐져 있다.

나는 언제나 배움 중의 가장 훌륭한 배움은 배우는 줄 모르게 배우는 것이라고 생각한다. 저자는 강의하듯 친근하게 지식을 전달한다. 마치 사랑방에 두런두런 모여 앉아 얘기를 듣는 것처럼 구수하다. 그러면서 나도 모르는 사이에 질병에 관련된 미생물에서 김치, 와인, 요구르트에 이르기까지 우리 생활 가까이에 있는 미생물들의 비밀을 하나둘씩 알게 된다. 그러는 동안 어느새 강의는 거

의 끝나고 이 세상은 진정 작은 것들이 움직이고 있다는 걸 알게 될 것이다. 그리고 당신은 그만큼 더 현명한 '큰 동물'이 되어 있을 것이다.

환경 파수꾼
지렁이를 기르자

메리 아펠호프 《지렁이를 기른다고?》

갯벌의 환경 정화 능력은 이제 거의 상식에 속하는 지식이다. 그런데도 우리 정부는 갯벌을 개발하지 못해 안달이다. 갯벌의 정화 능력에 버금가는 시설을 만들려면 가히 천문학적 규모의 예산이 따로 필요한데도 사람들은 어느 게 더 경제적인지 분간하지 못하고 있다. 자연은 자연이 스스로 정화할 때 가장 효율적이다.

지렁이는 그동안 토양의 영양분을 순환시켜주는 데 공헌하는 대표적인 동물로 알려졌다. 열대 우림에 가면 그 역할을 잎꾼개미가 거든다. 잎꾼개미와 지렁이 같은 작은 동물들의 노력이 모여 이지구를 더 풍요롭게 만드는 것이다. 잎꾼개미와 지렁이는 조금 다른 방법으로 일한다. 잎꾼개미가 그저 엄청난 양의 흙을 뒤엎어주는 역할에 그치는 데 비해 지렁이는 자연 생태계의 온갖 '쓰레기'를 먹어치운 다음 기름진 '흙'으로 배설해준다. 온몸을 던져 우리 환경을 지켜주는 파수꾼인 셈이다.

환경 보호에 관한 우리 국민의 관심과 이해는 이제 선진국 수준에 이르렀다고 생각한다. 환경이 파괴되는 걸 이대로 두었다간 우리의 미래가 결코 밝지 않다는 사실은 이제 누구나 다 안다. 그래서 우리나라 사람들도 걱정은 많이 한다. 그러면서도 환경을 보전하기 위해 실제로 무얼 해야 하는지를 잘 모르는 것 같다. 나 한 사람의 노력이 무슨 소용이 있을까 하며 사뭇 비관적이거나 회의적이기까지 하다.

몇 년 전부터 내가 모셔서 우리나라를 찾아주시는 세계적인 침팬지 연구가이자 환경운동가인 제인 구달 박사님은 우리 한 사람한 사람의 작은 힘이 세상을 바꾼다는 사실을 열심히 강조하신다. 그리고 우리가 우리 주변에서 손쉽게 할 수 있는 일에 대해 아주 구체적으로 일깨워 주신다. 구달 박사님은 오래전부터 주로 젊은이들을 중심으로 '뿌리와 새싹Roots and Shoots' 운동을 해오고 계시다. 뿌리는 겉으로 드러나지 않더라도 땅 밑으로 계속 뿌리를 뻗고 새 싹은 연약하지만 벽돌담도 허물 수 있다. 아무리 불가능해 보이는 환경 문제의 높은 벽도 우리의 작은 새싹들이 무너뜨릴 수 있다는 희망의 메시지를 전파하러 구달 박사님은 지금 이 순간에도 전 세계를 돌고 계시다.

나는 우리가 '뿌리와 새싹' 운동의 하나로 지렁이로 하여금 음식물 찌꺼기를 먹게 하여 퇴비를 만드는 일을 해보면 참 좋을 것 같다. 환경운동연합을 비롯한 우리나라 환경 단체들이 앞장서면 더욱 좋을 것이다. 그리 대단한 결심이 없어도, 큰 환경 단체에 가입하지 않아도, 많은 사람이 한곳에 모이지 않아도 각자 가정에서 조촐하게 할 수 있는 일처럼 느껴진다.

게다가 지렁이로 퇴비를 만드는 일은, 대부분의 사람이 도시에 사는 우리나라 사람들에게 구태여 먼 곳으로 여행하지 않아도 자연과 함께할 기회를 제공해준다. 이 책에 설명되어 있는 대로 퇴비를 만드는 일은 지렁이 혼자 하는 일이 아니지 않은가? 그 일은 지렁이 외에도 톡토기, 쥐며느리, 각종 원생동물, 그리고 곰팡이들이 함께하는 일이다. 이 과정에서 냄새가 나지 않는 호기성 환경을 만드는 일에 크게 기여하는 지렁이 덕분에 아파트와 같은 실내에서도 충분히 할 수 있는 일이다.

나는 여러 해 전 《개미제국의 발견》이라는 책을 쓰면서 집안에 개미가 들어왔다고 무작정 죽이려 하지 말고 자연이 제 발로 우리 집을 찾아준 데 대해 고맙게 생각하며 아이들과 함께 관찰도 하

더 읽어볼 책

· 최재천 《개미제국의 발견》

고 일지도 쓰면 좋을 것이라고 제안했다. 지렁이도 마찬가지다. 하지만 지렁이를 징그러워하는 사람들도 있을 것이다. 그래도 내가 늘 하고 다니는 말 "알면 사랑한다!"의 뜻을 잘 음미해 보시기 바란다. 우리는 남에 대해 잘 모르며 자꾸 미워하거나 해치려 한다. 그 상대에 대해 더 많이 알수록, 정말 깊이 알게 될수록 우리는 그를 점점 더 사랑하게 될 것이다.

지렁이에 대해 더 많이 알게 되면 될수록 여러분도 지렁이를 사랑하게 될 것이라고 나는 굳게 믿는다. 지렁이에 대해 한 가지만 알려주자면 지렁이는 암수동체이다. 암수동체란 암수의 생식기를 모두 가지고 있다는 말이다. 그래서 지렁이들은 짝짓기 할 때 암컷과 수컷의 역할을 한꺼번에 한다. 우리 인간과는 참 다른 세계에 살고 있다는 생각이 들지 않는가?

자연은 알면 알수록 참으로 신비로운 곳이다. 우리가 조금만 더 노력한다면, 자연은 우리 곁에 한 걸음 더 가까이 다가올 것이

다. 그럼으로써 나와 자연이 함께 우리가 속해있는 자연을 정화하는 것이다. 이 책을 읽고 모두 자연을 더욱 깨끗이 하는 일에 동참하게 되길 진심으로 기원한다.

고흐의 그림을 보며
우주물리학의 세계로

최무영 《최무영 교수의 물리학 강의》

"내가 만일 우주여행을 다녀온다면 너희보다 더 젊어질 수 있을 텐데…….""왜 낮은 밝은데 밤은 어두운 걸까? 해도 결국 하나의 별일 뿐이고, 밤하늘 그 끝없는 우주 공간에 떠 있는 모든 별의 빛을 다 모으면 햇빛만큼 밝아지지 않을까?"

고등학교 시절 물리 선생님으로부터 이런 식의 황당한 얘기를 들으며 잠시나마 물리학자가 되어본 추억이 있을 것이다. 21세기에 접어든 지 8년이 지난 지금도 여전히 학생들을 문과와 이과로 나눠 가르치고 있는 이 끔찍한 '원시 교육 국가'에서도 물리를 한 번이라도 배운 학생이라면 이 같은 근원적인 거대 질문에 나름의 상상력을 총동원해본 짜릿한 경험이 있을 것이다.

하지만 이른바 '쌍둥이의 역설'과 '올베르스의 역설'이라고 불리는 위의 두 질문은 우리에게 그저 한낱 흥미로운 이야깃거리로 끝났을 뿐, 진지한 물리학 학습으로 이어지지 않았다. 《최무영 교수의 물리학 강의》를 읽으며 이 책이 만일 내가 고등학생이었을 때 출간되었더라면 나는 지금쯤 물리학자가 되어 있을지도 모른다고 생각했다. 이 책에 추천의 글을 쓴 물리학계의 원로 장회익 선생님의 표현대로 "우리 과학 문화의 바탕"이 될 소중한 책이라는 데 전적으로 동의한다.

2002년에서 2005년까지 서울대에서 자연과학을 전공하지 않는 학생들을 상대로 강의한 내용을 인터넷 신문 프레시안에 게재했다가 묶은 책이다. 나 역시 서울대와 EBS에서 강의했던 내용을 엮어 《최재천의 인간과 동물》이란 책을 출간한 바 있다. 하지만 내가 강의한 동물행동학에 비하면 물리학은 쉽고 재미있게 가르치기 정말 어려운 학문이다. 그런 물리학을 고전 역학에서 특수상대성이론과 일반상대성이론을 거쳐 양자역학, 통계역학, 그리고 복잡계 물리학에 이르기까지 참으로 구렁이 담 넘어가듯 구수하게 버무리는 그의 강의 실력과 능력에 감탄이 절로 나온다.

"과학이란 무엇인가?"로 시작하는 그의 강의는 '공간과 시간' '측정과 해석' '혼돈과 질서' 등등 가히 철학 수업을 방불케 한다. 그런가 하면 우주물리학을 설명하며 고흐의 '별이 빛나는 밤'에 대한 미학적 해설과 에드거 앨런 포의 시집 '유레카'의 과학적 상징성에 관한 문학 비평을 곁들인다. 자연과학은 공학이 아니라 인문학에 가까운 학문이라며 문학, 미술, 음악의 영역을 자분자분 그러나 거침없이 넘나든다. 그에게는 학문의 경계 자체가 무색해 보인다.

그는 또한 우리말로 과학하기 운동에 누구보다도 적극적이다. '한곳성(국소성)'과 '검정체내비침(흑체복사)'처럼 어색한 게 없는 건 아니지만 '에돌이(회절)' '엇흐름(대류)' '떠오름(창발)' 등은 정말 우아하고 깔끔한 용어들이다. 고운 우리말로 배우는 물리학의 맛이 더욱 새롭다.

에셔와 마그리트의 도발적 모순을 사랑하는 물리학자 최무영. 그는 기존 지식에 대한 '의식적 반성'이 과학적 사고의 첫째 요소라며 우리에게 태양 중심설을 의심하고 지구 중심설을 사색해도 괜찮다고 부추긴다. 와아, 물리학은 정말 신 나는 학문이네.

더 읽어볼 책

· 필립 볼 《물리학으로 보는 사회》

멋들어진 옷을 입고
우아하게 다가선 과학 이야기

이은희 《과학 읽어주는 여자》

일본 교토 대학 영장류 연구소에는 세상에서 컴퓨터를 제일 잘 다루는 '아이'라는 침팬지가 있다. 아이가 가장 자주 하는 컴퓨터 게임은 숫자를 크기순으로 기억하는 게임이다. 컴퓨터 화면에 1에서 9사이의 숫자 아홉 개가 나타난다. 그중 제일 작은 숫자를 누르면 나머지 여덟 개의 숫자들은 모두 사라지고 숫자들이 있던 자리들엔 흰 사각형들만 남는다. 아이는 그 나머지 여덟 개의 숫자를 크기에 따라 차례로 짚어낸다. 그것도 놀랄만한 속도와 정확성을 가지고 말이다. 처음 화면에 나타난 다섯 개의 숫자들을 기억하는데 아이가 보내는 시간은 겨우 0.7초에 불과하다. 지금까지 아이의 기록에 도전한 사람들의 기록은 평균 1.2초다. 침팬지가 사람보다 빠르고 정확하게 인지할 수 있는 일도 있음이 증명된 셈이다.

아이는 2000년 4월 24일 '아유무' 라는 이름의 사내아이를 낳았다. 아유무를 키우면서도 아이는 컴퓨터 공부를 게을리하지 않았다. 그러던 어느 날 놀라운 일이 벌어졌다. 공부하는 엄마 곁에서 늘 방해만 하는 것처럼 보이던 아유무가 혼자서 컴퓨터 문제를 푼 것이다. 태어난 지 겨우 아홉 달 반이 되던 때였다. 사람으로 치면 한 살 반쯤 되는 나이이다. 그야말로 어깨너머로 배운 공부다.

이처럼 동물 사회에도 배움이 있다는 것은 이제 잘 알려진 사실이다. 침팬지는 말할 나위도 없거니와 플라나리아처럼 단순한 동물도 학습 능력이 있음이 밝혀졌다. 그러나 동물 사회에도 본격적인 가르침이 있는지는 분명하지 않다. 새끼 새를 날게 하려고 먼저 저만치 날아 보이고는 새끼 새를 지켜보는 어미 새를 보면 동물들에게도 어느 정도의 가르침이 있는 것 같다. 풀숲 사이 구멍 속에 숨은 벌레를 잡아먹는 방법을 전수해주기 위해 몇 발짝 앞서 가며 약간은 과장된 동작을 보이는 어미 새도 우리 사회의 선생님처럼 보인다. 물론 우리처럼 학교가 있는 것은 아니다. 그리고 그들의 가르침은 우리의 가르침이 너무 자주 그런 것처럼 강제적이거나 주입식이지 않다. 그저 끊임없이 모범을 보일 뿐이다.

배우고 있는 줄 모르며 배우는 것처럼 훌륭한 배움은 없다. 요사이 우리 사회가 겪고 있는 어려움 중에 '이공계 위기'처럼 심각한 게 또 있을까 싶다. 과학과 기술이 나라를 먹여 살리는 법인데 아무도 그걸 하지 않으려 하니 여간 큰 일이 아니다. 그런데 이공계 위기에 대처하는 우리의 전략이 범하고 있는 실수는 더 심각해 보인다. 자꾸만 위기만 홍보하고 있다. 음식점이나 상점도 손님이 몰리는 곳은 점점 더 몰리지만 일단 파리 날리기 시작하면 좀처럼 파리채를 내려놓기 힘든 법이다. 우리의 호들갑과 부산스러움이 학생과 학부모에게 이공계는 정말 가서는 안 되는 곳이라는 인상만 점점 더 깊이 새겨주고 있다.

장사가 안 될수록 더 긍정적인 광고를 해야 한다. 그래서 나는 얼마 전부터 이름 하여 '톰 소여 전략'을 제안해왔다. 벌칙인 페인트칠을 너무도 재미있게 한 나머지 서로 하게 해달라고 조르는 친구들에게 '뇌물'까지 받아가며 일을 시켰던 톰 소여처럼 과학을 하는 일이 얼마나 신 나는 일인지 알려야 한다. 그래야 그 신 나는 페인트칠을 해보기 위해 너도나도 줄을 설 것이다. 물론 과학을 하는 사람들을 먼저 행복하게 해줘야 하는 것은 말할 나위도 없다.

바로 이런 일을 하기 위해 몇 년 전부터 일군의 과학자들이 이른바 '과학의 대중화'에 몸을 던졌다. 그 맨 앞줄에 《하리하라의 생물학 카페》의 주인이자 이 책 《과학 읽어주는 여자》의 저자인 이은희가 있다. 과학의 즐거움을 알리는 일에는 다양한 방법이 있지만 나는 그중 제일 중요한 것이 과학을 읽어주는 일이라고 생각한다. 강연이나 퍼포먼스는 한 번 보고 듣고 나면 그만이지만, 책은 언제나 끼고 읽을 수 있기 때문이다. 밝은 미래를 위해

더 읽어볼 책
· 이은희 《하리하라의 생물학 카페》

좋은 교양과학서를 만드는 일처럼 중요한 일은 또 없을 것이다.

그러나 얼마 전부터 나는 '과학의 대중화'라는 표현을 쓰지 않기로 했다. 일반 대중이 과학을 이해할 수 있도록 그저 쉽게, 쉽게 하다 보니 어떤 면으로는 '과학의 저질화'를 범한 감이 있기 때문이다. 감히 우리 시대 최고의 과학 저술가라 해도 모자람이 없을 《이기적 유전자》의 저자 리처드 도킨스는 일찍이 일반 대중에게 과학을 알린답시고 과학에 물을 타서는 안 된다고 강조한 바 있다. 복잡하고 어려운 과학을 누구나 알아들을 수 있도록 쉽게, 그리고 흥미롭게 설명한다는 것은 결코 쉬운 일이 아니다. 그렇다고 해서 과학을 빼고 대중화만 할 수는 없는 일이다. 그래서 나는 이제 '대중

의 과학화'를 이루자고 말한다. 이런 점에서 '과학 읽어주는 여자'는 교양과학서가 지녀야 할 거의 모든 요소를 고루 갖추고 있다. 과학적 깊이와 폭, 재미와 교양, 여유로움과 긴박함이 넘기는 책장마다 흥건히 젖어 있다. 이 책이 대중을 과학화하는 임무를 즐겁게, 그리고 멋지게 해내리라 믿는다.

언젠가 들은 우스갯소리 하나. 짐짓 교양인인 체하려는 사람들의 얘기이다. 한 사람이 말하기를 "저는 고갱의 그림보다는 고흐의 그림을 더 좋아합니다."라고 하자, 다른 사람이 "아, 예, 고 갱 씨는 제가 엊그제 길에서 만났습니다만, 고 호 씨는 요즘 통 소식이 없습니다."라고 대답했다는 얘기이다. 우리는 이 순간 모두 두 번째 사람의 무식함을 비웃어야 한다. 하지만 나는 이 이야기를 떠올릴 때마다 좀 다른 생각을 한다. 우리는 먼 남의 나라 프랑스의 인상주의 화가 두 사람에 대해 제대로 알지 못하는 것은 교양인으로서 엄청난 수치라고 생각한다. 하지만 대학에서 버젓이 물리학을 전공했던 사람이 이른바 사회 물을 몇 년 먹고 나면 "양자역학은 워낙 복잡해서……"라며 말꼬리를 흐려도 전혀 문제가 되지 않는다. 국민의 상당수가 대학을 나왔고 그들 중 절반 이상이 이공계 출신인 사회에서 벌어질 수 있는 일이 결코 아니다. 과학이 교양의 중심에 서야 나라가 튼튼해진다.

그렇다고 해서 과학이 언제까지나 저만치 혼자 서 있으면서 대중더러 가까이 오라 할 수는 없다. 이해하기 어려운 쪽이 먼저 손을 내밀어야 한다. 그러기 위해서는 과학이 인문학과 손잡을 필요가 있다. 오랫동안 철저하게 인문학의 체취에만 취해온 우리 독자들에게 다가갈 수 있는 가장 좋은 길이기 때문이다. 《과학 읽어주는 여자》는 우선 인문학의 옷을 입고 다가선다. 글 꼭지마다 첫머리에 걸친 인문학의 모자, 스카프, 블라우스, 치마, 그리고 그 위에 은근하게 뿌린 향수는 그 속에 가려져 있는 과학이라는 여인을 한결 신비롭게 한다. 이제 그 과학이라는 여인의 체취를 맡을 차례이다.

《과학 읽어주는 여자》는 종횡무진 실로 다양한 주제를 넘나든다. 남녀의 생물학적 차이에서부터 우리 몸의 온갖 생리 현상과 질병을 거쳐 저 드넓은 우주와 나노의 세계를 한꺼번에 어우른다. 본문 속에 군데군데 특별히 강조된 문장들과 몇몇 제목들만 들춰도 이 책이 얼마나 많은 곳으로 독자들을 인도할 것인지 짐작이 간다. "고통은 또 다른 삶의 희망이다", "유전자는 생존 가능성을 높일 수 있는 상대를 찾아낸 순간, 개체를 '사랑'이라는 달콤한 묘약에 빠뜨려서 조종한다.", "인간만이 진화의 정점에 서 있는 만물의 영장이라는 개념은 인간의 오만함이 낳은 극단적인 이기주의다.", "작은 것이 아름답다? 나노 기술", "진정한 성 역할을 뛰어넘는 것은 여성과 남성의 차이를 없애 중성적인 인간을 만드는 것이 아니라, 자신의 성적 정체성 위에 남성성과 여성성을 조화시키는 것이다." 등등.

이 세상이 무너져 내리는 데 과학과 기술에 어느 정도 책임이 있다는 걸 부인할 수 없다. 그렇다고 해서 과학과 기술을 내던지고 그야말로 자연으로 돌아갈 수는 없다. 조금은 차갑고 어리석었던 과학과 기술이 우리를 수렁에 밀어 넣었다 하더라도 또다시 우리를 위기에서 구원해줄 것도 과학과 기술이다. 다만, 새 시대의 과학과 기술은 좀 더 현명해질 필요가 있다. 머리로만 하는 과학이 아니라 가슴도 함께하는 과학이어야 한다. 《과학 읽어주는 여자》는 진정 희망을 읽어주는 여자이다.

얼마나 사느냐보다
어떻게 사느냐가 중요하다

스튜어트 올샨스키, 브루스 칸스
《인간은 얼마나 오래 살 수 있는가?》

도대체 무슨 까닭인지 지난 한 달여간 중학교 때부터 함께 몰려다니던 가까운 친구들의 부모님께서 연달아 돌아가셨다. 학창 시절 예고도 없이 갑자기 몰려가도 늘 반갑게 맞아주시던 그 환한 웃음을 이제 더는 뵐 수 없다는 것은 못내 아쉽지만, 대부분 여든 남짓 사셨으니 기대 수명을 다 채우고 가신 비교적 '행복한' 분들이다. 그래서 누군가가 "늙는 것을 한탄하지 마라. 수많은 사람이 그 특권조차 누리지 못한다."라고 말하지 않았던가.

사랑하는 이들의 죽음 앞에서 우리는 삶이란 왜 영원할 수 없는가 묻는다. 하지만 생명의 가장 보편적인 특성이 바로 한계성이다. 적어도 이 지구라는 행성의 생명체는 누구나 언젠가 반드시 죽게 되어 있다. 영생은 진시황만의 꿈이 아니었다. 거의 모든 종교가 다 유한한 생명에 영생의 가능성을 열어 두었다. 복제인간의 탄생이라는 가공할 위험에도 불구하고 사람들이 배아 연구를 엉거주춤 허용하려는 것은 다름 아닌 영생에 대한 기대 때문이다.

생물인구통계학자인 《인간은 얼마나 오래 살 수 있는가?The Quest for Immortality》의 저자 올샨스키는 1년 전 나의 하버드 대학 동료이자 유명한 노화학자인 스티븐 어스태드와 인간의 최대 수명을 놓고 공개적으로 내기를 한 것으로 유명하다. 자세한 내기 내용이 당시 우리나라 일간 신문에까지 소개될 정도로 사람들의 관심을 끌었다. 어스태드는 앞으로 150년 안에 150세까지 사는 사람이 나타날 것이라고 예언한 반면, 저자는 그렇게 되기는 어려울 것이라고 믿고 있다. 놀라운 생의학의 발달에도 불구하고 이 책은 우리의 최대 수명이 왜 쉽사리 늘지 못하는지에 대한 생물학적 근거들을 설득력 있게 펼쳐 보인다.

이른바 '생명표의 엔트로피' 현상에 대한 저자들의 설명에 따르면 인간의 기대 수명을 85세 이상으로 늘리는 것은 거의 불가능한 일이다. 20세기 초 미국인들의 기대 수명은 45세에 지나지 않았다. 그러던 것이 공중위생과 의학의 발달로 사망률이 급격하게 줄어 불과 100년 만에 78세로 늘었다. 하지만 이제 사망률을 줄여 기대 수명을 늘이는 것은 거의 한계에 이르렀다. 저자들의 계산에 의하면 50세 이전에는 아무도 죽지 않는다 하더라도 기대 수명은 겨우 3.5년밖에 늘지 않는다고 한다. 이

더 읽어볼 책

· 스티븐 어스태드 《인간은 왜 늙는가》

책을 읽고 난 다음 나는 옛 친구를 배반하고 저자들에게 돈을 걸기로 했다.

그렇다고 해서 저자들이 우리의 기대 수명이 절대 늘지 않을 것이라고 말하는 것은 아니다. 세포가 분열할 때마다 염색체의 끝부분이 닳아 없어지는 걸 방지하는 방법을 찾는다거나 장수 유전자를 발굴하지 못하란 법은 없다. 서울대 의대 박상철 교수 연구진을 비롯하여 세계 각국의 수많은 연구자들에 의해 그야말로 획기적인 발전이 일어나지 말라는 법은 없다. 하지만 그때까지는 운동을 제외한 그 어느 노화 방지약이나 수명 연장제도 다 소용이 없다고 저자들은 강조한다.

병을 안고 그저 오래 살기만 한다고 좋을 리 없다. '건강 악화와 수명 연장을 바꾼 거래'는 결코 현명해 보이지 않는다. 우리가

진정으로 추구해야 하는 것은 단순한 수명 연장이 아니라 '성공적인 노화'이다. 이른바 건강 수명을 늘려야 한다. 80세든 150세든 살아 있는 동안에는 질병이나 노쇠에 시달리지 않고 정력적으로 살다가 어느 날, 별 고통 없이 훌쩍 떠날 수 있으면 얼마나 좋을까. 그날 아침에는 마지막으로 화끈한 섹스도 한 번 즐기고 말이다.

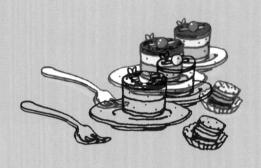

갈라파고스와 칼라하리 사막에서, 저 멀리 열대의 숲고스락과 아프리카에서

야생 동물과 자연을 연구하느라 평생을 바친 과학자들이 있다.

무엇이 이들로 하여금 죽음마저 무릅쓰며 자연을 떠나지 못하게 했을까?

나는 오래전부터 우리가 현명한 인간 '호모 사피엔스'에서

공생하는 인간 '호모 심비우스'로 거듭날 것을 호소하고 있다.

이제 하나밖에 없는 지구에서 인간과 자연이 함께 사는 길을 찾아야 한다.

Dessert

디저트

해탈이라는 표현을 함부로 쓰면 안 되겠지만,
정말이지 나는 웬만한 일에는 초월한 느낌으로 산다.
분명히 포기는 아닌데 손을 다 놓고도 마음이 편안한 상태로 넘어가게 된 것이다.
'…… 내가 존재하는 이유는 따로 있다.
이 세상에 태어났으니 나의 모든 상황에 온 힘을 다하고 즐기며 사는 것이다.
나에게 주어진 삶의 길을 아름답게 가면 된다.'

- 《과학자의 서재》 중에서

위대한 사상가
다윈의 자화상

찰스 다윈 《나의 삶은 서서히 진화해왔다》

2009년은 아주 특별한 해였다. 내겐 더욱 그랬다. 내 학문의 경전과도 같은《종의 기원》이 출간된 지 150년이 되는 해이고 그 책을 쓴 내 학문의 스승 다윈이 탄생한지 200주년이 되는 해이기도 하다.

서양에서는 2009년 '다윈의 해'를 맞아 온갖 사업과 행사를 벌였다. 뉴욕 자연사박물관은 전례 없이 성대한 다윈 특별전을 마련하여 이미 성황리에 전시를 마쳤고 세계 순회 전시까지 돌았다.

캐나다와 호주의 몇몇 자연사박물관을 거쳐 드디어 2009년에 영국 자연사박물관에서 각종 이벤트와 더불어 '다윈의 해'의 피날레를 장식했다.

사실 다윈의 이론에 관한 책보다 다윈에 대한 책이 더 많이 출간되었다고 한다. 하지만 《나의 삶은 서서히 진화해왔다The Autobiography of Charles Darwin》는 다윈 자신이 직접 쓴 유일한 자서전이다. 독일의 한 편집자로부터 자서전을 집필해달라는 제안을 받고 "할아버지가 자기 정신에 대해 쓴 짧은 글이라도

더 읽어볼 책

· 재닛 브라운
《찰스 다윈 평전 1: 종의 수수께끼를 찾아 위대한 항해를 시작하다》
《찰스 다윈 평전 2: 나는 멸종하지 않을 것이다》

읽어볼 수 있다면 얼마나 흥분되겠는가?"라며 손주들을 생각하며 쓴 글이다. "문체에 대해서도 그다지 신경을 쓰지 않았다."라고 밝혔지만, 다윈이 누군가? 그는 자연과학자이면서도 대단히 설득력 있는 붓을 든 문필가였다.

다윈은 모든 과목을 두루 다 잘하는 이른바 모범생은 아니었다. 다윈의 위대함은 거의 전적으로 호기심과 상상력이었다. 그는 일찍부터 엄청난 수집가였는데, 특히 딱정벌레를 좋아했다. 어느 날 오래된 나무껍질을 벗기다가 진귀한 딱정벌레 두 마리를 발견하

곤 양손에 한 마리씩 쥐었는데 또 다른 종류의 딱정벌레가 나타났다. 그래서 오른손에 쥐고 있던 것을 입에 넣었는데 그놈이 분비액을 쏴대어 황급히 뱉어내느라 세 번째 놈도 잃었다는 일화는 유명하다. 더욱 흥미로운 것은 이 사건이 케임브리지 대학생 시절의 일이라는 것이다. 그의 나이는 호기심을 잠재우는 데 철저하게 실패했다.

다윈의 진화론 즉 자연선택론은 지난 한 세기 반의 혹독한 검증 과정을 거치며 생명의 본질과 역사를 설명하는 가장 탁월한 이론으로 확고히 자리 잡았다. 훌륭한 이론이란 논리의 완벽함과 더불어 간결성과 적응성을 지녀야 하는데 자연선택론은 이런 점에서 거의 완벽하다. 이 책에는 그가 어떤 계기로 비글호를 타고 세계를 일주했으며 어떤 사람과 사건들이 그의 이론에 영향을 미쳤는지 잘 나타나 있다. 그의 이론도 그의 삶과 더불어 "서서히 진화해왔다."

서양에서는 다윈을 인류 역사에 가장 큰 영향을 미친 인물 10인 중 하나로 꼽는 데 주저함이 없다. 다윈의 이론은 단순히 학문 세계에만 머물지 않았다. 그는 우리 인간의 의식 구조에 근본적인 변화를 일으킨 위대한 사상가이다. 이제 우리 주변에 세상 모든 것이 영원불변하다고 믿는 이는 거의 없다. 사물은 끊임없이 변하고 그들 간의 관계는 절대적이 아니라 상대적이라는 것을 누구나 알고 있다. 현대인의 사고 체계에 미친 다윈의 영향은 가히 혁명적이다. 이 책으로 독자들도 드디어 인간 다윈, 그리고 위대한 사상가 다윈을 새롭게 발견하기 바란다.

칼라하리의 야생 동물들과
7년을 보낸 부부 생태학자

마크 오웬스, 델리아 오웬스
《야생속으로》

40대 중반 이후의 사람이라면 〈야성의 엘자〉라는 영화를 기억할 것이다. 조이 애덤슨이라는 여성이 애완동물로 키우던 사자를 야생으로 돌려보내는 과정에서 벌어지는 동물과 인간 사이의 사랑과 애환이 'Born Free'라는 이름의 주제가를 부른 앤디 윌리엄즈의 감미로운 음성과 더불어 우리의 심금을 울렸던 영화이다. 〈야성의 엘자〉가 야생의 언저리에서 한 동물을 야생 속으로 돌려보내려는 노력의 기록이라면 이 책 《야생속으로Cry of the

Kalahari》는 아예 야생의 한복판에 뛰어들어 야성의 동물들이 어떻게 살아가고 있는지 생생하게 보여주는 르포이다.

결혼한 지 1년밖에 안 된 신혼부부가 침낭 두 개, 작은 텐트 하나, 간소한 취사도구, 속옷 약간, 카메라 한 대, 그리고 달랑 6,000달러를 손에 쥐고 아프리카 원주민들도 살고 있지 않은 칼라하리 평원으로 기어들어간 그 무모함을 어떻게 이해해야 할까? 마크와 델리아 오웬스는 전형적인 제인 구달 추종자들이다.《인간의 그늘에서In the Shadow of Man》를 읽어보면 제인 구달도 20대 중반의 젊은 나이에 탄자니아의 곰비 국립공원으로 야생 침팬지를 연구하러 떠난다. 마찬가지로 20대의 젊은 오웬스 부부도 무턱대고 그 거친 야생으로 걸어 들어간 것이다. 그러나 그곳이 어딘가? 그곳은 사실 우리 인간이 탄생하여 거의 대부분의 역사 동안 살던 삶의 터전이 아니던가? 어찌 보면 고향에 돌아간 셈인데 마치 이방인처럼 낯설어하고 힘들어하는 모습이 더 이상한 건 아닐까?

이 책은 젊은 생태학자 마크와 델리아 오웬스가 아프리카 칼라하리에서 7년이라는 긴 세월 동안 사자, 갈색하이에나, 자칼 등 온갖 동물들의 행동과 생태에 관하여 연구한 과학 보고서이자 그들과 자연을 공유하며 겪은 온갖 이야기들을 묶은 휴먼 드라마이다. 말이 쉬워 오지 생활이지 보통 사람들은 정말 상상하기조차 어려울 것이다. 마실 물이 달랑거려 생사의 갈림길에서 헤매기를 수없이 반복했고, 타고 있던 자동차가 소금층이 갈라지며 땅속으로 가라앉을 뻔했던 사건, 기름통에 구멍이 나거나 부속품 일부가 달아나 그 넓은 아프리카 초원에서 꼼짝없이 버려질 위기에 처했던 일 등은 말할 나위도 없거니와 사자나 하이에나에게 공격당하기 일보 직전에 가까스로 피해 목숨을 구한 수많은 일들…….

　나는 오웬스 부부가 겪은 오지의 경험 중에서 "잠을 잘 때면 들쥐와 생쥐가 몸 위를 기어 다녔다."라는 대목이 특별히 가슴에 와 닿았다. 나도 그만은 못하지만 비슷한 경험을 했기 때문이다. 이 책 내내 마크와 델리아도 끊임없이 연구비 걱정을 하지만, 1980년대 중남미 열대를 누비며 다니던 시절 나도 얼마 되지 않는 연구비를 아낄 목적으로 정말 값싼 여관에서 잠을 자곤 했다. 우리 돈으로 5,000원이면 하룻밤을 묵을 수 있는 그런 곳 말이다. 그런 여관에는 종종 방 안에 전깃불도 하나 없다. 복도에 걸려 있는 백열전구의 빛이 벽과 천장 사이에 뚫어 놓은 유리도 없는 창문으로 흘러들어올 뿐이다. 주로 반대편 벽 상단만 희미하게 비출 뿐 바닥은 오히려 더 컴컴하다. 바닥은 보통 그저 흙바닥이고 침대라고 놔둔 것은 바닥에서 그저 10여 센티미터 높이의 평상 위에 때에 찌든 스펀지 한 장을 깔아놓은 게 전부다. 그 침대에 드러누워 잠을 청하려면 이내 바닥을 기는 온갖 것들의 소리가 들린다. 스륵스륵 서걱서걱. 아마 쥐들과 바퀴벌레를 비롯한 온갖 기어 다니는 작은 동물들일 것이다. 그래도 나는 한 번도 그들이 내 몸 위로 기어오르는 걸 경험하지는 않았다. 아니면 너무 피곤하여 그냥 곯아떨어진 것인지.

나는 어쩌면 내게 벌어지지도 않았을 일의 가능성을 떠올리며 온몸에 소름이 돋는데 마크와 델리아는 정말 대단하다는 생각이 든다. 보통 사람들은 이런 삶을 이해하지 못할 것이다. 떼돈을 벌기는커녕 연구비가 바닥날까 늘 노심초사하며 온갖 문명의 이기로부터 멀리 떨어진 오지의 삶을 도대체 무엇 때문에 자처하는지 이해할 수 없을 것이다. 내가 열대를 누볐다는 사실을 알고 사람들이 가장 자주 묻는 말은 "그런 곳에서 힘들지 않으셨어요?"이다. 사실 힘들지 않다면 거짓말이다. 이 책을 읽는 내내 느끼겠지만 오지의 생활은 이루 말로 표현하기 어렵다. 그러나 오웬스 부부나 나나 그저 좋아서 그런 곳을 찾고 그런 곳에서 산다. 도시에 있는 것보다 문명을 떠나 자연의 품에 안기면 그저 마냥 좋다. 그렇지 않고서야 어떻게 7년이라는 긴 세월을 버틸 수 있었겠는가?

하지만 솔직히 말해 오지에서 하는 연구 생활이 마냥 행복한 것은 아니다. 우선 먼저 가족을 떠나 멀리 있다는 점이 늘 아쉬울 수밖에 없다. 마크와 델리아도 칼라하리에 머무는 7년 동안 가까운 친지들이 세상을 떠나도 함께하지 못하는 아픔을 겪었다. 이렇게 얘기하면 결국 야외생물학자들은 애당초 별종들이라고 할지 모르지만, 사실 그보다 더 큰 아픔은 매일같이 바라보고 관찰하던 동물의 죽음을 맞이하는 일이다. 호저의 가시에 깊은 상처를 입고 생명까지 위독하던 본즈라는 이름의 수사자를 구해준 얘기를 듣곤 "내 평생 이렇게 아름다운 이야기는 처음이에요."라며 눈시울을 적시던 미국인 부부가 바로 그다음 날 사냥에 나서 본즈의 목숨을 앗아간 이야기는 너무나 황당하다. 정말이지 "내 평생 그렇게 슬프고 잔인한 이야기는 처음이에요."

아끼던 동물들을 잃은 얘기는 이 책 전반에 걸쳐 구구절절이 널려 있다. 기껏 박제 기술을 가르쳐줬더니 오웬스 부부와 텐트 주변에서 친구처럼 지내던 땃쥐 윌리엄을 덜컥 박제로 만들어 자랑하는 그들의 조수 목스. 마크와 델리아가 오랫동안 관찰하며 아끼던 갈색하이에나 스타도 어느 날 역시 관찰 대상이던 수사자 모펫과 머핀에 의해 갈기갈기 찢긴 채 죽음을 맞는다. 7년의 연구 기간 동안 어쩌면 그리도 많은 죽음을 지켜봐야 하는 것일까 의아스럽겠지만 사실 그게 야생의 참모습일지도 모른다. 그래서 이 책의 원저는 '칼라하리의 절규'라는 제목을 갖고 있다. 자연에는 언제나 아름다운 삶과 처참한 죽음이 공존하는 법이다.

이 책이 미국에서 처음 출간된 것이 1984년이니 오랫동안 아프리카에서 고릴라를 연구하다 밀렵꾼들의 손에 무참히 살해된 다이앤 포시의 《안개 속의 고릴라Gorillas in the Mist》가 출간된 바로 다음 해였다. 《안개 속의 고릴라》와 《야생속으로》는 자연 다큐멘터리의 고전 중의 고전이다. 두 책은 야생 동물의 보전 활동에 기폭제가 되었다. 밀렵꾼에 의해 처참하게 살해된 고릴라 '디지트'를 기리며 만든 다이앤 포시 국제고릴라기금과 오웬스 부부가 설립한 오웬스 야생보호기금은 지금 이 순간에도 세계 곳곳에서 멸종 위기에 내몰린 야생 동물들을 보호하기 위한 기금을 모으고 있다. 여러분이 내는 작은 기부금, 심지어 《내셔널지오그래픽》의 구독료가 야생 동물 연구와 보전에 결정적인 역할을 한다는 걸 잊지 말기 바란다. 마크와 델리아는 미국으로 돌아온 후 지금까지 노스다코타 주에서 야생 회색곰의 보전을 위해 열심히 일하고 있다.

연구비가 부족하여 늘 어렵지만, 장기적인 현장 연구가 야생 동물 연구에 얼마나 중요한지는 이 책에서도 여실히 드러난다. 마크와 델리아가 7년이라는 세월을 칼라하리의 동물들 바로 곁에 있지 않았다면 도저히 발견할 수 없었던 수많은 과학적 사실들이 장기 생태 연구의 중요성을 보여준다. 오웬스 부부의 하이에나에 관한 연구는 독일의 행동생태학자 한스 크루크Hans Kruuk의 연구에

필적할 만하다. 크루크는 주로 점박이하이에나를 연구했고 오웬스 부부는 갈색하이에나를 연구했지만 그들의 연구는 각각 독창성과 공통점을 지닌다. 사자에 관한 연구는 오웬스 부부 이전에도 조지 샐러George Schaller, 브라이언 버트램Brian Bertram 등에 의해 세렝게 티에서 진행된 바 있다. 마크와 델리아는 처음으로 갈색하이에나가 공동으로 새끼들을 키운다는 사실을 관찰하여 과학계에 보고했다. 심지어는 혈연관계가 아닌 암사자들이 함께 젖을 먹이는 현장도 관찰했다. 그리고 암사자들만 아니라 수사자들도 서로 협동한다는 사실도 처음으로 발견했다. 이 같은 발견들은 오로지 장기적인 현장 연구에 의해서만 가능한 것이다.

더 읽어볼 책

· 다이앤 포시 《안개 속의 고릴라》
· 마크 실 《와일드 플라워》

하지만 이런 자연이 우리 생태학자들이 미처 연구도 하기 전에 우리 곁에서 사라지고 있다. 우라늄 광산의 채산성을 검토한답시고 칼라하리에 나타나 거짓말로 일관하며 태고의 자연에 대한 경외심이라곤 털끝만큼도 없던 지질조사단에게 뜨거운 관심을 보이는 원주민들의 이야기를 읽으며, 그때나 지금이나 아프리카나 대한민국이나 돈 앞에 무너지는 인간의 모습이란 어쩌면 이리도 똑같을까 신기할 따름이다. 새만금의 물길을 막아 동양의 두바이를 건설하겠다는 구시대적 발상에 그 어떤 것과 비교해도 가장 생산성이 높은 갯벌을 허무하게 갈아 뭉개는 일에 동참하거나 묵인하는 전북 도민들을 보며 나는 마크와 델리아의 고통을 느낀다. 조금만 더 기다렸더라면 '저탄소 녹색성장'의 시대가 올 것을 그들은 미처 몰랐다. 이제는 파헤치는 것보다 지키는 것이 돈을 버는 시대이다.

인류 역사 내내 자연이 우리를 먹여 살렸고, 이제 또다시 우리는 자연의 품으로 돌아갈 채비를 하고 있다. 나는 21세기를 맞으며 우리 인간이 스스로 '현명한 인간'이라 부르는 자만을 반성하고 자연과 더불어 살겠다는 의지를 표명하며 '공생인'으로 거듭날 것을 제안한 바 있다. 우리 인간이 자연계에서 가장 우수한 두뇌를 지녔다는 사실은 인정하지만 나는 우리가 현명하다는 점에는 결코 동의할 수 없다. 진정으로 현명하다면 우리의 삶의 터전까지 망가뜨리며 살지는 말았어야 했다. 우리는 제 꾀에 넘어가는 헛똑똑한 동물일 뿐이다. 하나뿐인 이 지구에서 자연과 더불어 공생하는 길을 찾아야 한다. 생명의 보고 칼라하리를 어떻게 보전하는가는 우리의 의지를 가늠해볼 수 있는 시금석이 될 것이다. 지금도 칼라하리는 절규하고 있다. 그 절규가 우리의 절규가 되지 않기를 진심으로 바란다.

동물도 가까워져야
내밀한 모습을 보여준다

콘라트 로렌츠 《야생 거위와 보낸 일 년》

오스트리아가 낳은 세계적인 생물학자 콘라트 로렌츠는 이 책의 머리말에서 다음과 같이 말한다. "위대한 업적을 이룬 생물학자들 가운데 연구 대상의 아름다움에 매혹되지 않았던 사람이 과연 있었을까요?" 결코 스스로 위대한 생물학자라고 말할 자격은 없지만 내게도 공감할만한 작은 경험이 있다.

세상에 흔히 개미 박사로 알려졌고 요즘엔 까치를 주로 연구하고 있지만, 내가 기생충 생태학으로 석사 학위를 했다는 걸 아는 사람은 별로 없을 것이다. 대부분의 사람들에게 기생충은 그저 더럽고 징그러운 존재일 뿐이다. 나도 예외는 아니었다. 기생충이 너무나 사랑스러워 연구하기로 마음먹었던 것은 아니라는 말이다. 다만 좋은 연구 대상일 것이라는 계산은 했다. 실제로 정말 좋은 연구 대상이었다. 나는 기생충을 연구하며 참으로 많은 걸 배웠다. 내 석사 학위 논문은 여러 해 후에 쓴 박사 학위 논문보다도 더 두툼하다.

사실 이, 벼룩, 진드기들을 처음 만져야 했을 때에는 나 역시 징그럽다는 느낌을 떨칠 수 없었다. 하지만 허구한 날 현미경 아래서 그들의 속살을 훔쳐보며 나는 서서히 그들의 아름다운 몸매에 매료되기 시작했다. 내 석사 학위 논문 발표회 때 있었던 일이다. 알래스카 바닷가에 사는 갈매기의 깃털에서 채집한 어느 진드기의 현미경 사진을 스크린 가득 비춰 놓고 나는 우리 과 교수님들과 동료 대학원생들에게 "이 진드기가 정말 아름답지 않느냐?"라고 물었다. 아무도 내 말에 동의하지 않는 눈치였다. 그런 가운데 학과장님이 너털웃음과 함께 다음과 같이 말했던 기억이 난다. "너도 드디어 미쳤구나. 이젠 학자가 될 준비가 된 것 같다."

기생충의 아름다움에도 매료될진대 하물며 야생 거위는 오죽하랴. 이 책《야생 거위와 보낸 일 년Das Jahr der Graugans》에 수록된

총 147장의 사진에는 때 묻지 않은 오스트리아 알름 계곡에 사는 야생 거위들의 삶이 정겹게 묻어난다. 병풍처럼 둘러싼 토텐 산맥의 절경이 보는 이를 압도하게 하는 첫 사진에서부터 깊은 잠에 빠져드는 거위의 눈망울을 잡은 마지막 세 장의 사진까지 그 아름다움에 빠져들지 않을 이가 어디 있으랴 싶다. 추천자로서 할 얘기인지는 모르겠지만 마치 글이 사진을 따라가는 것 같은 느낌이 들 지경이다. 우선 사진만 처음부터 끝까지 감상한 다음 글을 읽어도 좋을 것 같다.

로렌츠는 철저하게 연구하려는 동물을 길들인 다음 관찰과 실험을 해야 한다고 주장한 행동학자이다. 동물을 자연 상태에 그대로 두고 관찰하고 실험해야 객관적인 정보를 얻을 수 있다고 주장하는 학자들에게 그는 길들인 동물이 아니라면 우선 가까이 갈 수도 없고, 가까이 갈 수 없으면 그들의 삶을 속속들이 들여다볼 재주가 없다고 잘라 말한다.

로렌츠와 그의 연구진은 야생 거위들 하나하나에 제가끔 이름을 붙여주고 함께 먹고 자며 짝짓기에서 산란, 새끼 돌보기 등 어미들의 행동은 물론, 새끼들 간에 벌어지는 서열 다툼을 비롯한 삶의 갈등과 배움 등을 상세하게 보고 적었다. 로렌츠는 니콜라스 틴버겐, 카를 폰 프리슈와 함께 1973년 노벨 생리 · 의학상을 받은 현대 동물행동학의 선구자이다. 이른바 각인 행동의 메커니즘을 밝힘으로써 행동의 유전과 진화를 구명한 공로를 인정받은 것이다. 야생 거위 새끼들이 로렌츠에게 각인되어 그를 엄마로 알고 졸졸 따라다니는 사진은 너무도 유명하다.

《야생 거위와 보낸 일 년》은 마치 야생 거위들을 어느 한 해 봄부터 다음 해 봄까지 따라다니며 관찰한 내용을 적은 것처럼 쓰여 있다. 그러나 실제로는 수십 년간의 연구를 종합하여 엮어낸 책임을 쉽게 알 수 있다. 나 역시 까치를 벌써 7년째 따라다니며 온갖 관찰과 실험을 하고 있지만, 아직 까치의 삶이 이렇다고 얘기할 수 있는 논문을 내지 못하고 있다. 우리네 인생이 해마다 똑같은 게 아니듯이 까치나 야생 거위가 사는 모습도 엄청나게 다양하다.

더 읽어볼 책

· 알도 레오폴드 《모래 군의 열두 달》
· 베른트 하인리히 《숲에 사는 즐거움》

로렌츠는 애써 이 책은 학술 서적이 아니라고 강조한다. 야생 동물을 관찰하는 기쁨으로부터 저절로 탄생한 책이라고 말한다. 하지만 그가 세워 놓은 동물행동학을 평생의 업으로 알고 살아온 내겐 결코 평범한 책이 아니다. 언젠가는 나도 지금 연구하고 있는 까치에 대해 이런 책을 쓸 수 있겠거니 기대하며 특별히 관심 있게 읽었다.

학술적인 책이 아니라지만 나는 이 책을 통해 야생 거위의 행동에 관하여 예전에는 미처 알지 못했던 많은 것들을 배웠다. 짝짓기를 끝낸 수컷 거위들이 환희의 찬가를 부르듯 표출하는 '후희 의식' 그리고 그 행동과 수컷들 간의 동성애에 얽힌 관찰은 실로 압권이다. 오랜 세월에 걸친 면밀한 관찰 없이는 도저히 잡아낼 수 없는 그들만의 은밀한 삶의 드라마가 적나라하게 드러난다. 아내와 짝짓기를 마치면 으레 거치는 '후희 의식'을 아내가 아닌 다른 암컷 거위와 이른바 '사랑 없는 짝짓기'를 마치고 나선 흥미롭게도 하지 않는다는 것이다. 그 대신 짝짓기를 끝내자마자 호수를 가로질러 자기 동성애 파트너에게 날아가 화끈한 '후희 의식'을 한다. 마치 "내겐 너희뿐이야"라고 말하는 것처럼.

잔잔한 호수 위에서 종종 부부가 함께 나들이를 즐기는 오리나 거위 같은 새들은 흔히 부부간의 금실이 좋은 새들로 알려졌다. 그러나 실제로는 전혀 그렇지 않다는 사실이 최근에야 밝혀졌다. 단순한 관찰로는 쉽사리 드러나지 않던 비밀이 분자생물학적 분석법에 의해 밝혀진 것이다. 한 둥지에서 큰 새끼들의 DNA를 분석해보니 놀랍게도 아빠가 다른 새끼들이 상당히 많았다. 평소 금실이 좋아 보이던 부부였지만 실제로는 암컷이 적지 않은 외도를 했다는 결정적인 증거이다. 하지만 보다 면밀한 관찰을 해보았더니 암컷보다는 오히려 수컷의 바람기가 문제였다. 수컷은 아내와 함께 점잖게 산책을 즐기다가도 다른 암컷을 보면 아내가 두 눈을 시퍼렇게 뜨고 있는 앞에서 버젓이 그 암컷을 범하려 든다. 우리가 그동안 금실이 좋다고 믿어 혼례 선물로까지 만들어 주고받았던 원앙도 실망스럽기는 마찬가지이다. 그들의 '후회 의식'에는 미묘한 의미들이 숨어 있는 듯하다.

로렌츠는 또한 이 책에서 "거위 관찰자가 갖추어야 할 으뜸가는 요건은 인내"라고 말한다. 요즘은 우리 젊은이 중에도 동물에 관심을 둔 친구들이 많아 해마다 적지 않은 수의 대학생들이 동물행동학의 길을 가고 싶다며 내 연구실을 찾는다. 나 역시 그 학생들에게 제일 필요한 덕목으로 인내심을 꼽는다. 동물에 관한 다큐멘터리 영화를 보면 누구나 흥미진진하게 느끼지만 그건 흥미로운 장면들만 모아 편집을 하여 보여주기 때문이다. 실제로 동물들이 사는 오지에 머물며 그들만의 행동을 관찰하며 의미 있는 데이터를 수집하는 일은 엄청난 끈기와 인내심을 요구한다.

하지만 이 책을 읽다 보면 야생 거위를 연구하는 일은 어딘가 좀 다르다는 걸 느낄 것이다. 깨끗한 유럽의 자연 속에서 야생 거위들과 함께하는 삶이 마냥 고달픈 것만은 아닌 듯싶다. 로렌츠는 자신의 연구진이 거위들과 함께 휴식을 취하는 광경을 "사람과 동물이 한데 어울려 낮잠을 자는 것보다 더 유쾌한 광경은 없을 것"이라고 표현했다. 이 책을 다 읽고 나면 눈을 감은 채 야생 거위들과 함께 알름 강변에 누웠다고 상상해보라. 계곡의 싱그러운 바람 냄새가 가슴 가득 차오를 것이다. 그러고는 여러분의 지친 영혼을 말끔히 씻어줄 것이다. 로렌츠 자신이 바랐듯이 나 또한 이 책이 "자연을 외면한 채 도시의 인공미만 좇는 사람들에게 이런 감각을 전달할 훌륭한 중개자 역할을 하리라"라고 믿는다.

나무 위 그곳에서도
아이들은 자라고 삶은 지속된다

마거릿 D. 로우먼 《나무 위 나의 인생》

미국에서 크는 사내아이들은 누구나 아빠에게 나무 위에 통나무집을 만들어달라고 조른다. 비록 미국에서 태어나지 않았더라도 어릴 적 타잔 영화를 보며 그 멋진 나무 위의 집을 부러워해 본 경험이 있을 것이다. 그 옛날 나무 위에서 살다 서서히 땅 위로 내려오도록 진화한 동물인 인간이 나무 위를 동경하는 것은 어쩌면 본능인지도 모른다.

《나무 위 나의 인생Life in the Treetops》은 삶의 절반을 나무 위에서 보낸 한 여성 생물학자의 이야기이다. 로우먼Lowman이라는 이름으로만 보면 절대로 나무를 탈 사람 같아 보이지 않는데 아들 둘까지 데리고 다니며 평생을 나무 위에서 보냈다. 그가 아들들과 함께 열대의 숲 위를 걸으며 느꼈던 즐거움이 책의 곳곳에 흥건히 묻어난다.

생물학자들이 숲고스락에 주목하기 시작한 것은 그리 오랜 옛날이 아니다. 예전에는 우선 그 위까지 오르락내리락하기가 쉽지 않았다. 그리고 무엇보다도 숲고스락의 중요성을 인식하지 못했다. 그러다가 이 책에도 설명되어 있듯이 미국 스미스소니언 연구소에서 딱정벌레의 분류를 연구하는 생물학자 테리 어윈Terry Erwin 박사가 대형 분무기를 사용하여 나무 꼭대기까지 살충제를 뿜어대는 방법을 개발하면서 숲고스락은 일약 세계의 주목을 받기 시작했다. 그전까지 생물학자들은 지구상의 생물다양성을 300~400만 종 정도로 예측하고 있었다. 하지만 어윈의 분무에 추풍낙엽처럼 떨어져 내리는 그 엄청난 숫자의 생물종들 때문에 우리는 졸지에 지구의 생물다양성을 무려 3,000만 종으로 상향 조정하기에 이르렀다. 생물다양성 연구의 최고 권위자인 하버드 대학의 생물학자 에드워드 윌슨은 이제 이런 모든 걸 감안하여 지구에 줄잡아 1억 종의 생물이 살고 있을 것으로 추정한다. 그 1억 종의 약 40퍼센트가 사는 것으로 생각되는 숲의 고스락이 어찌 중요하지 않겠는가?

이 책은 분명히 생물학 관련 책이다. 하지만 이 책을 읽다 보면 야외에서 연구를 계속하면서도 자식 양육의 임무를 게을리하지 않은 억척스러운 한 어머니의 모습이 보인다. 저자는 자기가 다닌 그 모든 오지에, 그것도 숲의 하늘 끝까지 늘 자식들을 안고 다녔다. 열대의 숲고스락에 사는 영장류 어머니의 대부분이 그러하듯. 우리나라 부모들은 자식들을 자신의 일터에서 가능한 한 멀리 두고 싶어 한다. 자신이 하는 일에 방해가 될까 봐 또는 자식들의 공부에 지장이 있을까 봐 아이들을 철저하게 집안에 가둬 기른다. 지구 곳곳을 싸돌아다니며 공부를 언제 했을까 싶겠지만, 저자의 아들 둘은 모두 미국의 대표적인 명문 프린스턴 대학에 진학했다. 다양한 경험을 한 학생을 선호하는 미국의 입시 제도가 아니면 불가능한 일이긴 하지만, 지나치게 획일적으로 아이들을 가르치는 우리들의 교육 태도도 이 책을 읽으며 한번 진지하게 곱씹어보았으면 한다.

이 책을 읽으며 함께 생각해보았으면 하는 점이 또 하나 있다. 이제는 물론 열대 곳곳에서 많은 남성 생물학자들도 나무를 오르고 있지만, 1980년대 초창기에는 여성 생물학자들이 먼저 나무를 타기 시작했다. 여성이 가벼워서 나무를 오르는데 유리하다고들 얘기하지만, 그건 다분히 궁색한 변명이다. 나는 이 책을 읽는 여학생 중에 장차 우리나라를 대표하는 많은 열대 생물학자가 나타나기 바란다. 이렇게 말을 하면서도 걱정이 없는 것은 아니다. 몇 년 전 내 연구실에서 학위를 하던 한 여학생의 이야기이다. 마침 강원도 산골에서 빈집을 접수하여 그곳에 기거하며 썩어가는 나무 둥치 속에 사는 바퀴벌레의 사회 행동을 연구하던 박사과정 남학생의 연구에 흥미를 느낀 여학생이 부모님에게 상의를 드리게 되었다. 우선 강원도 산골에 가서 연구하겠다고 말씀드렸더니 위험해서 안 된다는 대답이 나왔다. 그래서 연구실의 남자 선배랑 같이 가 있을 것이라고 했더니 그건 더욱 안 된다고 펄쩍 뛰셨다고 한다.

나는 주로 야외에서 연구하는 현장생물학자들이 모이는 학회에 참여한다. 학술 대회에는 언제나 몇 분의 탁월한 학자들의 기조 강연이 있게 마련이다. 흥미롭게도 내가 다니는 현장생물학 분야의 국제학술대회들은 기조 강연자의 절반 또 그 이상이 언제나 여성 학자들이다. 언뜻 생각하면 오지에서 견뎌내야 하는 분야라서 여성이 상대적으로 불리할 것 같은데 의외로 성공한 여성 학자가 많다. 아마 우리나라에도 오셔서 많은 사람에게 감동을 주는 세계적인 침팬지 연구의 대가 제인 구달 박사님의 공이 클 것이다. 그분을 보며 많은 여학생이 용감하게 뛰어든 것이리라. 이 책의 저자도 예외가 아닐 것이다. 생태학 또는 에코과학 등 이른바 현장생물학은 여성들의 끈기와 치밀함이 필요하다. 에코과학자가 되고 싶은 여학생에게 이 책을 두 권 사서 한 권은 본인이 읽고 다른 한 권은 부모님께 드리라고 권하고 싶다.

끝으로 이 저자 못지않은 내 열대 사랑을 고백하려 한다. 내가 펴낸 책 중 비교적 덜 알려진 책이지만 개인적으로는 가장 아끼는 책으로《열대예찬》이라는 책이 있다. 1984년부터 드나들기 시작한 열대의 모습과 그곳에서 겪은 경험들에 관한 얘기들을 엮은 책이다. 그 책의 서문에 나는 다음과 같이 적었다.

나는 열대에 있으면 그냥 행복하다. 그 후텁지근한 바람의 냄새도 좋고 마구잡이로 옷 속까지 파고드는 소나기의 감촉도 황홀하다. …… 나는 한 번도 열대를 구경하지 못하고 인생을 마감해야 하는 이들에게 자꾸 미안하다. 나만 혼자 신 나는 구경을 하고 온 것 같아 마음이 편치 못하다. 우리가 이렇게 복잡한 온대의 도시에서 문명에 부대끼고 사는 동안 열대의 정글 속에는 지금도 원초적 삶들이 아무런 부끄럼 없이 발가벗고 춤을 춘다.

1980년대 중반 내가 열대를 처음 드나들던 시절에는 열대 정글은 사실 일반인들이 손쉽게 가볼 만한 곳은 아니었다. 자칫하면 깊숙한 진흙 속으로 빠져들기 일쑤였고 때로는 열대 사람들이 우리의 낫처럼 사용하는 긴 칼로 도저히 뚫고 들어갈 수 없어 보이는 덤불 사이로 길을 내며 전진해야 했다. 그러나 이제는 다르다. 코스타리카나 말레이시아 같은 열대 국가에 도착하면 공항에 관광회사의 버스가 기다리고 있을 것이고, 그 버스를 타고 정글 입구에 다다르면 그곳 동식물들에 대해 설명해줄 생물학자가 기다리고 있다. 이젠 긴 장화를 신고 갈 필요도 없다. 많은 곳에는 정글 안으로 길게 마루가 놓여 있기 때문이다. 그 마룻길을 따라가다 보면 정글 한복판에 느닷없이 엘리베이터가 나타난다. 그걸 타고 올라가면 이제껏 보던 세상과는 전혀 다른 별천지가 펼쳐진다. 저자가 얘기하는 숲의 고스락에 여러분도 이처럼 쉽게 가볼 수 있다. 그곳에 오르면 양재동 화훼 시장과는 비교도 되지 않을 만큼 기기묘묘한 난들이 온 사방에 흐드러져 있다. 그 난들을 찾는 온갖 벌과 나비들은 말할 나위도 없고 동물원 철책 안으로만 보던 원숭이들이 우리 어깨 위로 넘나든다. 어찌 이런 곳을 보지 못하고 눈을 감을 수 있단 말인가.

　　외국 여행을 할 때마다 유럽이나 디즈니랜드만 가지 말고 열대를 찾기 바란다. 생명이 탄생한 곳이고 지금도 활활 타오르고 있는 그곳을 죽기 전

더 읽어볼 책

· 최재천 《열대예찬》
· 조너던 와이너 《핀치의 부리》

에 한 번은 꼭 보고 죽어야 한다. 적어도 이 지구에 태어난 생명이라면 말이다. 그리고 그 여행에는 반드시 이 책을 끼고 가기 바란다. 절대로 후회하지 않은 멋진 경험이 될 것이다.

목숨 걸고
아프리카 동물을 지킨 여인

마크 실 《와일드 플라워》

나는 일찍부터 존 루트를 잘 알고 있었다. 그렇다고 해서 그를 개인적으로 안다는 뜻은 아니다. 그의 작품에 대해, 그를 정말 잘 알고 있었다. 나는 하버드 대학교에서 박사 학위를 마친 후 1992~1994년 동안 그곳에서 전임 강사로 일했다. 당시 하버드의 핵심교양 프로그램Core Program 과정에서 '동물행동학Bio 22: Ethology'을 가르쳤는데, 그 수업을 수강하는 학생들은 수요일 저녁마다 강의실에서 자연 다큐멘터리를 관람해야 했다. 그때 내가 학생들에게 보여준 십여 편의 다큐멘터리 중에서 무려 세 편이 존 루트가 그의 전남편 앨런 루트와 함께 제작한 것이었다.

먼저 다큐멘터리 〈바오밥나무: 나무의 초상〉(1973)은 멀리서 보면 땅에 거꾸로 처박혀 하늘로 뿌리를 곧추세우고 있는 듯 보이는 아프리카의 대표적 나무인 바오밥나무의 생태와 그 나무와 관계를 맺고 사는 다른 온갖 동식물들의 이야기를 담은 걸작품이다.

그다음 〈누영양의 해〉(1976)는 아프리카 초원에서 계절에 따라 대이동을 감행하는 초식 동물들의 행동과 생태를 담은 다큐멘터리 영화로, 같은 주제에 관하여 그 후에 제작된 그 어떤 자연 다큐멘터리와 비교해도 단연 압권이다.

끝으로 〈신비의 흙성〉(1978)은 흰개미의 습성을 영상으로 담기 위해 당시로써는 최첨단 기술인 광섬유 광원을 사용하여 촬영한 영화로 1979년 오스카상 다큐멘터리 부문에 추천되기도 했다. 마침 하버드 대학에서 수행한 내 박사 학위 연구가 흰개미의 사회성 진화와 밀접하게 관련된 것이어서 이 영화는 내게 특별히 강한 인상을 남겼다. 이 다큐멘터리는 또한 영화 〈시민 케인〉으로 역대 가장 훌륭한 배우로 칭송받는 오손 웰스가 그 특유의 매력적인 중저음 목소리로 해설해 더욱 오래 기억에 남는다. 나는 이 다큐멘터리들의 학습 효과가 각별하다고 생각하여 서울대학교에 부임할 때 하버드 대학의 핵심교양 프로그램 사무실에 부탁하여 어렵사리 복사본을 챙겨와 서울 대학에서 동물행동학 수업시간에 보여주기도 했다.

　존 루트는 일찌감치 내게 훌륭한 학습 자료를 제공한 탁월한 다큐멘터리 작가로 각인되었다. 그러나 이 책 《와일드 플라워 Wildflower》를 읽으며 그가 참으로 비운의 삶을 살다 갔다는 것을 알았다. 전 남편이었던 앨런 루트의 협조가 없었다면 이 책의 출간은 불가능했을 것이다. 하지만 책이야 어찌 됐든 존 루트의 삶을 불행의 구렁텅이로 몰아넣은 장본인이 바로 앨런이었던 것을 생각하면 모든 게 다 뒤늦은 회한인 듯싶다. 존 루트의 1961년 앨런과 결혼하기 전까지 25년간의 삶과 그 후 2006년 참혹하게 살해될 때까지 45년간의 삶은 질적으로 그야말로 하늘과 땅 차이다. 존은 성공한 금융인이자 커피 농장주의 딸로 태어나 남부럽지 않게 자랐건만, 꿈에 부풀어 시작한 결혼 생활이 그녀에게는 끝내 불행만 잔뜩 안겨주고 말았다.

　아프리카에서 야생 동물들을 위해 평생을 바친 대표적인 여성들로 우리는 그리 어렵지 않게 제인 구달, 다이앤 포시, 그리고 존 루트를 꼽을 수 있다. 우연히도 이들은 모두 1930년대에 태어난 백인 여성들이다. 다이앤 포시는 1932년에 태어났고, 제인 구달은 1934년, 그리고 존 루트는 1936년에 태어났다. 이들 중 제인 구달은 현재 70대 후반의 나이도 아랑곳하지 않고 1년에 300일 이상 세계 각국을 돌며 자연 사랑의 메시지를 전파하며 노익장을 과시하고 있지만, 다이앤 포시와 존 루트는 아프리카에서 총에 맞아 처참하게 살해되고 말았다. 다이앤 포시와 존 루트는 각별한 인연으로 맺어져 있다. 1963년 이렇다 할 사전 준비도 없이 고릴라를 연구하고 싶다며 아프리카에 나타난 다이앤 포시가 가장 처음 만나 도움을 받은 사람이 바로 존 루트와 당시 그의 남편이었던 앨런 루트였다. 내가 직접 우리말로 번역한 다이앤 포시의 회고록《안개 속의 고릴라》에는 그들의 만남이 다음과 같이 적혀 있다.

> "존과 앨런은 모두 친절하게도 좀 절뚝거리고 미주알고주알 묻는 미국인 관광객이 그들의 산속 일터에 침범하는 것을 눈감아 주었고, 상대적으로 덜 길들여진 카바라 고릴라들과의 특별한 만남에 동행하도록 해주었다."

그로부터 4년 후인 1967년 존과 앨런 루트는 런던 히스로 공항에서, 루이스 리키 박사의 후원을 받아 본격적으로 고릴라를 연구하기 위해 나이로비로 가는 비행기를 기다리던 다이앤 포시를 만났다. 그 만남에 대해 존 루트는 다음과 같이 적는다.

"우리는 포시가 스와힐리어를 전혀 모르는데 혼자 콩고에 가서 화산을 오른다는 게 걱정됐어요. …… 우리가 도와주지 않았으면 포시가 어땠을까 싶어요."

그처럼 서툴던 포시는 이내 고릴라 연구의 세계적인 대가로 성장했지만, 그 첫 만남으로부터 20여 년이 지난 1985년 크리스마스 다음 날 끝내 밀렵꾼들의 손에 참혹하게 살해되었다. 그 서툰 포시가 못내 안쓰러워 온갖 도움을 아끼지 않았던 존 루트도 또 그로부터 20여 년 후 거의 비슷한 모습으로 세상을 떠나고 말았다. 이들보다 앞서 고아가 된 새끼 사자 '엘자'를 손수 길러 결국 야생으로 돌려보낸 이야기를 바탕으로 1960년 《야성의 엘자Born Free》라는 책을 쓰고 1966년에는 그것을 각본으로 하여 동일한 제목의 영화를 제작한 조이 애덤슨도 1980년에 아프리카 인부가 휘두른 창에 심장이 찔려 사망했다. 무엇이 이들로 하여금 죽음마저 무릅쓰며 검은 대륙 아프리카를 떠나지 못하게 했을까?

저자는 이렇게 말한다. "존 루트는 개혁운동가가 아니라 그녀가 열렬히 사랑하는 자신의 땅과 그것을 넘어 땅 자체를 지키려고 분투한 여성이었다." 그런 면에서는 다이앤 포시와 조이 애덤슨도 마찬가지였던 것 같다. 어니스트 헤밍웨이의 아들이자 역시 작가인 존 헤밍웨이는 다음과 같이 회고한다. "존은 비범한 사람이었지만, 남들의 관심을 원하지 않았습니다. 그저 밖으로 나가서 야생 동물들과 어울리는 것을 좋아했지요. 한 예로 필립 공이 절룩거리는 몽구스를 데려오자 존은 대충 무릎을 굽혀 인사하고는 몽구스를 받아들고 몽구스와 대화를 나눴어요. 동물과 함께 있으면 존은 동물의 행동을 해석하거나 예상하면서 최고의 모습을 보여줬습니다."

다이앤 포시와 제인 구달도 그랬지만 존 루트도 사실 생물학을 정식으로 공부한 사람은 아니었다. 그러나 동물에 대한 타고난 사랑과 열정으로 그들은 누구보다도 대단한 전문가가 되었다. 존 루트의 오랜 친구인 댈타 윌리스는 어느 만찬 자리에서 하버드 대학교의 고생물학자 스티븐 제이 굴드와 존의 옆자리에 앉았다고 한다. 자연스레 대화를 시작한 둘 사이에 놀라운 일이 벌어졌다고 한다. 만찬이 끝날 즈음에는 굴드가 존에게 질문을 하고 설명을 듣더라는 것이었다. 굴드를 가까이에서 지켜봤고 그의 수업도 들었던 나에게는 이 이야기가 상당한 충격으로 다가왔다. '에고ego'에 관한 한 이 세상 그 누구에게도 뒤지지 않을 굴드를 압도했다니 실로 놀라울 따름이다. 세계 제일의 침팬지 연구가인 제인 구달이 대학도 나오지 않은 사람이라는 사실 못지않게 짜릿하다.

지구의 역사를 돌이켜보면 대충 다섯 차례의 대절멸 사건이 일어났다. 가장 최근의 대절멸 사건은 바로 6,500만 년 전 공룡들을 모두 멸종시킨 사건이었다. 생물다양성을 연구하는 학자들이 발표한 바로는 우리는 지금 제6의 대절멸 사건을 겪고 있다고 한다. 그런데 지난 다섯 번의 대절멸 사건들은 대개 대규모의 천재지변과 함께 일어난 것에 비해 지금 벌어지고 있는 제6의 대절멸 사건은 그저 조용히 일어나고 있다. '호모 사피엔스'라는 단 한 종의 영장류가 자신의 삶을 영위하는 과정에서 그 영향으로 다른 종들이 멸종하고 있다. 어떤 학자들은 이 조용한 대절멸 사건이 역대 가장 큰 규모가 될 것이란다. 나는 오래전부터 우리 인간의 학명을 '호모 사피엔스'에서 공생인이라는 의미의 '호모 심비우스'로 거듭날 것을 호소하고 있다.

더 읽어볼 책

· 다이앤 포시 《안개 속의 고릴라》

이제는 이 하나밖에 없는 지구에서 함께 사는 길을 찾아야 한다. 우리 주변에 존 루트 같은 아름다운 사람들이 많이 나타나길 진심으로 바란다. 다시 한 번 '겸손하고 사랑스럽고 재미있고 헌신적이고 용감했던 여인'의 명복을 빈다.

인간은 참으로 이상한 동물이다.

인간 세상 또한 참으로 모순투성이다.

저출산과 고령화 시대, 가족의 붕괴 그리고 경제적 불안 등

우리는 지금 진화를 역행하고 있다.

인문학은 이 엄청난 사회 변화의 원인을 분석하고 미래를 예견해준다.

알아야 준비할 수 있다.

우리는 쉬르마허와 노자를 읽고 그들의 혜안에 귀 기울여야 한다.

One-Dish Meals

일품요리

열대에서 동물들을 연구할 때가 참 행복했다.
어렸을 때 텔레비전을 통해서나 보던 정글에서
그곳 동물들을 직접 만나고 연구할 수 있다는 것은 엄청난 행운이었다.
한번은 몇 달씩 열대에서 돌아오지 않아 아내가 그곳까지 찾아온 적도 있다.
아이가 태어나고 나서는 차마 두 사람만 두고 집을 오래 떠날 수가 없어서
그 좋아하는 열대를 자주 가지 못했다.
지금도 솔직히 어떻게 하면 열대에 갈 수 있을까,
매일 그 궁리를 한다. 그렇지만 현실에서 거미줄처럼 얽인 줄이
영 나를 놓아주지 않아 생각만큼 자주 가지 못한다.

- 《과학자의 서재》 중에서

가족의 무시무시한 미래,
알아야 준비할 수 있다

프랑크 쉬르마허《가족, 부활이냐 몰락이냐》

인간은 참으로 이상한 동물이다. 자연계의 다른 모든 동물은 번식을 못 해 안달인데 인간은 종종 번식을 못 하는 게 아니라 안 한다. 생물의 본분을 망각하는 동물인 셈이다. 최근 들어 이처럼 본분을 망각하는 동물들이 엄청나게 많아져 사회적인 문제를 일으키고 있다. 이민자들이 지속적으로 아이를 낳아서 고령화 과정을 밟고 있지 않은 유일한 선진국 미국을 제외하곤 선진국들은 거의 모두 예외 없이 고령화 위기에 빠져 있다. 우리나라는 아직 선진국 대열에 미처 끼어들지도 못했는데 고령화의 속도는 전 세계에서 가장 빠른 나라가 되었다. 우리는 어쩌다 좋은 일이건 나쁜 일이건 일단 시작했다 하면 그저 '빨리빨리' 해야 직성이 풀리는 것일까?

《가족, 부활이냐 몰락이냐 Minimum》는 《고령사회 2018 Das Methusalem Komplott》에 이어 우리말로 번역된 프랑크 쉬르마허의 두 번째 저서이다. 독일 유력 일간지의 발행인인 저자는 학자로서 그리고 저널리스트로서 이론과 경험 모두를 풍부하게 갖춘 전문가이다. 《고령사회 2018》에서 저자는 고령화에 따른 노인 문제를 정치 · 경제 · 사회 · 문화 · 개인의 관점 전반에 걸쳐 지적하고 대책을 제시했다. 《가족, 부활이냐 몰락이냐》에서는 가족에 초점을 맞춘다. 그의 분석은 스스로 밝힌 대로 역사학적이라기보다 다분히 생물학적이다. 출산율의 저하가 가족 형태를 변화시킬 것이며 궁극적으로는 가족의 붕괴를 초래할 수 있다는 섬뜩한 예측을 내놓는다.

가족의 붕괴? 상상하기조차 끔찍한 일이다. 가족은 우리 인류가 존재해온 역사 내내 우리 삶의 가장 기본적인 단위였다. 인류가 약 600만 년 전 침팬지와 조상을 공유했다는 사실에 입각하여 판단해보면 우리는 그때부터 이미 가족 단위로 살고 있었다. 침팬지도 우리도 여전히 가족 단위로 삶을 영위한다. 침팬지는 아직도 몇몇 가족들이 한데 모여 사는 작은 '씨족' 단위에 간간이 외부로부터 낯선 침팬지가 이주해오는 형태의 사회 구조로 되어 있다. 우리는 그런 단계를 오래전에 거쳤고, 그 후 부족 단위로 살다가 지금의 국가 형태를 갖추게 되었다. 그렇다고 해서 가족이 해체되어 국가 사회를 이룬 것은 아니다. 이런 변화 속에서도 가족은 언제나 우리 인간 사회의 기본 단위로 굳건히 살아남았다. 그런데 이 기조가 근본부터 흔들릴 수 있다는 말이다.

이 모든 변화가 전례 없이 낮은 출산율에서 비롯된다. 우리나라는 이 점에서 다른 어느 나라보다 심각한 상황에 놓여 있다. 어느 부부나 아이를 둘만 낳으면 기본적으로 인구의 변화가 없다는 계산이 나온다. 그러나 태어난 아이 중에는 결혼을 하여 아이를 낳기 전에 사망하는 이들이 있기 때문에 실제로는 둘보다 조금 더 낳아야 한다. 따라서 이른바 대체출산율은 2.1명쯤으로 계산한다. 우리나라의 출산율은 2002년에 1.17명으로 세계 최저 수준을 기록했다. 2003년에는 1.19명으로 조금 상승한 것처럼 보였으나 실제로는 상승한 것이 아니었다. 분모가 작아지면 값이 커지기 때문에 가임 여성의 수가 줄어들어 출산율이 조금 크게 나타났을 뿐이다. 그때 우리 정부는 앞으로 적극적인 출산장려정책을 펴서 출산율을 점진적으로 끌어올리겠다는 포부를 밝혔다.

그러나 이는 말 그대로 포부였을 뿐 구체적인 정책이 수반되지 않아 그다음 해인 2004년에는 출산율이 1.16명으로 떨어지고 말았다. 정부가 부랴부랴 야심 찬 정책을 내놓았으나 그 엄청난 재원을 어떻게 마련할 것인지가 불분명한 상태에서 출산율 저하는 멈출 줄 모르고 있다. 드디어 2005년 출산율은 1.08명으로 전 세계 모든 국가 중에서 최저를 기록했다. 홍콩이 우리보다 낮으나 홍콩은 국가가 아니므로 최저 출산율 국가라는 훈장은 여전히 유효해 보인다. 정부의 보다 현실적이고 적극적인 노력이 없으면, 대체출산율이 1명 미만으로 떨어질 날도 그리 머지않아 보인다.

저자가 들려주는 돈너 고개의 비극과 영국 섬머랜드 호텔의 화재 사건은 우리 모두의 을씨년스러운 미래를 보는 것 같아 가슴이 서늘해진다. 두 사건 모두에서 가족의 힘은 실로 위대하다는 너무도 당연한 진리를 다시금 깨닫는다. 돈너에서는 죽음이 서서히 목을 조였다면 섬머랜드에서는 그야말로 촌음을 다투는 상황이었다. 두 사건의 상황은 더할 수 없이 달랐지만 결과는 마찬가지였다. "피는 물보다 진하다."라는 우리 속담은 이처럼 위급한 상황에서 그 진가를 발휘한다. 평상시에 가족은 오히려 불행을 가져오는 존재일수 있다. 비슷한 사람들이 비슷한 욕구를 가진 상황에서 경쟁은 언제나 더욱 치열할 수밖에 없다. 그러나 상황이 어려워지면 경쟁은 온데간데없이 사라지고 따뜻한 사랑이 솟아난다. 이것이 바로 유전자의 참모습이다.

부양해야 할, 지켜야 할 가족이 있다는 현실이 오히려 수명을 연장해주고 생존 확률을 올려준다는 것은 언뜻 이해가 가질 않는다. 홀가분하게 혼자인 사람이 시간이나 에너지를 덜 낭비할 것 같은데 결과는 상식을 뒤엎는다. 이 같은 현상은 다른 영장류 사회에서 극명하게 나타난다. 외톨박이는 실제로 다른 개체들로부터 공격도 더 자주 받을뿐더러 자원도 충분히 확보하지 못한다. 외톨박이가 대체로 더 일찍 죽는다.

저자도 지적한 대로 가족 내에서도 여자가 남자보다 더 오래 산다. 여성의 평균 수명이 남성의 그것보다 7~8년 정도 더 긴 것은 거의 모든 문화권에 고르게 나타난다. 물과 식량이 떨어진 상황에서도 여자가 남자보다 오래 버틴다. 반면에 상처했거나 이혼을 당한 남자는 부인과 함께 사는 남자보다 일찍 죽는다. 통계를 잡아본 대부분의 나라에서 여성의 경우에는 큰 차이가 없는 것으로 나타난다. 다만 몇 년 전에 나온 우리나라 통계에 따르면 우리나라 여성들은 혼자가 된 다음 오히려 남편과 함께 사는 여성들보다 수명이 긴 것으로 조사되었다. 남편이 사망 요인의 하나일 수 있다는 슬픈 가능성을 제시한 조사였다.

그런데 저자가 말한 바로는 이제 머지않아 우리 아이들은 기댈 수 있는 가족이 없어질 것이란다. 불과 두 세대 내로 우리 아이들의 절반은 형제나 사촌이 없는 상태에서 자랄 것이라는 통계가 나와 있다. 이미 우리나라에는 이런 현상이 벌어지고 있다고 해도 과언이 아닐 것이다. 저자는 우리 사회가 어쩔 수 없이 새로운 형태의 공동체를 구성할 수밖에 없다고 주장한다. 혈연관계로 묶여 있는 사람들이 아니라 여러 단계의 계약 관계로 얽혀 있는 사람들로 구성된 집단에서 공동의 선을 이끌어내야 한다. 저출산·고령화 사회가 될수록 더더욱 동맹자가 필요하다. 저자는 "신뢰, 무욕, 이타심, 단결심은 이제는 미사여구가 아니라 열망하는, 심지어 돈과 대출로 환금화할 수 있는 가치가 될 것"이라고 예언하고 있다. 상실의 시대에서 가족은 자산의 가치를 지닌다.

나는 지난 몇 년간 이 책의 주제와 관련이 있는 두 권의 책을 썼다. 《여성시대에는 남자도 화장을 한다》에서는 우리 사회가 필연적으로 여성 시대를 맞이할 수밖에 없는 조건들을 검토했고, 《당신의 인생을 이모작하라》에서는 전례 없이 빠른 속도로 진행되고 있는 우리나라의 고령화 현실을 경고하고 대책 마련을 호소했다. 그러면

더 읽어볼 책

· 최재천 《당신의 인생을 이모작하라》
· 이현승, 김현진 《늙어가는 대한민국》

서 늘 나는 이 두 주제를 한데 통합하여 더욱 포괄적인 대안을 제시해야 한다는 필요성을 느끼고 있었다.

《가족, 부활이냐 몰락이냐》는 내가 구상하던 바로 그 시도를 본격적으로 펼친 책이다. 확실한 정책 제안을 제시한 것은 아니지만 지금 우리가 목격하고 있는 이 엄청난 사회 변화의 원인을 분석하고 미래를 예견해주는 책이다. 프랑크 쉬르마허는 이런 시도를 할 수 있는 몇 안 되는 전문가이다. 지금 이 순간을 사는 대부분의 사람들은 모두 쉬르마허가 예측하는 사회에서 살게 될 만큼 충분히 오래 살 것이다. 지금까지 살면서 얻은 경험의 관성만으로는 살아내기 어려운 시대가 다가오고 있다. 그만큼 확실하게 다른 세상이 열리고 있기 때문이다. 알아야 준비할 수 있다. 쉬르마허의 혜안에 귀를 기울일 필요가 있다.

아이 없는
세상의 비극

세상은 참으로 모순투성이다. 모순이란 원래 중국 초나라의 한 상인이 창矛과 방패盾를 팔면서 "어떤 방패도 막지 못할 창이요, 어떤 창이라도 뚫지 못할 방패라."라고 선전했다는 고사에서 유래한 말이다. 세상의 순리順理인 줄 알고 우리가 해온 많은 일이 이제 서로 찌르고 뚫고 얽히고설켜 있다. 가부장제의 굴레를 뚫고 여성들이 사회에 진출하며 유례없는 복지와 지적 사유를 누리는가 했더니, 어느덧 우리 주위는 아이가 없는 세상으로 변하면서 미래의 복지를 보장할 수 없게 되었다. 출산율이 곤두박질치며 사회는 고령화하고 개인은 가족을 잃고 있다. 문제를 푸는 줄 알았는데 실제로는 점점 더 꼬여만 간다.

《여성학교Die Schule der Frauen》는 독일 사회를 보고하고 있지만, 우리나라에도 거의 예외 없이 그대로 적용된다. 옮긴이는 거기다가 아예 우리나라 자료들을 친절하게 덧붙여 우리 책으로 만들었다. 가장 최신의 통계 자료들을 제시하며 우리 사회가 처해 있는 상황을 소상하게 보여준다. 책 속에 또 한 권의 책이 담겨 있다.

직장 여성이면서도 아이 셋을 기르는 저자는 "페미니즘은 자녀 문제에 대해 아무런 대답도 남기지 않았고 가부장제는 잘못된 답만 남겼다."라는 선언과 함께 현대 사회가 안고 있는 자녀 문제에서 가족 문제와 남녀 문제로 확장하여 그 모든 문제를 아우르고 진단한다. 《여성학교》는 여성을 가르치는 것처럼 보이지만 시선은 줄곧 남성을 향해 있다. 한때 우리 사회의 주역이자 영웅이었던 남성들은 이제 홀로 정원 벤치에 앉아 있다. 명절이면 흩어졌던 가족들이 한데 모이지만 그들은 대개 전통적으로 어머니의 공간인 부엌을 중심으로 화제의 꽃을 피운다. 그 굿판에 끼지 못하는 아버지는 정말 재미있어 보는지 어떤지, 텔레비전에서 때맞춰 보여주는 씨름에 눈을 고정하고 있다. 귀는 온통 부엌으로 열려 있으면서.

가족이 붕괴하고 있다. 김승희 시인의 〈사랑 5, 결혼식의 사랑〉이라는 시는 다음과 같이 끝난다.

부케를 흔들며 신부가 가고
그 뒤엔 흰 장갑을 낀 신랑이 따라가면서
결혼 예식은 끝난다고 한다.

모든 결혼에는 흰 장갑을 낀 제국주의가 있다.
그렇지 않은가?

그러나 이제 제국주의는 말할 나위도 없거니와 제국 자체가 사라지고 있다. 저자는 오늘날 독일인의 귀가를 다음과 같이 그린다.

"집에 가봤자 방바닥에는 발에 채는 그림책 한 권 없고, 현관에 크기도 색깔도 다른 여러 켤레의 장화들이 놓여 있지도 않다. 영웅을 기다리는 것은 차가운 맥주 한 병과 덩그러니 놓여 있는 TV뿐이다."

이 모든 것이 다 여성들이 아이를 낳지 않아 시작된 일이다. 이제는 정말 길에 아이를 데리고 다니는 사람보다 개를 끌고 다니는 사람이 더 많아 보인다. 저자는 페미니즘이 "애당초 충만하고 해방된 여성의 삶은 아이가 없는 삶이어야 한다는 전제에서 출발하기에 아이가 있는 어머니의 문제에 전혀 마음을 쓰지 않았다."라고 지적한다. 언제부터인가 우리 사회에서는 "여성들이 출산 파업을 하고 있다."라는 말까지 나돌기 시작했다. 그러나 아이를 낳지 않는 결정은 결코 여성 혼자 내리는 것이 아니다. 남편과 아내가 이마를 마주한 채 철저하게 계산적으로 신중하게 합의하여 결정하는 것이다.

　나는 지금 대한민국에서 아이를 낳겠다고 계획하는 사람은 IQ가 두 자리 미만일 것이라고 생각한다. 아무리 계산해도 수지가 맞지 않는 장사이다. 날이 갈수록 부담만 늘어가는 육아, 엄청난 사교육비, 결혼 비용, 결혼 후에도 끊임없이 김치를 해 날라야 하는 애프터서비스 등 임신의 순간부터 죽는 날까지 출산은 계속 밑지는 장사이다. 저자는 오늘날 아이를 낳는다는 것은 인공 수정 과정과 같다고 설명한다. 우선 아이를 갖겠다고 결심을 해야 하고 피임약과 루프를 과감히 제거해야 한다. "인공적으로 단절시켰던 섹스와 임신의 관계를 다시 자연 상태로 되돌려 놓아야 한다. 피임이라는 인공적 상태를 임신 준비라는 자연 상태로 되돌려야 한다. 우리에게 지금까지 익숙하고 정상적이었던 것들을 비정상적인 것으로 다시 바꾸어야 한다."

인구학자들은 모두 출산율을 높이는 일이 엄청나게 어려운 일이라고 말한다. 생물학자인 나는 그 말에 동의하지 않는다. 우리 인간도 엄연히 진화의 산물로 태어난 동물이라면 모름지기 자신의 유전자를 후세에 남기려는 본능을 갖고 있기 마련이다. 아이를 낳아 기르기 편한 환경만 갖춰지면 아무리 낳지 못하게 통제해도 기어코 낳을 것이다. 아이들이 없는 세상을 만들어가는 우리는 지금 분명히 진화를 역행하고 있다. 교육받은 여성일수록 다른 여성들에게 아이를 낳게 한다. 대리모를 사용해서라도 내 유전자를 지닌 아이를 낳지 않는다면 진화의 관점에서 볼 때 자살행위와 마찬가지이다. 저자의 말대로 "우리 세대의 실험은 역사상 유례가 없다." 자식을 갖지 않기로 한 부부의 몸속에서 유전자가 통곡하고 있다.

나는 사회생물학자로서 이런 문제들에 대해 나름대로 오랫동안 고민해왔다. 그래서 《여성시대에는 남자도 화장을 한다》와 《당신의 인생을 이모작하라》 등의 책들을 쓰기도 했다. 나무생각은 소신이 있는 출판사이다. 21세기형 사회과학 전문 출판사라고 하면 옳을 듯하다. 현대 사회의 가장 심각한 문제점인 고령화, 가족 문제, 그리고 여성과 남성의 문제들에 천착한다. 《고령사회 2018》과 《가족 부활이냐 몰락이냐》를 잇달아 내놓은 다음 선보이는 책이 바로 《여성학교》다. 이 세 권은 모두 연세 대학교에서 독문학을 전공한 장혜경 박사가 번역한 책들이다. 원저들이 원래 시리즈로 출간된 것은 아니지만, 함께 읽으면 훨씬 깊이 있고 폭넓은 이해를 얻게 될 것이다.

사람들은 요사이 우리 사회가 성 역할의 혼란에 빠졌다고 말한다. 나는 그렇게 생각하지 않는다. 이제 드디어 제 역할을 찾아가는 것이다. 생물학적 성sex은 유전자에 의해 결정되지만, 사회적 성gender은 열려 있다. 시계의 추는 절대로 불현듯 중앙에 멈춰 서지 않는다. 양쪽으로 흔들흔들 왔다 갔다 하다가 서서히 중간 지점에 수렴한다. 《여성학교》는 여성과 남성에게 각각 알맞은 눈높이 교육을 제공한

더 읽어볼 책

· 프랑크 쉬르마허 《고령사회 2018》
· 테드 C. 피시먼 《회색 쇼크》
· 리처드 레스탁, 데이비드 마호니 《은퇴 없는 삶을 위한 전략》

다. 저자는 우리 시대에 가장 부족한 것이 바로 연관성과 활기라고 주장한다. 여성과 남성 사이에 가장 필요한 것들도 바로 그 둘이 아니던가? 남성은 배워야 하고 여성은 되돌아봐야 한다.

경제를 알려면
인간을 먼저 알아야 한다

도모노 노리오 《행동경제학》

한때 생물학자들은 나그네쥐가 이른 봄 북유럽의 초원을 헤매다가 갑자기 얼음이 채 가시지도 않은 강물로 뛰어들며 자살을 하는 줄 알았다. 하지만 캐나다 생태학자의 최근 연구에 따르면 이들은 자살하는 게 아니라 몰살을 당하는 것이다. 먹이를 찾아 이리 뛰고 저리 뛰고 하다가 실수로 물에 빠져 죽는 것이란다. 졸지에 낭떠러지를 발견한 맨 앞의 쥐가 급정거를 시도하지만, 뒤에 따라오는 쥐들에 밀리면서 한꺼번에 떼죽음을 당한다. 혼잡한 극장 안에 불이 나면 정작 불에 타 죽는 사람보다 모두 출구로 몰려들며 깔려 죽는 사람이 훨씬 더 많은 것과 같은 이치다.

얼마 전부터 세계 시장을 강타한 금융 위기에 냉정함을 잃고 허둥대는 우리의 행동에서 나는 나그네쥐의 모습을 본다. 아직 실물 경제 자체가 붕괴한 것도 아니고 정부가 최악의 사태를 막아주겠다고 하는데도 시장의 동요는 멈출 줄 모른다. 도대체 왜 이런 일이 벌어지는 것일까? 그동안 경제학은 경제의 주체인 인간을 지극히 이성적이고 합리적인 동물로 보고 모든 이론을 정립하여 시장의 동향을 예측했다. 그러나 지금 우리는 이 같은 규범적 접근이 무참히 무너지는 걸 보고 있다.

경제적 인간이란 도대체 어떤 사람인가? 명확하고 변함없는 취향을 바탕으로 자신의 효용을 극대화하는 상품이나 조건을 선택하는 사람을 말한다. 하지만 상품을 구매하는 과정만 보더라도 이것이 얼마나 비현실적인 가정인지 알 수 있다. 일본 경제학자의 연구에 따르면 상품의 수가 10가지일 경우 슈퍼컴퓨터를 사용하면 0.001초 만에 해답을 얻을 수 있지만, 40가지만 돼도 12.7일이 걸린단다. 도대체 무슨 재주로 우리의 두뇌가 합리적인 결정을 내릴 수 있단 말인가?

경제학의 지평이 변하고 있다. 2008년 미국발 경제 위기는 경제학이라는 학문을 뿌리째 흔들어놓았다. '서브프라임 모기지'라는 미국의 회사 하나가 넘어졌는데 왜 미국 경제 전체가 흔들리고 아프리카 경제까지 곤두박질치는가 말이다. 인간을 지극히 이성적인 입자로 간주하고 모델링을 하던 '뉴턴 경제학의 시대'가 저물고, 인간의 탐욕과 본성을 이해하려는 '다윈 경제학의 시대'가 열렸다.

1978년 '제한적 합리성'을 주장한 허버트 사이먼이 노벨 경제학상을 받으며 주목을 받기 시작한 '행동경제학'은 드디어 2002년 대니얼 카너먼의 수상을 계기로 경제학의 새로운 대안으로 떠오르기 시작했다. 최근 하버드 대학의 경제학과의 신임 교수들은 대부분 행동경제학 또는 신경경제학 전공자들이다. 2006년 일본

더 읽어볼 책

· 마이클 셔머 《진화경제학》
· 최정규 《게임이론과 진화 다이내믹스》

메이지 대학의 도모노 노리오 교수의 저서 《행동경제학》이 우리말로 번역되었는데 이 분야에 대한 입문서로 손색이 없어 보여 여기 소개한다.

행동경제학은 인지심리학과 행동생물학이 경제학과 만나 탄생시킨 통섭적인 학문이다. 경제학의 '효용'은 신경과학에서 말하는 '보상'과 동일한 개념이다. 행동생태학은 이제 뇌과학의 실험 테크닉까지 이용하여 효용을 측정하려 하고 있다. "더 위대한 사람

이란 자기 자신의 판단을 최대한 믿을 수 있는 사람이다. 더 바보 같은 사람도 마찬가지지만."이라고 한 프랑스의 시인 폴 발레리의 말을 상기하며 나는 왜 경제학이 이제야 드디어 인간의 행동을 이해해야겠다는 생각을 하게 되었는지 의아할 뿐이다. 인간을 모르고 어찌 인간의 경제를 이해할 수 있겠는가? 인간의 행동이 곧 경제이다.

돈이란
대체 무엇인가?

고병권 《화폐, 마법의 사중주》

나는 그동안 우리나라 금융 시장처럼 작고 힘 없는 것이나 외환위기 같은 외풍에 속절없이 무너져 내리며 국제통화기금IMF의 구제 금융을 받는 줄 알았다. 그런데 2008년에 세계 최고의 부자 나라 미국의 그 거대한 금융 회사들이 휘청거려 급기야 미국 정부가 혼비백산하여 7,000억 달러의 구제 금융 안을 내놓게 될 줄은 차마 몰랐다. 금융 시장이란 곳은 덩치에 상관없이 누구나 나자빠질 수 있는 곳이란 걸 그제야 깨달았다.

그런데 그 7,000억 달러는 누구의 돈인가? 부자와 가난한 사람 모두가 낸 미국 국민의 혈세가 아닌가? 그걸 바야흐로 월 스트리트의 부자들이 이른바 돈 놓고 돈 먹는 돈놀이를 하다가 깨진 판에 쏟아 붓겠다는 게 아닌가? 아무리 국가 경제와 세계 경제가 위험하다지만 그들의 큰돈은 비호해주고 국민의 작은 돈들은 그렇게 몰아서 남 줘도 되는 것인가 자꾸 반문하게 된다.

정말 돈이 뭔지 생각하다가 몇 년 전 읽은《화폐, 마법의 사중주》(2005)를 다시 읽어 보았다. 정운찬, 김홍범 교수가 쓴《화폐와 금융시장》(2007)이 화폐를 경제학적으로 설명했고, 이글턴 등 영국 런던박물관 학예관들의 저서《화폐의 역사》(2008)가 화폐의 역사학적 고찰이라면,《화폐, 마법의 사중주》는 화폐의 사회학적 분석이다. 마르크스의 사회 구성체 개념에서 출발하여 '화폐 구성체'를 생성하고 유지해주는 화폐 거래 네트워크, 화폐 주권, 화폐 공동체로서의 사회 등의 요소들이 어떻게 '상품', '권력', '관계' 그리고 '가치'로서의 화폐를 연주해내는가를 보여준다.

화폐를 사물로 이해하거나 자연적으로 발생했다고 믿는 기존의 두 상식을 뒤집는 데서 출발하는 이 독특한 책을 이해하려면 "경제학보다 먼저 신학의 대상인 화폐를 이해하고 싶다."라고 말하는 저자 고병권을 먼저 이해해야 한다. 그는 서울대 화학과를 졸업했지만, 지금은 재야 인문학자들의 모임인 '연구공간, 수유+너머'의 수장이 되어 혁명과 코뮌주의에 대해 사유하며 사는 사회학자이다. 그런데 이 책의 주제와 저자 간의 모순은 그를 비롯하여 '수유+너머'의 구성원들이 직업도 없이 매일 모여 앉아 공부만 하면서도 밥을 먹고 사는 사람들이라는 데 있다. "화폐가 없이는 어떤 욕망이나 능력도 비현실적"이라면서 그 비현실 속에서 버젓이 잘살고 있는 사람들의 수장이 쓴, 현실의 핵심 주체인 화폐에 관한 책이라는 절묘한 모순. 그렇다고 그 모순만으로 이 책을 폄하하지 말라. 어쩌면 그는 화폐의 속성을 누구보다도 잘 이해하

더 읽어볼 책

· 윌리엄 파운드스톤 《가격은 없다》

고 영민하게 이용해 먹고 있는지도 모른다.

이 책에서 내가 터득한 교훈 중 하나는 유통이 화폐 구성체의 가장 중요한 속성이라는 점이다. 17세기 화폐이론가들이 생물학자 윌리엄 하비의 혈액 순환 모델을 화폐 순환의 모델로 채용했었다는 사실은 특별히 흥미롭다. 혈액 순환의 관점에서 보면 몸집에 상관없이 누구나 동맥경화에 걸릴 수 있으니 말이다. 지난 2008년 미국발 경제 위기가 어떻게 세계 모든 다른 나라의 경제마저 뒤흔드는가를 지켜보며 나는 고병권의 '화폐' 제2권을 기대해 본다.

정치가 소박해야
세상이 숨을 쉰다

김광하 《노자 도덕경》

김수환 추기경님은 평소 당신을 '바보'라 부르셨다. 늘 당신을 이 세상 제일 낮은 곳에 두셨던 분의 별명이지만 너무나 적나라하여 서글프기까지 하다. 추기경님의 가시는 발길을 지켜보다 문득 옛 성현 중에도 특별히 자주 자신을 바보라 했던 이가 있었음을 떠올렸다. 무위無爲, 무사無事, 무미無味를 설파했던 노자가 바로 그분이다. 특별히 주석서가 많기로 유명한 노자인지라 지인들의 추천을 받아 김광하의 《노자 도덕경》을 읽었다.

원래 춘추전국시대라는 역사적 배경 속에서 쓴 책이긴 하지만 나는 이번에 이 책을 읽으며 도덕경이 기본적으로 정치철학에 관한 책이라는 느낌을 강하게 받았다. 모름지기 세상을 살아가며 지켜야할 도道와 덕德을 가르쳐주는 책이지만 곰곰이 음미해보면 모두 나라를 다스리는 데 필요한 품성들이다.

　　"최상의 선은 물과 같다. 물은 만물을 이롭게 하면서도 싸우지 않고, 사람들이 싫어하는 낮은 곳에 처한다. 그러므로 물은 도에 가깝다. …… 무릇 싸우지 않으니, 그러므로 허물이 없다."(도경 8장). 노자에 따르면 도를 따르는 정치는 백성과 싸우지 않는다. 예禮와 법法이 없으면 세상에 무질서가 온다는 유가와 법가의 주장에 따라 예법으로 백성을 통치하려 들면 정국이 불안해질 수밖에 없다고 가르친다.

　　책의 겉장에는 다음과 같은 말이 쓰여 있다. "정치가 소박해야 세상이 숨을 쉰다. 자연의 섭리를 거스르는 도덕, 위정자에게만 봉사하는 학문, 백성을 죽음의 길로 몰아가는 정치. 이들에게 던지는 노자의 통렬한 사자후!" 소통이 안 된다며 연신 국민을 가르치려 덤벼드는 우리 정부의 태도와 한 번도 우리를 가르치려 하지 않은 추기경께 국민이 자발적으로 배우기를 청하는 모습은 묘한 그러나 극명한 대조를 이룬다.

이 책에서 읽은 노자의 말씀 중에 나는 60장의 다음 구절이 특별히 가슴에 와 닿는다. "큰 나라를 다스리는 것은 작은 생선을 굽는 것과 같다." 작은 생선을 구울 때에는 마음을 고요히 하여 생선이 익어가는 변화에 주의를 기울여야 태우지 않는다는 뜻이다. 노자는 이어 61장에서 "큰 나라가 고요하게 흐르면, 천하의 벗이 되고 천하의 암컷이 된다. 암컷은 늘 고요함으로써 수컷을 이기니, 고요함으로써 아래가 되기 때문이다."라고 말한다. 세계 질서를 유지하는 데 미국과 같은 강대국이 어떻게 처신해야 하는지를 가르쳐주는 대목이다. 임기 내내 대국의 토를 행하지 못한 부시 전 미국 대통령이 일찍이 《도덕경》을 읽었더라면 하는 아쉬움이 남는다.

노자는 자연적 현실을 있는 그대로 경험하는 방법으로 허정虛靜, 즉 '비우고 고요함'을 제시한다. 비움! 이 세상 거의 모든 종교가 우리에게 가르치는 최고의 덕목이 아니던가? 허정을 통하여 자연에는 일정한 생장과 소멸의 질서가 있으며 그 도의 명령은 의도 없이 저절로 그렇게自然 움직이는 명령이다. 이런 점에서 노자의 사상은 어딘지 다윈의 자연선택론을 닮았다. 나는 오래전부터 왠지 다윈이 그의 생애 언젠가 노자를 읽었을 것 같은 의심을 품어왔다. 조만간 다윈의 서재를 직접 찾을 계획인데 그곳에서 노자를 만날 수 있으면 얼마나 좋을까 꿈꿔본다.

아시아의 부활을 외치는
서양 학자의 속내는?

안드레 군더 프랑크 《리오리엔트》

2008년 베이징 올림픽에서 개최국 중국이 세계를 향해 펼쳐 보인 개막식을 기억하는가? 거스를 수 없는 중화中華의 거대한 흐름을 거침없이 보여준 참으로 거만한 퍼포먼스. 그 엄청난 '지상 최대의 쇼'에서 눈을 떼지 못하던 나는 불현듯 몇 년 전에 읽은 안드레 군더 프랑크의 《리오리엔트ReORIENT: Global Economy in the Asian Age》를 떠올렸다. 1800년 이전까지 세계 경제와 문명의 중심은 유럽이 아니라 중국이었다는 프랑크의 주장을 입증이라도 하듯 이른바 그들의 4대 발명품이라는 화약, 나침반, 종이, 인쇄술을 조목조목 들고 나와 전 세계에 꾹꾹 눌러 보여주었다.

'리오리엔트re-orient'는 "방향을 다시 잡다."와 "아시아로 되돌아오다."라는 이중적인 뜻을 담고 있는 절묘한 상징어다. 세계 역사가 또다시 방향 수정을 하고 있는데 그것이 훨씬 더 오랫동안 세계 문명을 주도했던 동아시아로 회귀하고 있다는 것이다. 유럽은 세계 체제에서 단 한 번도 중심적인 지위를 차지한 적이 없다는 저자의 단언은 르네상스와 종교개혁, 그리고 산업혁명을 거쳐 지금의 세계 질서가 이룩되었다고 배운 우리 모두에게 작지 않은 충격을 던져준다. 에드워드 사이드의 《오리엔탈리즘Orientalism》(1978)이 서양학자들의 담론을 편견이라고 비판하는 데 그쳤다면 《리오리엔트》는 아예 담론 그 자체를 뿌리째 뽑아버린다.

1998년 이 책이 나오자마자 그렇지 않아도 엄청난 시간과 돈을 투자하여 일본 문명론을 정립하려 노력하던 일본 학계의 반응은 실로 뜨거웠다. 1999년 세계 사학회 저작상을 수상했고 2000년 미국 사회학회 '올해의 책'으로 선정된 책임에도 불구하고 2003년 우리말로 번역되었을 때 우리 학계와 독자들이 보인 반응은 일본과 중국에 비해 너무나 빈약했다. 어리석음으로 치부해도 될 만한 그 무관심이 내심 야속했는데 이렇게 다시 소개할 수 있게 되어 정말 다행이다.

현존하는 학자 중 가장 통섭적인 학자를 꼽으라면 나는 서슴없이 재레드 다이아몬드를 떠올린다. 남들은 한 분야에서 살아남기도 버거워하는데, 그는 생리학 분야에서 박사 학위를 받은 다음 생태학, 진화학, 지리학을 거쳐 이제는 역사학 분야에서 탁월한 기여를 하고 있다. 퓰리처상을 받은 그의 대표 저술 《총, 균, 쇠Guns, Germs, and Steel》는 지난 1만 5,000년간의 인류 역사를 재분석하여 유라시아인이 오늘날 인류 문명을 주도하게 된 역사적 배경과 과학적 원인을 알려줬다. 2004년에 그가 《총, 균, 쇠》의 속편 격인 《문명의 붕괴Collapse》를 출간했을 때, 나는 그를 직접 인터뷰할 기회를 얻었다. 그는 이 책에서 사회 붕괴의 원인을 다음의 다섯 가지로 분석했다. 환경 파괴, 기후 변화, 이웃 나라와의 적대적 관계, 우방의 협력 감소, 사회의 위기 대처 능력이 그것들이다. 이 중 환경 파괴는 사회 붕괴에서 가장 중요하거나 유일한 원인은 아니었다. 하지만 저자는 몰락한 문명들은 예외 없이 환경을 파괴했다는 사실에 주목했다. 즉, 환경 파괴가 문명 붕괴의 공통분모라는 것이다.

그는 지금 이 순간에도 멸망의 순서를 밟고 있는 '어리석은'

더 읽어볼 책

· 재레드 다이아몬드 《문명의 붕괴》

사회에 대한 경고를 하면서 중국 사회가 반드시 성공의 길을 선택하리라는 보장은 없다고 지적했다. 중국이 문화 혁명이라는 엄청난 실수를 딛고 뒤늦게나마 부활의 길을 걷고 있는 것은 사실이지만, 그의 표현을 빌리면 중국은 아직도 "너무 심하게 뒤뚱거린다"라는 것이다. 거인의 뒤뚱거림은 막상 무너졌을 때 그 자신에게도 걷잡을 수 없는 충격을 안겨주지만 주변에도 엄청난 영향을 미친다. 따라서 우리로서는 관심을 가질 문제라고 생각한다.

이제 나처럼 이 책을 다시 읽을 독자들에게 꼭 한 가지 당부할 게 있다. 프랑크는 아시아의 부활을 알리지 못해 안달이 난 사람이 아니다. 친구와 싸우고 있을 때 그 친구의 형이 나와 싸움을 말리며 짐짓 자기 동생을 꾸짖는 것처럼 보인다고 해서 마냥 우쭐댈 일이 아니라는 말이다. 그 형은 이웃집 꼬마인 나를 추켜세우려는 것이 아니라 자기 동생을 보다 품격 있고 강인하게 만들려는 것이다. 이 점은 이 책에서 제대로 언급조차 되지 않은 우리나라는 말할 나위도 없거니와 치렁치렁 금메달을 목에 건 중국도 결코 잊어서는 안 될 교훈이라고 생각한다.

아리스토텔레스, 다빈치, 정약용, 박지원 그리고

오늘날의 빌 브라이슨과 재레드 다이아몬드.

이들의 공통점은 모두 여러 분야의 학문을 넘나든 전천후 학자라는 점이다.

이들이 선사하는 퓨전 요리에는 동서양의 학문이,

역사와 과학 그리고 인문학이 골고루 버무려져 있다.

한입 맛보는 순간, 우리 주변의 모든 것들이 새롭게 보일 것이다.

Fusion Cuisine

퓨전 요리

이화여대로 와서 개인적으로 가장 좋은 점은
내가 궁극적으로 목표로 삼고 있는
'통섭' 을 자연스럽게 하게 되었다는 것이다.
내 연구실을 '통섭원' 이라 이름 붙여 개방하였더니
학생들은 물론이고 다른 대학교수나 연구원들도 찾아와
자연스럽게 토론의 장으로 발전했다.
시간이 갈수록 전공 분야를 넘나드는 세미나도 많이 열려
그야말로 학문의 사랑방이 되고 있다.

- 《과학자의 서재》 중에서

과학 시간에
이런 책을 읽히면 어떨까?

빌 브라이슨 《거의 모든 것의 역사》

세계적으로 유명한 과학 저술가 중에는 리처드 파인만, 에드워드 윌슨, 리처드 도킨스, 스티븐 핑커 등 과학자들도 있지만, 데이비드 쾀멘, 매트 리들리, 로버트 라이트, 나탈리 앤지어처럼 작가 또는 언론인들도 적지 않다. 이렇게 자신이 직접 과학 연구를 하지 않으면서도 수준 높은 교양과학서를 쓰는 사람들은 정말 부지런히 '발품'을 파는 사람들이다.

《게놈》, 《붉은 여왕》, 《이타적 유전자》 등으로 우리 독자들에게도 친숙한 매트 리들리는 내가 미시간 대학에서 교편을 잡던 시절 일 년에 몇 달씩 내가 있던 동물학 박물관에 머물며 이 연구실 저 연구실을 기웃거렸다.

《거의 모든 것의 역사A Short history of Nearly Everything》도 빌 브라이슨이 3년간 눈동냥, 귀동냥하며 쓴 책이다. 참고 문헌으로 나열한 책만 봐도 3년 동안 그는 무려 300여 권의 전문 과학서적을 읽었다. 참고문헌 리스트에 오르지 않았지만, 그가 뒤적거린 책은 또 얼마나 많았을까. 그 많은 책에서 읽은 정보와 개념들을 확인하고 이해하기 위해 자문을 구했던 과학자들은 또 얼마나 많은가. 감사의 글에 거명된 사람만 줄잡아 50명이 넘는다.

빌 브라이슨은 작년에 우리말로 번역되어 나온 《나를 부르는 숲A Walk in the Woods》과 같이 여행이나 자연에 관하여 비교적 부드러운 글을 쓰는 수필가였다. 스스로 과학에 관한 한 철저한 문외한이었다고 고백한다. 그런 그가 3년간의 '자습'으로 엮어낸 결과는 한 마디로 경이롭다. 우주의 신비(제1부)와 지구의 생성과 구조(제2부)로부터 20세기 자연과학, 특히 물리학의 발달 과정과 이론들(제3부), 지구라는 행성의 해부학(제4부)과 생물학(제5부)을 거쳐 인류의 과거와 미래(제6부)까지 그야말로 자연과학 분야의 거의 모든 것에 관한 분석이 그 폭과 깊이에서 실로 경이로운 수준에 이른다.

정말 놀라운 것은 지나치게 의욕적인 이런 부류의 책들이 한결같이 범하는 '수박 겉핥기' 식의 참을 수 없는 가벼움을 이 책에서는 도무지 발견할 수 없다는 점이다. 저자의 경이로운 배움의 속도에 약간 시샘도 나고 해서 나는 생명과학에 관련된 책의 후반부를 특별히 꼼꼼하게 읽어보았다. 명백한 오류는 한 곳도 찾지 못했고 내 전공 분야인 진화에 관해서도 몇 가지 중요한 사실을 새롭게 깨달았다. 물리화학 분야를 전공한 역자 이덕환 박사 역시 단순 오류 한 점을 빼고 개념의 흠은 한 곳도 발견하지 못했다고 한다. 나도 이담에 이런 책 한 권 써봤으면 좋겠다.

이 책은 이미 서양에서 스티븐 호킹의 《시간의 역사A Brief History of Time》 이후 가장 대표적인 과학 교양 베스트셀러 중 하나로 자리 잡았다. 하지만 나는 《시간의 역사》와 《거의 모든 것의 역사》 간에 분명한 차이를 읽는다. 전자는 엄청나게 팔렸지만 사실 읽고 이해한 사람이 그리 많지 않은 책인 데 비해, 후자는 과학에 관심이 있는 사람이라면 누구나 이해할 수 있도록 쉽고 흥미롭게 쓴 책이다. 저자 특유의 감각적인 표현이 책의 곳곳에서 우리의 이해를 돕는다. 예 한 가지. 지구 45억 년 역사에서 우리 인류가 얼마나 최근에 등장했는가를 저자는 이렇게 설명한다.

"두 팔을 완전히 펴고, 그것이 지구의 역사 전체를 나타낸다고 생각해보는 것이다. …… 인간의 모든 역사는 손톱 줄로 손톱을 다듬을 때 떨어져 나오는 중간 크기의 손톱 가루 한 알 속에 들어가 버린다."

나는 이 책을 읽으며 시종 과학 교육에 대해 생각을 했다. 왜 그런지 알 수는 없지만 어쨌든 딱딱하고 재미없는 분야라고 낙인이 찍혀버린 과학을 입시밖에는 생각할 자유도 없는 우리 아이들에게 사뭇 주입식으로 가르치느라 애쓰지 말고, 한 몇 년 시간을 주고 나름대로 이런 책을 한 권 써보라고 하면 좋겠다는 생각을 했다. 과학에 관심도 전혀 없고 중요하다고 생각하지도 않는 학생들에게 억지로 시키기가 어렵다면 우선 과학 영재들에게라도 한번 시도하면 어떨까 싶다. 그 반짝거리는 두뇌에 어쭙잖게 뭘 넣어주려고 애쓰지 말고 스스로 문제를 인식하고 해결하는 방법을 찾아보라고 하는 것이다. 나는 우리 영재들도 비록 규모는 좀 작아도 이 책에 못지않은 훌륭한 작품들을 만들어 내리라 기대한다.

더 읽어볼 책

· 데틀레프 간텐 외 《지식》
· 제임스 E. 메클렐란 3세 《과학과 기술로 본 세계사 강의》

과학도 결국은 역사학이다. 진화생물학은 인류의 역사를 연구하는 인문학적 역사학과는 비교도 되지 않을 정도로 긴 생명의 역사를 다루는 학문이고, 대폭발 big bang 이론과 팽창 이론 등은 '거의 모든 것의 역사'를 논한다. 이 책에는 제목이 시사하는 것처럼 과학에서 다뤄야 할 거의 모든 것에 대한 개념과 그것이 형성되는 과정 속의 온갖 갈등과 화해가 흥미진진하게 묘사되어 있다. 대학 입시의 논술이나 면접의 질문거리를 찾는 교수님들이 제일 먼저 구해 뒤적일 책 같다.

농업은 불행의
씨앗일까?

콜린 텃지
《다윈의 대답2: 왜 인간은 농부가 되었는가?》

11월 11일은 '농업인의 날'이다. 하지만 젊은 이들에게는 '빼빼로데이'로 더 잘 알려졌다. 그런가 하면 '가래떡 데이'로 기억하고 있는 이도 있을 것이다. 똑같은 날을 두고 어떻게 여러 이름이 붙은 것일까? 어느 날부터인가 국적 불명의 빼빼로데이란 게 판치는 걸 보다 못한 안철수연구소 직원들이 2003년부터 우리 쌀 소비를 장려하는 차원에서 가래떡데이를 만들었단다. 안철수연구소는 컴퓨터에서 바이러스를 제거하는 일만 잘하나 했더니

사회적으로 유용한 바이러스를 제조하여 퍼뜨리기도 잘하는 참 멋
진 기업이다.

　　인류의 역사를 연구하는 학자들은 한결같이 우리 인류를 만물
의 영장으로 만들어준 가장 결정적인 사건으로 농업혁명을 든다.
농경 덕택에 우리 인류는 그 수가 기하급수적으로 증가하여 급기야
이 지구를 정복하게 된 것이다. 하지만 《다윈의 대답2: 왜 인간은
농부가 되었는가? Neanderthals, Bandits and Farmers: How Agriculture
Really Began?》의 저자인 진화생물학자 콜린 텃지는 농업이야말로 우
리 인간을 어쩌면 영원히 헤어나지 못할 '고약한 악순환'의 수렁으
로 몰아넣은 불행의 씨앗이었다고 주장한다.

　　인류가 수렵을 하던 시절에는 자연계의 다른 포식 동물들과
마찬가지로 먹이 동물의 수가 줄어들면 함께 그 수가 줄어들 수밖
에 없었다. 인간의 수가 줄면 자연히 먹이 동물의 수가 회복되고,
그러면 또다시 인간의 수가 느는 주기적인 변화를 겪은 것이다. 그
러다가 지금으로부터 약 4만 년 전 비록 작은 규모지만 농사를 짓기
시작하면서 우리 인류는 먹이 동물의 수가 줄어드는 어려운 시기에
도 살아남을 수 있게 되었다. 그 결과 먹이 동물이 회복할 시간적
여유를 주지 않아 자연은 드디어 균형을 잃게 된 것이다. 대형 동물
들이 멸종된 이유는 기후 변화 때문이 아니라 인간의 사냥에 따른

것이었다.

이른바 '보릿고개'를 무사히 넘길 수 있게 해준 농업 기술의 개발은 처음에는 분명 행운을 가져다 주었을 것이다. 그 덕에 곡물을 갈아 이유식으로 사용하게 되면서 자식을 낳는 터울이 줄어들어 인구가 급속도로 늘어났다. 빙하기가 끝나 해수면이 상승하며 우리 인간은 훨씬 더 좁은 공간에 밀집하여 살게 되었고 농업은 점점 대규모화하였다.

농사 때문에 늘어난 여분의 입을 먹여 살리는 길은 오직 농사 밖에 없었다. 일단 농부가 된 인간은 다시는 사냥꾼으로 돌아갈 수 없게 된 것이다. 정해진 시간에 정해진 일을 해야만 결과물을 거둘 수 있는 게 농사라서 인간은 더는 게으름을 피울 수도 없게 되었다. 수렵 채집 시절보다 식단이 훨씬 단순해지면서 우리 인간은 온갖 질병에 취약해지기도 했다. 이렇듯 농부가 된 인간은 "자기 성공의 희생자"가 된 것이다.

더 읽어볼 책

· 재레드 다이아몬드 《총, 균, 쇠》
· 리처드 랭엄 《요리 본능》

자유무역협정FTA이 우리 경제에 숨통을 틔워줄 수 있다는 점은 이해하지만, 그렇지 않아도 피폐한 우리 농민들의 삶이 속절없이 무너져 내리는 걸 지켜보는 일은 정말 안타깝기 그지없다. 그 옛날 파멸의 악순환을 함께 시작해놓고 흙에서 미처 손을 털지 못하고 있는 이들의 아픔을 보듬지 않는 것은 아무리 생각해도 공평하지 못한 것 같다.

인류 역사의 거대한 틀을
생태적으로 읽어내는 탁월함

재레드 다이아몬드 《총, 균, 쇠》

아리스토텔레스, 다빈치, 정약용, 박지원…….
이들에게는 매우 뚜렷한 공통점이 하나 있다. 모두 여러 분야를 넘
나든 전천후 학자들이라는 점이다. 남들은 한 분야에서도 이렇다
할 학문적 업적을 남기지 못한 채 사라졌건만 이들은 도대체 어떻
게 여러 분야에 거대한 발자취를 남길 수 있었을까?

의례적으로 쏟아지는 경외 일색의 찬사와는 달리 나는 감히
이들을 폄하해 보려 한다. 이들이 활동하던 시절에는 다뤄야 할 지

식의 양이 그리 대단하지 않아 부지런한 학자라면 여러 분야를 섭렵할 수 있었을지도 모른다고 조심스레 변론해본다. 그러나 이들이 사라진 후 우리는 19세기와 20세기를 거치며 주로 과학의 도움으로 실로 엄청난 양의 지식을 축적했다. 그래서 우리 주변에는 더 이상 다빈치나 다산이 나타나지 않는 것이다.

하지만 예외란 언제나 있는 법. 재레드 다이아몬드는 UCLA 의과 대학 생리학 교수로 출발하여 생태 및 진화학과 교수를 거쳐 지금은 지리학과의 교수로 재직하고 있다. 세포막의 구조와 기능에 관한 연구로 40대 초반에 이미 미국 과학한림원의 회원으로 추대된 탁월한 생리학자이자 뉴기니에 서식하는 새들을 연구하여 생태학계에서도 첫손을 꼽는 학자가 된 그는 《제3의 침팬지The Third Chimpanzee》와 《섹스의 진화Why is Sex Fun? : The Evolution of Human Sexuality》 등의 저술로 당대 최고의 진화생물학자 반열에 올랐고, 1997년 퓰리처상을 받은 《총, 균, 쇠》와 최근에 그의 속편 격으로 펴낸 《문명의 붕괴》를 통해 지리학적 문명론을 정립한 중진 역사학자로 칭송받고 있다.

역사학은 전통적으로 인문학으로 분류되지 과학으로 간주하지 않는다. 정치학은 흔히 '정치과학' 으로 불리고 노벨위원회는 경제학을 '경제과학' 이라고 부르지만, 역사학에는 좀처럼 '과학' 이라는 꼬리말이 붙지 않는다. 역사학처럼 잘게 조각나 있는 학문도 그리 많지 않을 것이다. 18세기 프랑스 혁명사를 연구하는 학자는 감히 로마사를 논하지 못한다. 동양과 서양의 역사가 마치 별개의 것인 양 서로 다른 학과로 나뉘어 있는 우리의 현실은 또 어떠한가?

다이아몬드는 공룡의 역사를 과학적으로 탐구할 수 있다면 인류의 역사에도 당연히 과학적 방법론을 적용할 수 있어야 한다고 주장한다. 《총, 균, 쇠》는 지난 1만 3,000년 동안의 인류 역사의 기원과 발달을 종전의 인종주의적 관점과는 전혀 다른 생물지리학적 관점에서 분석한 과학적 역사책이다. 과학의 힘으로 《총, 균, 쇠》는 인류 역사의 거대한 틀을 생태적 요인으로 읽어내며 한 시대 한 지역의 역사가 아니라 세계 모든 민족의 역사를 하나의 통일된 담론으로 엮어낸다.

지금 우리가 사는 이 세계의 패권은 왜 호주, 남미, 또는 아프리카의 원주민이 아니라 유라시아 민족들이 쥐고 있는 것일까? 다이아몬드는 대륙 그 자체도 오랜 지질학적 역사의 산물이지만 각 대륙에 흩어져 사는 서로 다른 인류 집단들이 이처럼 다양하고 불평등한 문명과 사회를 이루게 된 것은 그들이 운명적으로 타고난 인종적 차이 때문이 아니라 주어진 생태 환경에 적응한 결과라고 설명한다. 식량 생산과 그에 따른 인구의 증가가 총, 균, 쇠로 인한 문명 변화의 선행 조건인 만큼 농경과 목축을 가능하게 한 기후와 지리적 조건이 서로 다른 인류 사회의 운명을 가름했다는 그의 설명은 상당한 설득력을 지닌다. 총, 균, 쇠로 대변되는 정복자와 패배자 간의 문명 충돌과 융합은 21세기 거센 세계화의 물결로 이어지고 있다.

《총, 균, 쇠》를 읽은 독자들에게 나는 반드시 《문명의 붕괴》도 읽을 것을 권한다. 전자가 문명의 흥성을 예찬했다면 후자는 문명의 쇠망을 애도한다. 그는 아나사지, 마야, 바이킹 등 한때 찬란했던 문명이 끝내 붕괴한 원인을 환경 파괴, 기후 변화, 이웃나라와의 적대적 관계, 우방의 협조 여부, 사회의 위기 대처 능력 등 다섯 가지로 분석한다. 그는 특히 환경 파괴가 가장 중요하거나 유일한 원인은 아니지만 몰락한 문명에는 예외 없이 나타난 공통분모임을 강조한다. 어느새 그는 우리 시대 최고의 환경학자로 우뚝 서 있다.

더 읽어볼 책

· 재레드 다이아몬드 《문명의 붕괴》

해양생물학과 역사와 문학의
경계가 파도에 씻기누나

이태원 《현산어보를 찾아서》

《현산어보玆山魚譜》는 다산 정약용 선생의 둘째 형님인 손암 정약전 선생이 신유박해 때 흑산도로 귀양가 그곳에서 죽기 전까지 15년 동안 귀양살이를 하는 동안 지은 책이다. 명실공히 우리나라 최초의 해양생물학 저서라 해도 토를 달 이는 없을 것이다. 200년 만에 3권 1책으로 된 정약전 선생의 《현산어보》를 찾아서 생물학자 이태원 선생이 스스로를 8년간이나 바닷가에 유배시킨 결과가 바로 5권의 《현산어보를 찾아서》이다.

정약전이 채집하여 기록한 총 200여 종의 해양동식물 중 절반 이상에 대한 확인과 보충 설명이 1권과 2권에 소개되어 있고, 3권은 정약전이라는 인물에 관련된 글을 많이 담고 있다. 최근에 나온 나머지 두 권 중 4권은 가장 두꺼운 책이며 가장 인문학적인 책이다. 488면에 걸쳐 조선 시대 '유배 문화'의 실상을 살펴보고, 정약전의 또 다른 유배지 우이도의 문화와 생물상을 묘사한다. 5권에서는 '두렵지만 머물고 싶은 섬' 흑산도를 찾아 《현산어보》의 공동 저자 장창대를 수소문하여 마침내 그의 묘도 찾아낸다.

이 책은 많은 해양생물들에 대한 설명 외에도 밀물과 썰물의 원리를 탐구하고 지구가 둥글다는 사실을 입증하려 했던 정약전의 '과학함'도 분석하는 다분히 종합적인 과학 저서이다. 또한 아리스토텔레스와 린네로 대변되는 서양의 생물 분류법과 정약전의 분류학을 비교하기도 한다. 나비 박사 석주명의 흑산도 방문기도 나오고, 월북 시인 백석의 시 〈가재미와 넙치〉도 인용된다. 심지어는 〈어머니와 고등어〉라는 대중가요의 악보까지 실려 있다. 자연과학과 인문학의 경계가 파도에 씻기는 모래처럼 스러진다.

우리 옛 고전을 현대적 감각으로 되살리는 작업을 하는 한양대학교 국문학과의 정민 교수는 이 책을 받아 들고 "도대체 이런 무지막지한 책을 쓸 생각을 하고 실천에 옮긴 사람에 대한 궁금증이 어느 것이 먼저랄 것도 없이 떠올랐다."라고 적었다. 이 책은 학문은 꼭 대학에서만 할 수 있다는 고정관념을 보기 좋게 무너뜨리는 예이다. 미국에 있을 때 같은 대학의 동료 교수들이 종종 고등학교 생물 선생님들과 멋진 공동 연구를 하는 걸 본 적이 있다. 고등학교에서 아이들을 가르치면서도 이렇게 방대한 연구 업적을 올릴 수 있는 이태원 선생이 몇 년간 대학이나 연구소에서 오로지 연구에만 몰두한다면 어떤 연구 결과가 나올까 궁금해진다.

더 읽어볼 책

· 김훈 《흑산》

추사가 제주도로 유배당한 후 인품이나 학문 모두에서 한층 더 성숙해졌다는 것은 잘 알려진 사실이다. 정약전도 마찬가지인 것처럼 보인다. 나도 몇 년간 어디 경치 좋은 곳으로 귀양이나 갔으면 좋겠다.

통섭의 식탁

1판 1쇄 발행 2015년 4월 13일
      12쇄 발행 2022년 1월 15일

지은이 최재천
발행인 주정관

출판 브랜드 움직이는서재
주소 서울특별시 마포구 양화로 7길 6-16 서교제일빌딩 201호
전화 (02)332-5281 │ **팩스** (02)332-5283
이메일 movlib1@naver.com
출판등록 제2015-000081호

ISBN 979-11-955066-1-3   03810